U0488176

武林猛主

轩辕小胖 著

广东旅游出版社
GUANGDONG TRAVEL & TOURISM PRESS
悦读书·悦旅行·悦享人生

中国·广州

图书在版编目（CIP）数据

武林猛主 / 轩辕小胖著 . — 广州：广东旅游出版社，2018.3

ISBN 978-7-5570-1133-8

Ⅰ . ①武… Ⅱ . ①轩… Ⅲ . ①长篇小说 – 中国 – 当代
Ⅳ . ① I247.5

中国版本图书馆 CIP 数据核字（2018）第 016710 号

出　版　人：刘志松
责任编辑：李　丹
责任校对：李瑞苑
责任技编：刘振华
装帧设计：柏拉图　冉　冉

武林猛主
WU LIN MENG ZHU

广东旅游出版社出版发行
（广州市越秀区建设街道环市东路 338 号银政大厦南楼 12 楼 邮编：510060）
邮购电话：020-87348243
广东旅游出版社图书网
www.tourpress.cn
北京博艺印刷包装有限公司
（北京市通州区马驹桥镇房辛店村 288 号）
880mm×1230mm　　　　32 开
10.75 印张　　　　　　267 千字
2018 年 3 月第 1 版第 1 次印刷
定价：35.00 元

［版权所有 侵权必究］

本书如有错页倒装等质量问题，请直接与印刷厂联系换书。

目 录
contents

第 1 章
我们就是代表爱与正义的巡逻员
——1

第 2 章
你往哪儿跑呢?
——22

第 3 章
要怎么跟你们这种现代人解释呢?
——34

第 4 章
香格里拉希尔顿四季花园度假街
——51

第 5 章
我给你转个精神内科吧
——67

第 6 章
没人能从我"变色龙"手下逃脱
——82

第 7 章
我受欢迎,怪我喽?
——97

第 8 章
离马桶还有半米
——110

第 9 章
称霸老年偶像团
——130

第 10 章
江湖第一手资料
——145

第 11 章
警察叔叔,我是遵纪守法的好少年
——162

第 12 章
小区里的窃鸟暗号
——179

第 13 章
又黑又冷 B14 号楼
——194

第 14 章
你们竟然组团来打我
——217

第 15 章
小强装修公司
——245

第 16 章
你不要抖,你一抖我也很害怕
——266

第 17 章
长生不老!寿与天齐!
——286

第 18 章
我还有一厕所的武林高手要养
——306

第 19 章
这世界上没有巧合
——324

第 1 章
我们就是代表爱与正义的巡逻员

每个城市都有一些都市传说,比如闹鬼、闹鬼和闹鬼。

我们的城市也有。

其中最新出炉的一个,据说每到夜晚,就会有一个纤瘦英俊的青年在街上游荡,他骑着一辆小摩托,后座上有一位比摩托大两倍的"肉山"。

为什么这是个鬼故事呢,因为那摩托前进的速度太慢,慢到遛弯儿的老头哼着歌儿都能超过。

当然你要在我面前说这个传说,我会呼你一巴掌——因为我就是那个纤瘦英俊的青年,而后座那个肉山大魔王是我的发小兼同事,二胖。

也许有人要问了:"你们是什么身份!为什么每天夜晚都在街边游荡!"

那我们就要义正词严地告诉你们了,我们就是代表爱与正义的区域巡逻员。

为什么是我和二胖巡街呢,这就要说到我市另外几个闹鬼的传言了。

第一个传言来自我的同事们,据说是在夜晚,当我的同事们追逐着无牌小摊贩肆意奔跑的时候,会有一道神出鬼没的黑影尾随他们,默默地盯上他们中的某个人,而被盯上的人一旦落单,就会被打晕。

还有一个传言,是说我们这里晚上会不定时地出现"鬼市"。鬼市里有不少小摊贩，人声鼎沸，但是正常人只要看一眼就会发现不对劲，因为这个市集的街道两边都是古代建筑，而且夜市里的人衣着奇怪，都穿着古装，拿刀弄剑，身形飘忽，能看得见，却摸不到，一阵风似的就从人身上穿过去了，一看就不像是活人。

据说那些进了鬼市的人都是糊里糊涂的，自己也不知道怎么回事，都是在路上走着走着，往前迈一步，就发现自己到了鬼市中，不过一两分钟，又会发现那鬼市消失了，自己还在原来的地方。总体来说，这鬼市是来无影去无踪。

这世界上流传最快的，一个是情感八卦，另外一个就是怪力乱神，于是这些谣言在巡逻员之间迅速流传开了。

这两个传言还是我们巡逻队的队长大中告诉我和二胖的，他说完这些传闻以后便感慨道："我估摸着这鬼市上的鬼爱乱摆摊，被古时候的衙役屠掉了，死后阴魂不散，还在原地摆小摊。"

大中说的时候，我和二胖就在傻乐，心想古时候的衙役是有多凶残，摆个小摊还要屠街啊！

我说："照你这么说，这鬼也够专一啊，生前摆小摊，死后还照摆不误，这生活是要有多困苦。"

"也有可能他们是对摆小摊爱到骨子里，立志要成为小摊之王。"二胖也乐着说，"简直是小摊中的模范。"

"对呀。"大中夸张地比画着，"这些违法小摊贩实在无法无天，据说要是我们被他们抓住了，场面会非常残忍和血腥啊。"

我和二胖更乐了，这血海深仇啊，简直了，这自相残杀得也太夸张了，简直就是僵尸对上豌豆射手。

真是扯呢，这都什么年代了，还传这种简单粗暴的谣言，也太没技术含量了。

大中看我们笑得如此真情实感，欣慰地点了点头，说："你们不怕，那就最好了，以后，你们就上夜班，夜间巡逻去吧。"

听完这句话，我和二胖的眼泪就下来了。

从那天起，我和二胖就开始上夜班。其实上起夜班来也没遇到什么事，就是我们负责的片区比较分散，还没给我们配车，拿大中的话说就是业绩掉那么厉害你们还想要车，有驾照吗你俩？坐 11 路吧你。

于是每天上班，我就得骑着我的摩托带着二胖，二胖那体形，一上我摩托，我的车就低了一截，然后就能看见开车的土豪，骑摩托车的小哥，骑自行车的少年，慢跑的美女，遛狗的姑娘，散步的老头老太太……形形色色的人有条不紊地超过我们。

交警队的一个同志对我说，他们是看在我们都是为人民服务的份上，才没抓我超载。

不过这都不是事儿，讨厌的是二胖，一到偏僻的地方就吓得哆哆嗦嗦的。

你别看二胖人高马大，但胆子其实不大。当初大中讲传闻二胖和我一起笑得欢那是因为在当听故事，当传闻发生到二胖自己身上时他就笑不出来了。

今天巡逻完，我们经过一处人少的地方，二胖就又开始发虚。

为了给他壮胆，我就开始给他讲传说，什么公路无头少年，什么河鬼索命，什么猫脸老太太，什么红衣无面鬼之类的，说得我是眉飞色舞。

二胖听着听着就哭了，他说："去他爷爷的，老子造了什么孽，跑来当这个破巡逻员。"

"巡逻员怎么了，做一行爱一行，我和你说，"我和二胖说，"刚开始我还有些不高兴，但现在做起来，感觉还挺爽！好，咱俩收工回家。"

身后二胖没吭声。

我一加油，摩托蹭地出去了，我心里一惊，不对啊，我的摩托怎么可能跑得这么轻盈？这就像摩托真正的速度，这不正常！

我扭头一看，二胖双腿大开，以扎马步的形式站在原地，头扭向一个方向。

我把摩托开回去，问："你干吗呢？"

二胖转过头，满脸惊恐，然后打了个哆嗦："我好像见鬼了。"

大半夜的，听到二胖无缘无故冒出这句话，我也抖了一下，害怕地问："你说清楚点，见什么鬼？"

二胖指着东边说："我刚才看到那边有一条特热闹的街！"

我朝他指着的方向看去，这边都是临街老建筑，楼层不高，一般只有两三层，楼下做买卖，楼上住人，虽然这块说是要拆迁，不少人都搬走了，只有零星几个房间亮着灯，但看起来也正常得很，哪有什么特热闹的街？

我一脸怀疑地看着二胖。

"我真看见了，那街离咱们也就五米远，张灯结彩的，里面人都穿得很奇怪，还有一个特别面熟的女的，穿着现代装，特别漂亮！"二胖见我不信，急得伸手指向不远处，"然后她就朝那边跑了，有个小道，她钻进去了。"

我看了看那边，不远处确实有一条小道，但没有看见什么女人，我说："你不会是因为我刚才给你讲鬼故事，现在打算反过来吓唬我吧？"

"我吓唬你干什么，那街大概就出现了不到半分钟，一下子就不见了。"二胖辩解道，"我觉得那就是大中说的鬼市，你说我看见这玩意儿会不会折寿啊,哎哟喂呀,我说不定已经被诅咒了,你瞅我现在腿就在不停哆嗦!"

"废话!"我指了指他的腿,"刚才开始就扎马步,腿能不哆嗦吗?"

二胖"哎哟"了一声,坐在地上,两手拍着自己的腿:"我说你是不是真不信我,我确实看见了,那女的跑过去的时候还看了我一眼呢,特别眼熟,我一定在哪儿见过她!长得那么漂亮我不可能忘!"

我懒得理他,把摩托车停在他身边,示意他上车。

这时候就听得二胖"啪"的一拍掌,喊道:"我想起来了,那人是小丁丁啊!"

我头也不回地说:"深更半夜,孤男寡男的,不要和我开黄腔啊,小心我告你性骚扰。"

二胖一把拉住我,把我从摩托上拽下来,说:"我刚才看见的是丁凌啊!"

我心里一跳,一下有些发懵,问:"你说谁?"

"你不记得了?"二胖满脸兴奋,"就是小结巴啊,咱中学转学过来的那个校花!"

我哪能忘,我忘了谁都不能忘了她,那可是我初恋!二胖一说起她的名字,我眼前就能浮现出她长发飘飘、眉目如画的样子。

按照男人工作后变胖女人工作后变美的客观规律,这么多年了,丁凌应该出落得更漂亮了吧。

我问二胖:"你确定吗?"

二胖说:"那谁能确定呢,黑灯瞎火的。"

我把摩托停好,拉着二胖说:"走,我们去看看。"

二胖刚才还气我不信他,这会儿见我要拉他去看,一下又慌了,连声道:"别啊,我又不确定,说不定是眼花呢!"

我说:"那就去看看你是不是眼花。"

二胖急忙摇头:"别啊,别,我可听说过了,有些鬼招替死鬼,就找你念念不忘的人来引诱你,你真跟上去,就活不见人死不见尸了!"

其实和他确不确定无关,一听到二胖说那人是丁凌,我就决定过去看看,毕竟丁凌是我初恋对象,要是被二胖看对了,真是她,那我就赚了。你想啊,多年以后街上相遇,这妥妥是偶像剧的节奏啊,这么浪漫的相遇,没有旧情也得复燃!要是看岔了或者没找着,我也没有什么损失。

二胖也有点想知道到底自己是不是眼花,黄花大闺女似的扭捏了几下,觉得也矫情得差不多了,就和我一起顺着那女人消失的地方走过去了。

那是一条相当窄的小道,我往里看了一眼,忽然想起之前走过这小道,是单行的,如果丁凌从这个方向过去,那必然得从另外一边出来。

我马上叫上二胖,开着摩托绕到道路的那头。

既然是浪漫的相遇,尾随过去就显得刻意猥琐,最好是不经意的,我往左走她往右走,然后面对面地一抬头,哎呀真巧,是你啊。

我和二胖兴奋地守在道口,时不时地偷看一下,想制造一场偶遇,但等了很久,依然没人从小道里出来。

按理说这小道也不长,这么久,几个来回都该走过了,我们等了太久,激动的心情渐渐淡了下去。

二胖说:"我觉得我是看花眼了,你有没有听说过海市蜃楼?"

我说:"扯淡吧,城市里哪有什么海市蜃楼。"说完又觉得不甘心,拉着二胖往小道里走。

这条道旁边都是加盖的建筑和乱扔的垃圾,时宽时窄,窄处就容得下两个人并肩走，二胖一个顶俩，进去以后我只好跟他后头。

二胖走了几步，说："你不觉得这里有点阴气吗，要不你走前面？"

我说："赶紧走吧，这么窄，你让我过去，我也没法过去。"然后拿出手机照亮。

二胖哀声道："我真是倒了血霉，当这破巡逻员。"

这道又窄又深，周围寂静无声，城市里也没什么月光，黑咕隆咚的，我都有点发毛，也怪不得二胖害怕。

我跟在二胖身后，听着他边走边抱怨，心想二胖也不容易，为了给自己壮胆，说个不停。

没几句话，二胖就扯到了丁凌，他问我："说起来丁凌在咱们学校没待多久啊，你还记得丁凌转学走之前，发生的那件事不？"

那件事我也不可能忘。

当年我们和龙哥混，从开始的游戏厅、台球厅、溜冰场和网吧，到后来的酒吧和舞厅。

刚开始混着觉得挺帅，挺威风，谁都得仰视我们，但心里总觉得有些不对劲。后来有一次龙哥在舞厅和人打起来了，原因就是两人耍着威风走路，也不知道是有意还是无意，路过的时候互相碰了一下，龙哥和对方互相横了几句，两边就打起来了。

那叫一个混乱啊，两边小弟上拳头的，拿脚踹的，抢酒瓶子的，摔椅子的……整个舞厅都是尖叫声，我、黑皮和二胖抱头鼠窜，到处躲，好不容易逃了出来，感觉就像经历了一场枪林弹雨。

然后我们一合计，觉得这样下去不行，不能跟着龙哥了，行走江湖，都是磕磕碰碰的，龙哥这暴脾气，碰一下就打成这样，有多少小弟都不够填命的。

于是我们就再也没去找龙哥,恢复了原来的普通生活。结果开心没几天,龙哥自己找上门来了,放学后带了俩小弟在学校门口堵着。

我、二胖和黑皮躲在教学楼一层不敢出去,从窗户往外望,打算等龙哥走了以后我们再出去。

结果意外就发生了,龙哥一眼就在放学的学生中发现了美丽动人的丁凌,带着两个小弟缠了上去。

看到这情景,我们三个躲着的心里很不是滋味,想往上冲,想起龙哥打架时的凶狠又有点胆怯,这边正孬着,那边强哥已经堵着丁凌的路,开始动手动脚了。

这下我可不干了,是可忍孰不可忍,有什么事冲我们来,有什么大不了的,我们怕你吗?我们怕你我们可以躲嘛,可是你竟敢调戏我的丁凌!

于是我带着黑皮和二胖就冲了上去,这场仗是我们这辈子打得最惨烈的一场,我们足足坚持了三分钟,在被打晕之前,我对着丁凌伸出手,说:"快……逃……"

场面之惨烈,之感人,绝非三言两语能形容的,简直是闻者伤心听者流泪,可以排进我人生经典场面前十。

等我醒来就在医院了,班主任老刘头严肃地告诉我,我们在校门口打架斗殴,按理说应该是要被开除的,但丁凌说我们是为了救她才和社会小青年打架的,而且那些社会小青年虽然被打得鼻青脸肿又骨折,但是他们家里人也都知道他们的尿性,所以也没人来惹事,所以学校决定网开一面……

我问老刘头,那丁凌呢。

老刘头和我说,那一架之后,丁凌迅速办了转学手续,走了。

我和二胖、黑皮一直觉得对不起丁凌,明明是我们连累了她,她还帮我们说话,这说明这姑娘不只长得好看,还仗义。

……

二胖说:"我记得从那以后,你就和失恋一样,每天沉迷于网络游戏。"

我说:"那时候只有游戏才能抚平我内心的创伤。"

二胖说:"那你也玩点上档次的游戏啊。"

"哎,"我挥了挥手,"往事不要再提。"

"也怨不得你那样,丁凌确实好看……"二胖本来边走边说,忽然止住了话,人也不走了。我一下子就撞到他那宽广的背上,问:"你干吗呢?"

二胖没有回答,反问:"你有没有闻到一股腥味?"

我抽了抽鼻子,什么也没闻到:"什么腥味?"

"有点像……"二胖顿了一下说道,"血的味道。"

我愣了一下,从二胖身后往前看,但二胖堵得比较严实,我看了半天什么也没看到。

二胖说看到什么我可能不信,但他说闻到什么我一定信。

要知道二胖吃这么胖可不是白吃的,二胖他妈是个厨艺爱好者,热衷于制造新菜谱,但每次做出来的都是黑暗料理,所以每次吃饭二胖他爸和二胖都和上刑一样,稀奇的是,这么难吃的饭菜竟然还养出了二胖的体形。我还记得那时候上幼儿园第一天,别的小孩都哭完了,吃午饭的时候,二胖捧着个馒头就哭了,他对老师说,原来馒头是这么软的,吃起来还这么香甜。

幼儿园老师看着二胖一边哭一边狼吞虎咽地吃了三个馒头,觉得这孩子太让人心酸,同情得眼眶都红了,如果不是二胖长得胖,估计幼儿园老师就觉得他被虐待了。从那以后,一到吃饭点,二胖就闻着味期待幼儿园上什么菜。久而久之,二胖的鼻子也就锻炼出来了,比狗鼻子还灵敏,除了能分辨出是清蒸还是红烧之外,还能感觉到这菜里的配菜是鸡蛋还是猪肉。

不过那时候二胖在幼儿园人缘很差,因为他老抢别的小孩的食物。我和黑皮就是在那会儿看上了他的战斗力,和他搭上茬儿,后来才发现被他的外表骗了。二胖人长得粗壮,胆子却很小。

后来二胖高中毕业去学了幼教,我们知道他读了幼师以后都很担忧,倒不是担心二胖太胖吓到小孩,而是怕他偷吃人家小朋友的盒饭,然后饿死一整个幼儿园的小朋友。

所以虽然我自己什么都没闻到,还是信了二胖,我问:"别急,你先看看,前面有什么?"

二胖说:"前面就一条道……哦,还有一扇门,像是什么餐馆的侧门,那血腥味就是从门里出来的!"

我说:"是不是餐馆里做饭留下来的味道?"

"这餐馆看起来都废弃了,还做什么饭,这血的味道还是新鲜的呢!"二胖打着哆嗦,"老白,这次我们可能遇到大事儿了,赶紧出去,找警察吧!"

我说:"那丁凌怎么办,你不是说她进了这道子里吗?"

二胖声音更哆嗦了:"哎呀妈呀完蛋了!你说这血的味道是不是丁凌发出来的,我们等半天没等到人,是不是因为她在这被人杀了?"

他的声音越来越抖:"我就说我怎么能在见鬼的时候看见丁凌呢,也许是因为她已经死了,我看见的是她的鬼魂,她的鬼魂引我们来看她,等我们进了这扇门,一进去就能看见她的尸体!"

二胖的话有理有据，令人信服，我听着也信了三成，但心中还有那么七成是不信的，就对他说："要么我们进去看看，说不定她还活着，如果她被人袭击，咱们正好救她。"

不管我信没信，二胖已经完全信了自己的猜测，揉了一下眼睛，道："行吧，毕竟暗恋一场，当初小丁丁对咱们那么仗义，咱要是现在跑了就不是个男人了！走吧，再胆小也得给丁凌收尸！要是遇上了杀人犯，我就和他拼了！"

"先别那么悲观。"我说，"说不定她没死，好端端地在里面待着呢。"

二胖点点头，说："要是小丁丁还活着，完好无损地在里面，我就问问她吃饭了没，约她一起去吃烤串，一起进个烛光晚餐。"说完，他一咬牙，推开了那扇虚掩着的餐馆侧门。

我怕门里面有什么变态杀人狂，于是把手机电筒关掉，光用手机荧屏照亮，和二胖走了进去。

一进门，就闻到一股闷臭的味道，这里是饭店储藏室，散落着一些破箱子、纸壳子和破筐，走路时能感觉到脚下踩着菜叶。旁边还有一扇门，二胖对我打了个手势，示意血腥味就是从那扇门里飘出来的。

不得不说，我非常佩服这时的二胖，在这乱七八糟的味道中还能闻出血腥味。

于是我朝着门对他晃了晃头，意思是你去开门。

二胖摇了摇头，朝着门对我晃了晃头，意思是你的初恋你去开！

我再次摇了摇头，意思是尊老爱胖，让胖子先走，你胖你先开。

二胖上前一步，伸出手，我以为他要开门了，从地上捡起一块木板，谨慎地握在手里，躲在门口。我摆了一会儿姿势，见二胖半天没动静，悄声说："我准备好了，你开吧！"

二胖又伸了伸手，对我说："剪包布，谁输谁开。"

我想再这么谦让下去丁凌的血都该流光了，于是把木板塞到二胖手里，示意他躲门边，我小心翼翼地扭开了门。

这门一扭开，就飘出了一股浓重的血腥味，这股味道随着门的打开糊了我们俩一脸。我俩都是一惊，吓得话都说不出来了。

与此同时，屋子里还有些诡异的声音。

我看了二胖一眼，二胖冲我摇头，示意我别进去了，赶紧溜吧。

我感到自己的腿有些发抖，但是一想到丁凌可能在里面，脑袋一热，就闪身进了那门，二胖紧了紧手中的木板，也跟我进来了。

这屋子有窗户，能借一点光，我认出这是那餐馆的后厨，四边都是灶台，中间摆着一张长形桌。

奇怪的声音就是从桌子后面传来的，我和二胖无声地绕过桌子，中间我还被什么东西绊了一下，幸好没发出什么声音，我探出头去看，有一团黑乎乎的东西，还在活动。

我扶着二胖，定睛一看，顿时身上汗毛都竖起来了，背对着我们的是一个衣着褴褛、脏乎乎的男人，正在掏地上的东西吃。

我们不敢背对那男人，屏住呼吸，摸着桌子，慢慢后退。

这时二胖脚下一绊，又踩到了刚才绊到我的东西，我们回头一看，这回看清楚了，横在地上的是条人类大腿！二胖吓得一哆嗦，身体下意识地前倾，然后左脚绊到右脚，又按照惯性往前跑了两步，没止住，一下子就蹿到了那个男人面前。

二胖身子壮，这几步走得又急，脚步落在地上"嗵嗵"的响，迅速引起了那个男人的注意。只见那个男人即刻转过头，头发凌乱胡子拉碴，嘴巴一咧，露出血淋淋的牙齿，野人一样。

那男人低吼一声，怒视面前的二胖，二胖估计也是被逼急了，举起手中的木板就朝对方头上砸去，厉声道："生食男，死变态，老子今天就替天行道除了你！"

那一木板砸下去，木板四分五裂，对方却毫发无损。

房间内突然一片寂静。

二胖看了看生食男，又看了看木板。

我看了看二胖，也看了看生食男。

生食男看了看地上的木板，抬头看了看二胖。

然后二胖和生食男的视线相交了。

二胖哆嗦了一下，然后急中生智，当刚才什么事都没发生过一样，热情而又快速地对他道："哟，真巧啊，在这里遇见，哎，您吃饭了没？虽然我们萍水相逢，但相遇就是缘分，没吃的话，我带您去吃烤串去啊，我们一起吃个碳光晚餐！"

他事先就想好和丁凌重逢时要说的话，倒是没浪费脑子，在这里全用上了。

生食男低头看了看自己的手，上面全是血。

二胖又说："哎呀，您瞅我这眼神，原来您吃着呢？哈哈哈，您爱吃生的啊？哎哟，那我就不能约您了。您吃生的我也理解，生的健康，没有地沟油……"

生食男盯着他，表情凶狠。

二胖越发尴尬，呵呵一笑："您看我这瞎逛呢，突然闯进来打扰您吃饭了，您先慢慢吃，不用留我了，走了啊，有缘再见。"说完转身就要走。

生食男忽地站起来，原本是想抱住二胖的腰，但二胖腰围太大，导致他没抱住就脱手了，于是两手一起，抱住了二胖的胳膊。

二胖"哇"的一下就哭了："哎哟我的爷爷啊，您可怜可怜我，我上有老下有小家中还养着三只猫五条狗六只兔子一百只蟑螂，您就放过我吧，您吃也得挑个有肉的啊，您看我瘦得骨瘦伶仃，一点肉都没有，绝对不好吃啊！"

我见生食男身体一震，估计是他从来没见过这么光明正大地撒着一眼就能看出来的弥天大谎的不要脸的家伙。

二胖被生食男制着，扭头看着我，眼神哀切，似乎是想向我求救。

我看二胖身处险境，哭得一把鼻涕一把泪，求爷爷告奶奶的，心想我们兄弟一场，我总得帮帮他，为他打气啊。

于是我伸出拳头，用力往下一顿，对他说："加油！"

二胖"嗷"了一声，哭得更惨烈了，挥着膀子喊："救命啊，救命！"

他挥膀子不要紧，问题是那个男人还抱着他手臂呢。二胖这么一挥，那没有一点点防备也没有一丝顾虑的男人就风筝一样地被他带着甩起来了，先是被带着转了几个圈，接着腰磕在了长桌角上，然后生食男双手一松，被甩出去，狠狠地摔到了地上。

我看生食男"噗"的一声，吐出了一口血。心想二胖你这是何必呢，上天有好生之德，你既然都叫救命了就不要打人了，这不是得了便宜还卖乖吗？

二胖还在那边哭，我安慰了他几句，说小时候别人欺负你，你都是一边哭一边揍人，那时候我就说你这习惯无耻，特别讨打特别能装无辜，现在你都这么大了，怎么这毛病还没改呢，下次改改啊，行了行了，别哭了别哭了。

然后我看了一眼倒在地上的男人，掏出手机打算报警，这110还没拨出去，异变又生！

只见生食男蹭地跳了过来，一脚踢在二胖腿窝，二胖"嗵"的一声跪下。生食男拉着二胖胳膊一拧，只听"咔嚓"一声，二胖的胳膊就脱了臼。

这一串动作进行完毕只用了几秒，我惊得目瞪口呆，这时算是明白了不补刀的苦果了，每次看书看电影都嘲笑那些主角打完人不记得补刀，这回轮到自己身上竟然也忘了！

二胖疼得连声号叫，我一看这回指望不上二胖了。生食男弯下身，手指又冲着二胖的脖子掐去。生食男下手狠毒，这要一掐下去，二胖的小命要交待在这了。

于是我大喝一声："看暗器！"扬手就把手机砸了过去。那生食男见凌空飞来个东西，丝毫不敢大意，反应极快，低身一躲就藏在了二胖身后，接着就听二胖"啊呀"一声，那手机就砸到了二胖的脸上。

其实生食男根本用不着躲，因为我那手机本身瞄准的就是二胖的脸，为什么呢，因为二胖目标大啊生食男目标小，我砸生食男很有可能砸不中，我砸二胖那是必然能砸中的啊！

而且这中间还有一点心理学因素，因为生食男绝对想不到，我会拿暗器砸自己人。他想不明白，肯定会疑惑，他一疑惑反应速度就会变慢，二胖就能找到可乘之机，从生食男手中逃出来。这简直是一条绝佳的妙计！

看，现在生食男探头看地上的手机，满脸迷茫。

我充满希望地看向二胖，二胖用那只完好的胳膊擦着鼻血，委屈地看着我："你打我干什么？"

原来你也没明白啊！

那生食男可没有二胖那么傻,瞬间就一副恍然大悟的样子:"原来如此,你这家伙,竟然如此诡计多端!"

我既没想到这家伙说话声音竟然颇有磁性,也没想到他竟然会猜中我的计谋,我不禁点头:"没错,我就是想……"

生食男继续道:"原来你是想让我绝后!"

我一口气险些没上来,然后就明白了,刚才生食男踢了二胖,二胖蹲在那儿,脸后面那不就是生食男的那个部位吗?我拿手机砸二胖的脸,二胖只要头往后一躲……

二胖也一副明了的表情看着我:"原来是这样,你想攻击他最脆弱的地方,让他绝后!"

你这会儿倒是明白得快!这可是冤死我了,我简直百口莫辩。

生食男怒道:"好阴毒!"

嘿,你说我阴毒?你一个杀人吃人还挟持人质的生食男,好意思说我阴毒?

生食男可不知道我的冤屈,这会儿已经被我惹怒,再次挟持二胖:"等我先干掉这个胖子,下一个就是你!"

二胖吓得浑身哆嗦,但哭叫声中依然喊出了一丝和我的革命情谊:"老白,不要管我,你先走!"

我身体一震,没想到二胖如此仗义,心中百感交集,表情沉痛地一点头:"行,那我走了。"

二胖"咦"了一声,急道:"等等等……等下,你就这么走了,没什么想要说的?"

我想了想,也没什么话能代表现在复杂的心情,于是简单说道:"你保重,我这辈子都会记得你的,明年的今天,我给你上坟。"

"不对啊！"二胖哭道，"正常情况下你不是应该留下来，并且说'我们兄弟一场，如今你有难，我怎么能逃走'这样的话吗？"

我说："你都让我走了我当然得走，我看电视剧里，让走不走的，最后都会变成拖油瓶，引发更多牺牲，我不能变成那样的猪队友。"说完，我又后退了一步，擦了把眼泪，"我们是发小，相处了这么多年，兄弟一场，早就手牵手心连心，我懂你的心，你是想舍命让我逃，我不能辜负了你的心意！"

"哎哎哎……"二胖又号，"我就是随便那么一说，你别真走啊！我不是真心的，你别走！"

生食男冷笑道："他若是聪明，就不会留下来。"

其实我心里也是进退两难，生食男动作奇快，看起来还会武术，我绝对打不过他，现在生食男挟持了二胖，要是我贸然冲上去，二胖就是一个死，生食男说过，二胖死后就轮到我，他绝对不会食言……可就算他食言，我也不能眼睁睁地看着二胖去死啊！

但就像生食男说的，如果我留下来，基本是死路一条；如果我现在转身逃走，他杀了二胖再过来追我，势必会慢一点；如果我逃到大街上，这生食男十有八九是不敢追上来的。

也就是说，逃走活下来的机会更大些，留在这里十有八九是个死！

生食男倒也没对二胖动手，而是眯着眼睛看着我，似乎是好奇我会做出什么选择。

黑暗中，他的眼睛中闪着嗜血的光芒，死死地盯着我，胡子拉碴的嘴角扬了起来，看起来颇像一只戏弄猎物的猛虎。

我看着他，心里发凉背后发毛一身冷汗，又是害怕又是焦急，双腿发软，忍不住身子往下一沉，虽然马上就直了起来，但这个细微的动作还是被生食男看见了。

生食男得意地笑了起来，对二胖说："胖子，你这朋友胆小得很，估计是不会管你了。"

二胖哭得直抽抽，一条胳膊耷拉着，身上肥肉一抖一抖的。

我见他那惨样，忽然想起当年黑皮出国，我和二胖相送的时候，黑皮把那本《馗华宝典》交到我手里，然后背着二胖悄声对我说："老白，我这前半辈子最不后悔的事儿就是和你和二胖做兄弟，现在我要出去了，最放心不下的就是你俩，我看着你俩长大，知道你比二胖机灵，以后我不在了，有什么事，你得罩着二胖一点。"

我当时说："你这话说得很没水准，你不过是高中毕业出国上大学，人生的三分之一都没走完，说什么前半辈子。而且什么叫你要出去了，我们是在蹲号子还是咋样啊，那叫出国！还有啊，什么叫看着我们长大，咱们一般大好嘛，这叫一起长大，你这叫用词不当，怪不得你语文不及格，语文老师那么恨你。"

黑皮那时候就笑了笑，然后拍了拍我的肩膀，说："好兄弟，一辈子！"

你说那时候的事情，怎么突然就在这会儿想起来了呢？

我又看了看二胖，一咬牙，对生食男道："我觉得你确实挺厉害，捏着我们的性命看戏，那在这生死攸关的时候，我问你一个问题你能回答吗？"

生食男冷声道："什么问题。"

我说："你听说过安利吗？"

生食男没想到我会突然问这么一个问题，猛地一愣。我趁他愣住的空当，用力撞向二胖，二胖立即往后倒去，正好压在生食男身上。生食男半边身体被二胖压着，另一只手弯成爪状，迅速朝着二胖喉咙掐去，眼看就要掐到二胖的喉咙，我一把掰住生食男的手，对二胖喊："快走！"

二胖趁这个空隙，一个轱辘滚了出去。生食男反应也不慢，反手抓住我的手腕，那么一拧，就把我手别到了身后，方才被二胖压住的那只手就要上来抓我。我连忙就势侧过身，把他那手臂压在地上。

二胖已经爬起来，呆呆地看我："你不是要逃吗？"

我心里暗骂了一句，道："我还能真丢下你逃跑？"

我很担心生食男咬我脖子，没被他压制的另一只手背过去抠他脸，我背对着生食男，什么也看不见，只是乱抠，感觉大拇指已经抠到了生食男的鼻孔里。

生食男也没让我抠多久，马上偏头躲过，他一手被我压着，另一只手拧着我的手，要是他松手，我一滚就能脱离他的控制。我本来以为他也不会有别的办法，正准备叫二胖帮忙，没想到他朝着我的大拇指咬了下去。

我心头一震，这手指刚刚戳过你鼻孔你都咬，你也不嫌脏！

这念头只是一闪就过去了，因为他咬的那一口，除了疼，还有一种非常难以形容的麻痹感，像是皮被割开之后，里面的血肉被电打了一下。

这边我还没叫，那边二胖就已经大叫起来："老白，他嘴里有只白虫子，跑到你的手里面去了！"

我想抽手，却被那生食男紧紧咬着拇指关节。我偏头去看，看不到脑后面的手，只看到了被我压着的生食男的身体。

我从刚才开始，才算是和那生食男第一次有了近距离的接触。这会儿近了看，他衣服破破烂烂，隐约能看见里面的皮肤，他的手臂青筋暴露，皮肤完整，但是皮肤下却像是有无数个脓包，都是半个指节大小。

令人毛骨悚然的是，这些脓包像是有生命一样，还在生食男的皮肤下面活动！

我心里一阵发寒，心想这世上哪有这样的活人？还真让二胖说着了——见鬼了，今天我们可算是栽在这了！

那边二胖还在原地踌躇，东张西望，一副想要过来帮忙又不敢的样子。我一把把手指从生食男嘴里扯出来，拇指血肉模糊，半边皮都没了，我扯着嗓子和二胖喊："别过来，快跑！这家伙不是人！"

二胖打了个哆嗦，说："你说什么？"

都到这份儿上，估计我也逃不了了，死一个也是死，死两个也是死，少死一个就是赚到。我喊道："当初黑皮把你托孤给我，让我好好照顾你，你得活下去，别当猪队友，快跑！"

二胖"嗷"了一声，这下倒是没犹豫，转身就往外跑，一边跑还一边喊："什么叫托孤啊！"

我看着二胖跑出房间，心里总算轻松一点，心想咋样我这也算是舍己为人，一命换一命了，虽然也不是那么想换，但是凡事重要的是结果不是过程，我现在确实是一个让人敬佩的人，对得起小学时飞扬在脖子上的红领巾了。

然后我感觉身体一震，生食男被我压住的半边身体突然用力，反身将我压在地上。我还想趁着空隙反抗，他干脆用整个身体压制住我，我脸贴着地面，双手被他反转，身体被他紧紧压制，完全无法动弹。

生食男的手指掐在了我脖子上，逼我仰着头，在我耳边冷笑道："没想到你还是个够义气的，等我杀了你，再去……"

他没说完话，突然抬头看向门口，我也抬头一看，却发现二胖又转回来了，站在门口，目瞪口呆地看着我和生食男。

他怎么又回来了！

二胖满脸震惊，手指哆嗦着指向生食男，骂道："我去！你这变态，怪不得你半天不杀我们，挟持了老白还放我走，原来你不是普通的杀，而是要先奸后杀，杀完再吃！"

虽然我们这搏斗的姿势是有点不雅观，但二胖你这误会也太大了点吧！

"胡扯！"生食男怒道，"要不是看你们说话有趣，我早就杀了你们了！"

那还真是谢谢您了啊，听我们说这么多。

我简直气疯，对着二胖喊道："你回来干什么，快跑啊！"

二胖说："不行，我跑不了啊，我骑不了你的摩托。"

二胖不能骑我的摩托我是知道的，车座小，他的屁股会卡在里面，而且他的腿太粗，总是踩不住脚踏板。

我这时心里也只有一句，二胖，你不用摩托，用腿也能跑啊！是不是傻！

我说："你不会用腿……呃……呃……"

后面的话却是说不出来了，生食男的手指用力，掐紧了我脖子，使我发不出更多的声音。

我被制伏，根本无法挣扎，大脑缺氧，眼前发黑，眼眶发胀，喉咙像是被皮筋绕了几圈，被生食男咬破的手指还在剧痛，我开始还能看清二胖，后来眼睛就模糊了，心中只有一个念头——这回绝对是要死了。

然后就听得旁边传来玻璃破碎之声。

我隐约觉得发生了什么突变，但眼前突然全黑，大脑空白，却是什么都不知道了。

第 2 章
你往哪儿跑呢？

等我再恢复意识的时候，发现二胖正背着我狂奔，他那只没受伤的胳膊往后别着我，我眼看就要滑下去了，连忙伸手搂住二胖肩膀，问道："我昏过去多久了？"

二胖道："啥？你啥时候昏过去的？我不知道啊！"

听他这么一说我就知道我昏过去没多久，再左右一看，二胖刚跑出那餐馆，正在小道道里跑，估计我刚才也是被生食男掐得太狠，厥过去了半分钟。

我问："刚才怎么回事？"

二胖继续说："咱俩真是命大，有贵人相助！刚才那男的刚想掐死你，就从窗户跳进来了一个女人，然后他俩就打起来了，跟拍武侠片似的！我这回特别机灵，见情况有转机，把你抡起来，扔到背上就跑。"

我感到喉咙那里还残存着那种被紧缚的感觉，咳嗽了两声："这么巧！"

"简直和拍电影一样！"二胖后怕地说，"刚才真是千钧一发，幸好咱俩话多，有幽默感，那生食男又是个喜欢听人唠嗑的，不然拖延不了那么多时间，我们就死了。"

那么多小说电影的反派都是死于话多，该杀不杀，不停絮叨，而我们却正好相反,是因为话多而活了下来。

真是世事无常。

我恨不得马上打电话报警,不过刚才手机摔了没拿回来,二胖因为太胖,兜里揣着手机总被压坏,所以一般也不带手机。别人给他打电话一般都打我手机上,原来觉得没啥,经历了这次事件,我觉得他也应该配个手机,就说:"改天你也买个厚一点的不容易坏的手机,以防以后再遇到这样的事……哎,你记得赔我手机啊。"

"放心吧,明天就买给你。"二胖说,"你这人咋这样,我们现在逃命呢,你还和我说手机。"

我叮嘱道:"型号别忘了,苹果梨8S,六千八的那一款。"

二胖说道:"可是我明明记得你手机是七百块的薏米5,现在买还打折。"

我说:"不,我升级了内存,这个改变是巨大的,现在它已经不是纯淀粉的主食了,它已经变成富含维生素和纤维的水果了。"

二胖说:"我怎么觉得你在忽悠我。"

我说:"我们兄弟一场,我不忽悠你忽悠谁呢。"

我们说着话的时候,二胖还在背着我不停跑,气喘吁吁,汗流浃背,我也没打算提醒他可以把我放下来让我自己走了。

二胖也没反应过来可以让我自己逃,沉默了一会儿,却突然说道:"老白,有一件事我得告诉你。"

我问:"啥事?"

二胖说:"刚才从窗户跳进来,和那个变态杀人犯打的那个女人,你看见了吗?"

我说:"我都晕过去了,还能看见啥?"

二胖说:"我觉得那个女人,好像就是小丁丁。"

我愣了一下:"丁凌?!"

二胖说:"我觉得是她,她就和刚才我见鬼时看见的一样,穿着同一身衣服……而且她那么能打!你记得吗?丁凌原来就能打!"

我心里百感交集,一来我两次都没看见那女人,不知道胖子看见的到底是不是她;二来就算是她,在这种情况下也不知道该怎么办,中学时丁凌的武力值就比我们三个加起来的都高,现在要是折回去,不知道是帮忙还是添乱。

于是我一拍二胖的背,说:"快点,我们出去报警!"

二胖应了一声,双腿在地上一踹,野猪出林一样地狂奔。

他体积大重量也大,跑起来地面咚咚响,身上的肉水波一样地荡,颠得我都有点晕车。

就这么跑了一阵,我心里隐隐觉得有些奇怪,刚才说话的时候,二胖就在跑,这小道有这么长吗?

我记得刚才我们进这道的时候,这两边堆了不少东西,窄的地方,二胖得侧身穿过,现在二胖怎么跑得这么顺,一点都没有被绊倒,就像是在平坦宽阔的大路上狂奔?

我连忙拍拍二胖:"二胖,好像有点不对,你往哪儿跑呢?"

二胖说:"这边黑咕隆咚的,我也看不见路,当然是往前跑,我没撞到墙,那肯定是对的。"

他这么一说我感觉更不对了,虽然刚才我们进来的时候我用手机照明,但即使不用手机,也不至于黑得什么都看不见。

我正想让二胖停下来看看附近景象,突然感觉右手又痒又疼,转头一看,吓出了一身白毛汗!

我看见自己的右手手背,从被生食男咬伤的手指开始,一条十厘米左右的凸起，像是条青筋，但肯定不是青筋，因为那东西还在不断地往手臂上方移动！

我忽然想起，刚才和生食男厮打的时候，二胖说过，生食男嘴里有只白虫子，朝我手指里钻进去了。当时也是一阵剧痛，不过后面发生事情太多，一下子忘了。

现在看起来，二胖说的是真的！我当时看到生食男身上有脓包一样的东西在皮肤下涌动着，那些东西说不定就是虫子！

那凸起移动的地方，传来一种皮肉分离的巨大痛楚，我再傻也知道不能让那玩意继续蹿下去，于是用左手捏住了右手臂，阻止那玩意继续往下走。

之前说过，二胖虽然背着我，但他手臂被生食男折了一只，只能用另一只手臂揽着我，我现在一只手握着另一只手，再没多余的手去抓着二胖，他现在正死命跑，我眼看就要摔下去。

这个姿势摔下去，绝对是头朝地，说不定还要被二胖带着一路蹭地板，指不定就摔傻了！

我灵机一动，张嘴咬住了二胖的衣服，努力平衡身体。

我这么一咬，衣服往后，二胖的脖子就被衣领勒住了！

二胖大叫道："坏了，老白，那老掐人脖子的杀人狂好像是追过来了，我的脖子被他掐过，现在有感应了，感觉有点透不过气！"说完，跑得更快了。

我也不好受，满嘴都是二胖衣服上的汗味，说实话非常恶心，但二胖要是停下来了我还可以下来，他这么疯了一样继续一直跑，我也只能咬着他衣服。

我咬着二胖衣服，说不出话阻止二胖，二胖就没了命地跑。

这简直是个恶性循环。

但这恶性循环的最根源,还是我右手里面那只虫子。

我得赶紧把这虫子弄出来才行!

我狠狠地咬着二胖的衣服,把手臂上的虫子往伤口处撸,想把它从原路撸回去,最好是能从伤口处拉出来。

这过程疼得我是差点晕过去,我咬着二胖的衣服,撸着自己的右手,汗如雨下,竟也取得了不小的成绩——那虫子竟然真的被我撸到了大拇指处,虫子白色的头从我拇指上方血淋淋的皮肉中露了出来。

我看到那虫子的头,顿时惊了!

那虫子的头竟然神似人脸,眼睛、鼻子和嘴一应俱全,从五官看去,完全是一张沧桑霸气富有智慧而又生无可恋的人脸。

那是张很矛盾的脸,猛地看起来,你会觉得它智力是低下的,但仔细一瞅,又能感觉到这脸的智慧、不耐世俗和超凡脱俗的一面。

要不是亲眼看到,很难想象一只虫子竟然能长这么一张富有层次感而又有内涵的脸。

此时,这只虫子正仰脸看向四周,嘴巴一开,竟然还幽幽地叹了口气。

我深吸一口气,屏气凝神,小心地松开左手,伸手去抓那虫子的头。

这可是一只虫子!就算它长着一张倾国倾城的美人脸我也不能让它留在我身体里!

那虫子还在看风景,一抬头正好看见我的手,我心中紧张,手僵在空中不动,生怕吓到它,它再一咕噜钻到我的皮肤里去。

谁知那虫子眯起眼睛打量了半天,然后身子慢悠悠一转,以极慢的速度往左边躲。

我一看,它这躲的速度之慢,以致于我看到它的动作时以为看到了定格动画，只要我眼珠子转得稍快一点，就看过了。

我觉得这中间应该有什么阴谋，这虫子可是生食男嘴里出来的，那生食男动作快速犹如闪电，身上又有无数的虫子，这只虫子不可能那么简单。

于是我屏气凝神，小心谨慎地放下手指，对着那虫子的头捏了过去。

竟然没费任何力气就捏住了！

那虫子在我手中，依然是一张看淡世间繁华俗事，处事不惊的脸。我心里忐忑，觉得这虫子肯定不平凡，它现在不动也许是在蓄力，等蓄力条满了以后就要进攻了，我不能拖延，必须速战速决。于是我一咬牙，忍住痛，用力把那虫子揪往外拉！心里已经做好拉出一根筋的准备了！

谁知我手上一空，那虫子竟然非常轻易地被揪了出来！

坑我呢！我看着左手拉出来的那条白虫，心想这虫子不会真的这么弱吧？

这虫子依然是一张看破红尘、高深莫测的脸，在我看着它的时候，它也保持着那种表情看着我。

这种表情看久了，竟然让人觉得它很贱。

就在这时，二胖忽然一停，我猝不及防，因为惯性而往前扑去。

我连忙用两手扒住二胖肩膀，问道："怎么了？"

二胖说："老白，我就说这回是真见鬼了，你快看！"

我抬头一看，前面红彤彤一片，道路两边矗立着古色古香的街道，两边张灯结彩，人来人往，热闹非凡，但那街道上都是穿着各色衣服的人，这些人的衣服显然都不是一个年代的，很像从玄幻恶搞仙侠历史剧中穿越来的。

二胖已经开始哆嗦了，手一软就把我放下来了："老白，我刚才看见的就是这个！怎么又看到了，天哪，我们不会已经死了吧！该不会是我们并没有从生食男那里逃出来？真正的我们已经被他弄死了，现在一直逃亡的是我们的灵魂，现在，我们已经到了阴曹地府。"

二胖声音都在抖，我光听他说话就能感觉到他身上起了一身的鸡皮疙瘩，他从小就胆小，可今天晚上先是看见鬼市，然后又看见神出鬼没的丁凌，然后遇见生食男，被生食男挟持，然后拼命逃跑，接着现在又遇见了鬼市！

我深知这一晚上的经历已经足够让二胖崩溃几次，他能挺住到现在都没晕已经是奇迹，全靠他的意志力支撑着。要是再来一次惊吓，恐怕他就挺不住了。

于是我拍了拍二胖的肩膀，说："放心吧，我们还活着，我手还疼着呢，死人又怎么会有知觉？"

拍完二胖肩膀，我忽然发现有些不对劲。刚才二胖急刹车时，我双手往前甩了一下，然后好像是用两只手扶住了二胖肩膀，我的手都在这，手里空着，那刚才那只虫子呢？

我身体一抖，连忙在自己身上手上找，找了半天没有找到，心想是不是甩到我身上看不见的地方了，转过身正想让二胖在我身上找，一抬头，就惊呆了。

那只虫子正趴在二胖头发上，慢慢往下蠕动。

二胖的神经已经紧绷成这样，要是让他看到那虫子还不得吓死？而且按照他那愣乎乎的性格，要是他看见这虫子，说不定会闹出更大的乱子。

最好的方法，自然就是在不惊动二胖的情况下，拿下那只虫子。

我走到二胖身后，伸手去抓二胖头发上的虫子，却见二胖猛地回头："不对啊，老白，我们绝对是死了，你看，我们明明没有动，但身体却在飘，现在离那鬼市越来越近了！"

我瞟了一眼，发现二胖说得不错，也不知道是我们在动还是那鬼市在动，我们二人和那鬼市之间的距离是越来越近了。

但当务之急不是鬼市，而是二胖头上的这只虫子。其实这事儿也很简单，只要二胖站在原地，我伸手一抓，就能把那虫子抓下来。我只要把那虫子扔到远处，按照那虫子的爬行速度，估计再过个几十年也爬不回来。

问题是二胖这会儿却急得团团转，一会儿往前跑一会儿往后跑："这可怎么办，前面是鬼市，后面是生食男，咱们两个今天是不是真的要交待在这了！"

我跟着他跑了几圈，每次眼看就要抓住那虫子了，二胖总是能完美地摇头躲过，让我怀疑他是不是故意的。

于是我忍无可忍，一把按住二胖，道："你先别急！"总算把二胖稳住了。

"你别乱跑！"我边说边伸手去抓二胖头发上的虫子，"你看你头发都乱了！"

没想到那条虫子之前已经被我抓到过一次，这次有了经验，竟然猛地加速一闪，躲过了我的手，然后吐出一道丝，慢悠悠地往下荡。

二胖说："不会吧，我这一头板寸还能乱？"说完就抬眼往上看，这时那条白虫刚好荡到二胖鼻梁处，慢慢往下，二胖一抬头，虫子就落在了他鼻子上，马上吸引了二胖的注意力。

于是二胖一对眼就和那虫子奇特的脸对上了。

二胖正在着急上火，冷不丁地又在自己鼻梁上看见个长着人脸的虫子，心里那一直勉强绷着的弦儿是彻底断了，眼睛转了一圈，对了一下，就晕厥了过去。

他晕过去不要紧，问题是他是往我身上倒的！

我还在准备抓那只虫子，忽然感觉一团阴影压下，我睁大眼睛，张大嘴，还未来得及逃跑，就已经完全被阴影笼罩！

紧接着那座肉山就朝我压了下来，我整个人就像被巨大的铁球撞击到一样，五脏六腑都受到了冲击，姿势都没变，捉虫子的手都没来得及放下来，就被二胖带着压倒了。

我整个人都被二胖压得没办法动弹，幸好头没被压住，要不然怕是要憋死，我努力往前，想要从二胖身下钻出来，结果二胖实在太重，我出了一身汗也没移动分毫。

我被压得胸口发闷，心想这简直倒了血霉了，今天没被生食男杀死，没被虫子咬死，倒是被二胖压死了，与其死得这么窝囊，还不如让虫子一口咬死，至少死法离奇一点。

正想着，侧头一看，顿时眼泪都要出来了，那只虫子根本就没爬远，现在就在我手跟前，和我那受伤的大拇指之间只差分毫。

如果我手能动，绝对要扇自己两巴掌，叫你胡思乱想！都死到临头了还挑死法！

幸好那只白虫半边身体被二胖手臂压着，虽然在努力蠕动身体，但和我手指还有那么一点点距离。但那距离细微到可以忽略不计，看起来十分触目惊心，似乎它分分钟要钻进我拇指。

我是真不知道它为什么对我的拇指那么执着，到底我拇指哪里好，我让它改不成吗？

我这边正焦急，忽然眼前红光大作，转头一看，哭死的心都有了——那鬼市已经近到了眼前。

真是屋漏又逢下雨，什么破事都赶在一起了！

从我的角度看去，隐隐看见鬼市里有人正往这边走，一双黑色的布鞋，越走越近。

我顿时急了，手掌摁地，努力挣扎着，硬是把二胖抬起了一点。谁知道那虫子也急了，奋力往前，竟然把身体都挣断了，半截身子还压在二胖手臂下面，头却噌地一下钻回了我大拇指！

我本来是用全部力气撑起了二胖身体，那虫子那么一蹿，又是一阵剧痛！

你想啊，生食男把我拇指咬烂，已经像是在我手上削过一层皮了，钻了个虫子进去，就等于又在拇指上戳了一刀，我把虫子拽出来，相当于又戳了一刀，现在它又钻了回去，又是一刀！

十指连心啊，这么一刀一刀又一刀，还都是戳在相同的位置，谁能受得了?!

我疼得一哆嗦，手上没了力气，二胖的身体就又把我压了回去，我感觉胸口又一沉，好不容易呼吸的那点儿气全都被挤了出去，感觉整个人都瘪了，像是从三维生物被压成了二维生物。

这阵子那黑布鞋也走到了我身边，我心想这回是彻底完了，二胖不压死我，那虫子也得弄死我，虫子弄不死我，穿着布鞋的鬼也能杀了我，这鬼不杀我，后面那个生食男追过来也可以掐死我。

这一串连环死简直是多重保障，体贴又周到，比保险公司保险多了，能保证让我死得透透的。

与其清醒着等死，不如昏过去算了，一觉醒来直接去奈何桥报道。

这么想着，我的身体和大脑也很合我心意，身体越来越沉，眼睛也越来越蒙眬。

在成功昏过去之前，那双布鞋已经在我面前停了下来，头顶传来一个声音："这是在搞啥子哟。"

我昏昏沉沉地做了一个梦，梦见我在学校上学，老师在上面讲课，我课本立在书桌上挡着，作为偷吃辣条的掩体，我同桌还是那个叫吴珍珍的女孩，她的书虽然平放着，但是课桌底下的手也没闲着，正在偷偷剥瓜子，除了瓜子她桌仓里还有一堆零食，都是黑皮送的。

拿黑皮的话来说，比起脸，他更喜欢有智慧的女人。

吴珍珍正是个富有智慧的女孩子，就拿上课偷吃东西来说，她每次剥完瓜子，到吃的时候，动作就十分花哨而隐蔽。或把头埋到书桌下，飞快地吃进一个；或用手托下巴，目视黑板，做沉思状，然后偷偷往嘴里塞一个；又或者是装作打哈欠，捂嘴的同时往嘴里扔进几个。

我心灵手巧的同桌还用纸卷起来做了个垃圾桶，用透明胶粘在我和她中间的桌子腿上，方便我们扔垃圾。

虽然吴珍珍吃东西的手法特别有技巧，但是作为一名响当当的汉子，我还是不太喜欢她这种花哨的做法，吃个东西，那么累干吗，大口大口吃呗！尤其是坐我前面的二胖山一样地遮住了我，安全得很，有什么可怕的。

就是这个辣条有点太辣了，辣得我手指头疼，我忍不住吮了吮我的手指头。

就在这时，老刘头喊："任天白，你起来把这个问题回答一下。"

我正吃得欢，冷不丁被点名，嘴里辣条还来不及咽，连忙站起来，胡蒙了一个答案："选C！"

然后班里就迸发出一阵大笑，老刘头说："填空题你选什么C！"然后开始批评我不好好听讲不好好学习，一天天无所事事以后不知道该怎么办。

我连忙捂住嘴，趁机把嘴里的辣条咽下去，结果辣条是咽下去了，但是嘴里含辣椒含了太久，辣得我够呛。

为了解辣，我只好吐着舌头，不停地发出"嘶哈嘶哈"的声音。

老刘头说："不要以为你抛弃自尊装狗，我就会原谅你！"其他人又是一阵哄笑，前面的二胖笑得我桌子都在震，黑皮也朝我挤眉弄眼，我那同桌已经正襟危坐，装得没事人一样。

我觉得特别没面子，马上朝丁凌看去，她正偏过脸看我，完美的侧脸被光线晕染出一层光，竟然也笑了。

哎哟，她朝我笑了。

我心里美得呀，有点心跳加快，又有点小羞涩，伸手一捋头发，也帅气地笑了出来，就在这时，丁凌的笑容忽然消失了，她看向我的手，露出惊恐的表情。

我低头一看自己的手，也吓了一跳，我的大拇指上竟然长出了一只虫子！

教室里顿时喧闹了起来，同学们尖叫着逃离，桌子椅子乱了一地。

我惊恐地盯着自己的手指，手指上那只虫子转头看向我，露出了一张看透人间百态、很有学问又充满负能量的脸！

我猛地惊醒，睁大了眼睛，发现自己躺在一张木板床上，再往四周一看，又是一惊。这里看起来就像是古装剧里的客栈房间，房间里点着蜡烛，窗外映着红光，还能听见叫卖和聊天的声音。

身上传来剧痛，我发现自己还盖着一床被子，再一转头，二胖躺在地下不远处，一动不动，身上全是血。在烛光下看不清他的脸，也不知道是死是活，但就出血量来说，估计是凶多吉少。

我想翻身下床，却发现浑身软绵绵的，没有一点力气，根本没办法动弹，除了头，其他地方都动不了。

我看着二胖的身体——很有可能已经是尸体了，眼眶发酸，心想二胖终究还是没有逃过一劫，我的好兄弟就这么不明不白地去了。

这时突然有人推门，我连忙闭上眼睛装睡。

第3章
要怎么跟你们这种现代人解释呢？

只听得有两人的脚步声逐渐靠近，一人道："你莫要冲壳子（吹牛），你都多久没有整治过活人了，现在你有没有哈数（把握）？"

另一人哼道："你要是觉得我吹牛，大可去找别人，我就不信在我们这条街上，你还能找到别人。"

那两人说着话，已经到了我跟前，我张开眼睛偷看了一下，说四川话的是一个干瘦的老头儿，白发长须，头发梳了一个发髻，穿着白色唐装、黑色裤子和黑布鞋，看来我晕倒前见到的就是他。

另外一个说普通话牛哄哄的，是个看起来挺傲气的男人，一身米色汉服，姿势和他说话一样牛，一手背在身后，一手在前面兜着，很有架势。

这俩人穿着不同年代的衣服，看着就像是古装片串场过来的。

这都不可怕，可怕的是那穿汉服的男人停到我面前的时候，背在后面的手忽地一扬，我就看见他手里拿着一把闪着寒光的尖刀！

那个穿着汉服的男人拿着那把刀在我面前晃了一晃，看那姿势是要扎下来！

再装睡就没命了！我猛地睁开眼，大喊一声："刀下留人！"

那两个男人一下愣住了，然后对视了一眼。

老头说："你醒了。"然后转头对那拿刀的人道，"快些，醒了下刀容易疼。"

你们这是杀人还有怜悯之心，希望我在睡梦中不疼不痒地死去啊？

我本是一个桀骜不驯志气高远不会求饶的人，但和二胖处得久了，自尊被他吃去了不少，生死攸关之际，那些听二胖说了无数次的求饶的话就顺口说了出来："二位壮士手下留情，我上有老下有小家中还养着三只猫五条狗六只兔子一百只蟑螂，全都靠我养活，所以我万万使（死）不得哟！"

这四川味的普通话简直有毒啊，明明是这么危机的情况，我也只不过听那老头说了两句话，竟然也被影响了。

那老头奇道："你和那闷墩儿（胖子）果然是一家的，说的话都一模一样。"

废话，我学他的，肯定一样。

汉服男皱眉道："我刀功很好，分皮去骨能不差丝毫，你怕什么。"

我怕的是死，和你刀功好不好没关系！我说："你都要把我切片了，死到临头了还不许我怕？"

汉服男说："谁要杀你了？"

我冷笑一声，指向二胖："他浑身是血，面色惨白地死在那里，你不要说人不是你们杀的？"

汉服男用一种看白痴的表情看我。

唐装老头一脸惊奇的表情，走到二胖跟前，一只手把二胖拎起来看。

我一看唐装老头那动作就惊呆了，二胖可是曾经压坏过体重秤的人，这老头竟然能单手提二胖，那他武力值一定逆天哪，至少能徒手杀死头大象吧。

唐装老头又拎着二胖晃了晃，道："这闷墩儿重得很，我费了老大劲儿才把他带回来，咋个突然死了？"

这老头说的"费老大劲儿"肯定和我们通常意义上的"费老大劲儿"不一样。

汉服男道："有什么奇怪的，这胖子面相平和，气息均匀，根本就没死！"

我之前看那汉服男的眼神就觉得有些不对劲，后来老头去查看二胖的时候，我的那个预感就更加强烈了，直到这时汉服男把话说出来，我的预感就成真了。

我之前看电视，每次看到那角色睡着了没死，旁边人却大呼小叫，喊着死人了死人了，我就觉得傻，鄙视他们的智商。死没死你还看不出来吗？

没想到今天，这种荒谬的事情却轮到了我身上。

这么说，按照常理剧情发展，这会儿我就能听到二胖打呼噜了。

果不其然，汉服男说完话没两分钟，二胖就响起了震天的呼噜声。

你说这呼噜早不打晚不打，偏偏在这种时候打，是不是贱，是不是欠揍？我恨铁不成钢地看着二胖，这么遵守剧情发展规律，你以为你在拍脑残剧吗？

老头眯着眼睛看我，一副你脑子有坑，人死没死都不知道的表情。

我说："这可不怪我乱想，你看他满身都是血，还躺在地上，看起来就是具尸体。"我梗着脖子看二胖，"我晕倒前他还没受伤，你可别告诉我他出那么多血和你们没关系。"

听我这么一说，那老头忽然表情变得闪烁了起来，嘿嘿地笑了两声。

汉服男说："那血不是他的。"

我问："不是他的是谁的？"

汉服男说："是你的。"

我顿时惊了，目瞪口呆。

老头突然一脸慈祥地问我："小娃儿，你吃了没有？饿不饿？"

现在追求真相的心思超越了一切，哪还有心情吃饭，我连忙问汉服男："为什么这些血是我的？"

"当初丁老发现你的时候，正有一只蛊虫往你手里钻。"汉服男看了一眼老头，"丁老想帮你把虫子揪出来，用的力气大了些，不小心弄爆了你手臂的血管。"

这是要多大力？才能让我流这么多血！这是要揪虫子吗，这是要把我撕碎吧！

我震惊地看向老头，怪不得我浑身无力没法动弹，原来是因为失血太多啊！

那老头握着双手，低着头，不好意思地抬起头朝我笑了一笑，还挺腼腆。

我瞥了一眼自己的手臂，欲哭无泪，只好自己安慰自己，算了，只要把虫子取出来就行了，于是我问："那虫子呢？"

汉服男回答："没弄出来。"

我那么多血都白流了啊！

老头辩解道："我本来是想，帮你把那虫子抠出来，没想到虫子往你胳膊里面钻，我一下没抠出来，还出了好多血。而且那虫子还往你倒拐子（手肘）那里钻你晓得吗？我想都已经出了这么多血，干脆一不做二不休，直接帮你抠出来……"他叹了一口气，"可惜还是只抠出来了血，没得抠出虫子。"

我想象了一下那个画面，简直惨不忍睹！

老头说："然后我就把那闷墩儿挪开，把你们带过来了。"

敢情你爆我血管的时候二胖还压在我身上呢！我心中那个恨啊，这是什么仇什么怨，为什么要这么折磨我？

老头说："一路上我想帮你点穴止血，可没把持好力度，又戳出来俩窟窿，就看你那血喷得哟……"

这下手是有多重？

我痛苦地说："别说了，我听不下去了。"简直心疼我自己！

老头说："没得事，关神医给你止了血了，再把虫子拿出来就好了。"

我现在已经完全明白了，这老头虽然干着要我命的事，但实际上是想救我，那个拿着刀的还是个神医，过来是想治我的。

一句话总结就是，听起来面前两个人虽然没干什么好事，但应该不是坏人。

看看窗外那红光，屋内摆设，面前两人穿着，再结合我昏过去之前的情景，现在我毫无疑问是在鬼市里，这两个人虽然不知道是什么朝代的，但肯定不是现代人。

而且那老头在我面前露了一手，还说到点穴，简直像在拍武侠片。

我试探着问："你们是不是都会武功？"

关神医冷笑一声，道："废话。"

我一时之间有点闹不清楚我是穿越了还是见鬼了，问道："现在是几几年？"

老头奇道："这小娃儿怎么搞的，连今年是什么时候都不晓得了？"

关神医道："他受了内伤，大概是被什么重物击中过，就伤势看来，很像被车撞过，或许是小凌提起过的卡车，也许影响了脑子也不得而知。"

还能有什么重物，那重物不就是二胖嘛，人正在地上躺着呢。

我说："你们还没回答我的问题呢。"

关神医瞥我一眼，快速道："现在是 2020 年，不要说唐宋元明，就连清朝都已经亡了许多年，这些我们都知道。我时间宝贵，经不起浪费，现在可以给你驱虫了吗？"

说完，那神医又扬起刀。

我说："你驱虫为什么要用刀？"

关神医说："你身体里可是钻进了一只活生生的蛊虫，当然要挖出来。"

"你们刚才就说蛊虫……蛊虫的。"我说，"你说的，不是我想的那种蛊吧，那不都是小说里出现的东西吗，现实生活中能有？不科学啊！"

"要怎么跟你们这种现代人解释呢？"关神医想了一下，迅速道，"你要科学，我就科学地分析给你听。简单地说，制蛊，就是早期的一种生物实验，以人工手段干预改造有毒生物，使其产生可以影响人神经乃至身体构造的未知毒素的一种手法，你明白了吗？"

我摇头。

"也就是说，这是一种用特殊手法培育出来的寄生虫，这种寄生虫附着在人或其他活着动物身上，吸取宿主的营养，并改变或者影响宿主的精神和生理功能。明白了吗？"

我继续摇头。

"行了，不需要你明白。"关神医不耐烦地扬刀，"我给你取出来就行了。"

我一看那刀光晃过，连忙道："等下，我看电视剧里古代人治病，不都是泡泡药罐子输入内力，吃吃药发发汗就好了吗？"

关神医皱眉道："少看点脑残片，多吃点脑残片。说不定你这病就能快点好。"

你知道的还挺多！

我不甘心挨这一刀，又说："那你给我输个内力呗，我觉得浪费你一点点内力,应该就可以把虫子逼出来?"

"多大脸,"关神医冷笑,"你怎么不上天呢?"

我只好退后一步:"那你能给上麻药吗?"

"麻药?"关神医反问我,"你觉得我是哪个年代的人?"

他这么光明正大地自己拆自己的台,竟然让我无言以对,你说我在充满科技感的现代化的 2020 年遇到他们这种穿得和古装剧一样的人,该吐槽的明明应该是我吧,不符合年代的人应该是他们吧,为什么这个人倒是一副非常有理的模样!

你串戏了,理亏的应该是你,你知道吗?

老头在旁边劝我:"不要害怕,没的事,最坏也不过是个死嘛!"

我瞪着那老头:"你给我说清楚,'不过是个死'是什么意思!"

关神医道:"你以为蛊虫进入人体,是那么容易拿出来的?"

我又是一惊:"你都上刀了了,还能更坏?"

关神医道:"按照通常情况,这蛊虫会潜入你心脉,控制你身体,使你成为下蛊人的傀儡。但是进入你身体的这只蛊虫,不知道为什么,力量小了许多。"

那是因为二胖把它压断了,只剩了一半。

我问:"力量小了它还能操控我吗?"

"不会,"关神医说,"但如果不尽快把它取出来,它就会寄宿在你身上,成为你身体的一部分。"

还真是寄生虫啊!

听到关神医这么说,我也很慌张,一般来说,也没正常人愿意身上多长个东西,我问:"听你这么说,把那虫子取出来一定很困难了?"

关神医道:"它已经和你的经脉连为一体,取出来必定会伤及筋脉,轻则残疾，重则丧命。"

我直接震惊了，我知道这虫子取出来困难，但是没想到这么困难。

我说："那我现在身体虚弱，一动都动不了，是不是就是因为那虫子？"

"不。"关神医说，"那是因为我点了你的穴道。"

我问："为什么要点我穴道？"

关神医说："止血。"

"……"我看向老头，他背着手，装作没事人一样地看向窗外。

关神医道："你不用担心，也就是开始疼一下，筋脉断后你应该就没有痛觉了。"说着就掀开了我的被子。

这可不是打针吊瓶拔牙，这是要到瘫痪或者死亡的程度啊，我连忙道："等等等等……我一定要取掉它吗？"

关神医道："我建议你还是把它取掉比较好。"

我说："那只虫子虽然长得有点贱，但仔细看看，还是挺可爱的，要不然咱就不取了？"哪怕废一只手也比瘫痪强啊！

关神医很不耐烦地叹了一口气。

我又问："就让它长在那儿呗，我是说，不取又有什么坏处？就让它长着呗，大不了我多吃点饭，多给它供点营养啊。"

老头和关神医对看一眼，面色沉重。

我心里扑通一下，又问："有什么一定要把它取出来不可的理由吗？"

"你这娃儿咋子不懂？"老头说，"那虫子长身上，多难看。"

我愣了："啊？"

"你这个小娃儿还没结婚吧，手上长着一个蛊，以后怎么结婚哟？"老头说，"我们也是为了你好。"

神经病啊！瘫痪了我怎么娶老婆啊，我死了也没法结婚啊！

"不是。"我说,"就为这个,你们就想要割掉那只虫子?"

老头点点头,又道:"而且这蛊以后说不定还会恶化,俗话说得好,晚死不如早死,早死早托生啊!"

我简直要哭:"不,我就想晚死!多活一天是一天。"

老头哎了一声,还劝我:"砍头不过碗大个疤,你怕个啥子哟。"

不怕才有鬼吧!

"罢了,"关神医收回刀,"既然遇到这种不识好歹的,就随了他,也省得我费心。"

还真是谢谢您了啊。

关神医掀开我被子,在我身上戳了几下,我这才能动。起来一看,身上全是绷带,只要一动,哪儿哪儿都疼,也不知道那老头到底在我身上戳了几个窟窿。

我用难以形容的表情看着老头。

老头会意地点点头:"我晓得你很感激我们,不过大恩不用言谢,大家都是武林中人,就是路上看见只狗崽子被坏人追赶,也会拔刀相助的,你就不要过意不去喽。"

我怎么听这话怎么觉得哪里有点怪怪的,可他话都说到这种地步,大恩不言谢都帮我说了,我还能说什么呢。

我嘴巴干涩,心中冒火,只好靠自己引以为傲的自制力,费力地道了一句谢,然后打算从床上下来。

谁知身体失血过多,腿软无力,一下床就跪地上了。我猝不及防,连忙想用手臂撑地,但是我手上全是伤啊,比腿更软,两只手没撑住地,直接就伏在那儿了。

老头"哎呀"了一声,道:"你这小娃儿,咋这么客气呢,都说了不用谢,你还来——这么大的礼!"

关神医也点点头:"还算你有点良心。"

我简直欲哭无泪。

老头道:"我们这里拜师才用这么大的礼,你这样就太客气了,关神医,快扶天白起来哟。"

我摇了摇手,自己扶着床起来,忽然又觉得不对,看向老头:"你怎么知道我叫任天白?"

老头道:"我曾孙女告诉我的。"

我问:"你曾孙女是……"

老头张嘴正要说话,忽然房门被人"啪"的一声踢开,冷风嗖嗖地灌了进来。

我虎躯一震,这种霸气的出场,一看就是个重要人物。

我定睛看去,门口站着一个穿着黑衣,腰细腿长,一脸冷艳的美女。

我几乎是在看见她的一瞬间就认出了她——丁凌!

我看着她,她没看我。

顿时所有青春的回忆都涌现在脑海里——二胖撩她,二胖被她揍;黑皮帮我撩她,黑皮被她揍;我怂恿二胖和黑皮同时撩她,二胖和黑皮被她揍;她发现我是幕后黑手,我、二胖和黑皮一起被她揍……

青春和平而美丽的回忆在我脑海中一遍一遍重现,我热泪盈眶,并且隐隐感到身上的伤更疼了。

相对于那时的清纯,现在的丁凌更加成熟动人,身上的气场也更加强大,站在那里,活脱脱一个冰山美人。而且现在她带着火气,就和从前揍我们时一样一样的,显然,她心情不太好。

老头问:"咋样喽?"

丁凌看了我一眼，快步走到桌子前坐下，自顾自地倒了一杯水喝，胸膛不停起伏，显然是在生气。

我冲她伸手打了个招呼，她瞪了我一眼。

关神医说："还用得着问？看她这副模样就能猜到，肯定失败了。"他顿了一下，又道，"最坏的发展就是，他成功了，我们却失败了。"

丁凌点头："他清醒得比我们预想的还要快，我让他给逃了！"

老头摇头道："下次就不晓得他往哪里跑了。"

我听他们说话，他们自己好像都知道，我却不知道，这种感觉让我觉得有点孤独，于是我说："你们在说什么，可不可以让我也参与一下啊？"

丁凌瞪向我："还说，要不是你，我早就除掉他了。"然后指着我和二胖，对老头和关神医说，"我本来潜伏得好好的，准备找个恰当的时间偷袭，他们两个却突然跑出来。"说完，竟然"噗"的一声吐出一口血。

我吓了一跳，怎么着，这就气吐血了？

关神医给丁凌把了把脉，然后道："你受了内伤，不过不碍事，不是什么大伤，吐点血反而还好，一会儿我给你开服药调理一下。"然后又道，"看来他的进步比我们想得要快。"

丁凌又看了我一眼："他和他们打斗的时候，并没有多厉害，我还以为……"

老头摇头道："你上当了！"

关神医说："他是故意演给你看的，待到你偷袭，再显出真正实力。"

老头看了看我和二胖："你应该感激这两个娃儿，要不是他们适时出现让你增强警戒，或许你就回不来了。"

我连忙道："没关系的，曾祖父，从幼儿园的时候，老师就教导我们，要尽力帮助他人，这是应该的。"说完，我微笑着看向丁凌。

刚才关神医叫老头丁老时,我怎么就没联想到呢,这老头说的曾孙女应该就是丁凌了。

可是这岁数有点不对啊。我说:"曾祖父,你看起来很年轻啊。"

丁老呵呵一笑,对丁凌说:"带他出去浪荡一圈,顺便给他解释一下。"

我顿时高兴了,这丁老是个明白人啊,这就怂恿我和丁凌出去约会了。

丁凌皱眉:"他只是个普通人,不应该知道那么多。"

丁老道:"他都中了蛊虫,也不晓得能活多久,应该知道真相,以后死也死个明白。"

这老头说话真是让人又爱又恨。

丁凌再没反驳,对我道:"跟我来。"然后,转身走出房间。我歇了一会儿又见到了丁凌,这会儿身上也有了力气,马上跟着丁凌走了出去。

这一出去就是一条热闹的街,街道两旁一溜儿古代建筑,屋檐下大门前都挂着灯笼,里面点着油灯和蜡烛,映得整条街都红彤彤的。街道上,有小摊沿街叫卖,也有穿着各色古装的人在走来走去。

我好奇地看向四周,这到底是个什么地方?

丁凌看了看我,说:"我当时救你时,你没伤这么重,看来是我太祖父让你流了不少血,他人是好的,但下手总是没有轻重,抱歉。"

我不禁有点感动,这姑娘多懂事啊,还知道心疼我,还会帮家里老人道歉,这种时候绝对不能顺杆子往上爬,于是我谦虚地说:"嘿嘿,没事儿,不就是血嘛,我血多,打游戏的时候都充当血牛的角色,流点小血,习惯了……"说到这里,我忽然发现丁凌的话有点奇怪,"等下,你说太祖父?他不是叫你曾孙女吗?"

丁凌道:"他懒得说那么多字,一般都叫我曾孙女,或者孙女。"

我原来以为那老头是丁凌的曾祖父,这岁数已经显得太年轻了,丁凌还叫他太祖父？

我伸着手指道:"你等等,我理一下,你爷爷是你的祖父,你爷爷的爸爸是你的曾祖父……"

丁凌背道:"生己者为父母,父之父为祖,祖父之父为曾祖,曾祖之父为高祖,高祖之父为天祖,天祖之父为烈祖,烈祖之父为太祖,太祖之父为远祖,远祖之父为鼻祖。"

我掰着指头数了一会儿,彻底震惊了:"这中间隔着六代呢?!你爸爸的爸爸的爸爸的爸爸的爸爸的爸爸的爸爸的爸爸还活着?"

丁凌严谨地说:"你多说了一个爸爸。"

我就随口那么一说,你还真数,我说:"这不是重点,重点是过了这么久,你太祖父还活着?"

"说是活着。"丁凌说,"也不恰当。"

"这么说,他们是鬼?"我倒吸了一口气,虽然一开始我想到了自己是在鬼市里,但是后来关神医和丁老进来以后,我就再没多想。他俩看起来就是活生生的人,既没七窍流血也没缺胳膊断腿,更没有脸色煞白自带黑眼圈,鬼的所有特征他们都没有,而且还会看病治人。

更重要的是,我还能碰到他们!

怎么看都不像是鬼啊?

丁凌说:"若说他们是鬼,似乎也不对。"

我问:"那他们是什么人?"

丁凌反问:"你觉得呢?"

我转过身,朝这条街道看去,无论是小摊贩还是往来行人,都面色红润有光泽,脚步轻快,看起来身体倍儿棒,比大活人还精神,怎么看都是活生生的人。

这街道上的东西，看起来也是真的，并没有什么阴森的感觉。

"你们这不太隐蔽，被其他人发现过，都变成都市传说了，我们那儿有人和我说起过这个地方，我们那儿的人都管这里叫'鬼市'。"我说，"小说里经常写，人间有夜市，阴间有鬼市，都是做买卖的地方，这个其实也能理解，无论在哪个空间，大家都得生存……不过你这里嘛……"

我正打量着这街道，就看见街边一个人走过，蹭倒了旁边的竹竿。那竹竿掉下来，马上就要砸到下面两个喝茶聊天的老大爷，其中一个老大爷眼睛抬都没抬，竹竿过来时，指尖一弹，那竹竿就变了方向，朝另一边飞去。

老头那一弹竟然力量不小，竹竿受力道影响在空中转了几个圈，飞到房梁上砸下来一片瓦，又朝着另一边飞去。

瓦片正下方有个卖瓷娃娃的小摊，眼看瓦片要砸掉其中几个瓷娃娃，那卖瓷娃娃的小贩伸脚一勾一扔，将那瓦片扔到了身后。他身后是个看书的文弱书生，见瓦片飞来，袖子一挥，拳头一出，就将那瓦片撞得粉碎。

另一边，竹竿飞过去的方向是个卖猪肉的，卖猪肉的看见竹竿过来，肉刀舞起，将那竹竿切成了几段，但他这做法有点蠢，其中一段竹竿打到了他的鼻子上，卖猪肉的一怒，刀一挥，正好拍在另一小截竹竿上。

那一小截竹竿被拍碎，条状的渣子朝着卖散装糕点的摊上飞去。卖糕点的小贩显然是个注意食品卫生的，看见脏东西飞来，把铺在桌上的单子一抖，顿时所有糕点都飞了起来，接着那小贩跃起，将单子一收，所有糕点差不多都罩住了，只有一个黄豆糕飞了出来。

街道上一少年看见了，连翻几个跟头，然后腾空跃起，抓住了那只黄豆糕。

少年落下时，渣子也飞过去了，小摊贩把单子铺开，所有糕点整整齐齐，没有一个碎裂变形的！

这一系列动作也不到一两分钟，直让我看得目瞪口呆，忽然想起我年少时迷恋的那些武侠小说。

我有两个死党，一个是总和我厮混在一起的二胖，二胖和他外号差不多，又胖又二。我俩还有一个发小，叫作黑皮，顾名思义，人又瘦又小，非常精悍，跟猴子一样，学习成绩比我和二胖加在一起都好，高中毕业以后被家长带出了国，现在不知道怎么样了。

上中学那会儿，我、二胖和黑皮形影不离，那时候我们疯狂迷恋武侠小说和武术电影，每天幻想着自己武功盖世，拿着根树枝就觉得自己能仗剑走天涯。黑皮小时候遇到了一个老头，说他骨骼清奇天资聪颖，坑他五块钱卖给他一本《馗华宝典》。

黑皮出国前把那本《馗华宝典》送给了我们，我和二胖眼含热泪地接过，心中都是一个念头——这家伙真抠。

事情的转折在于二胖的初恋，那时候二胖看上了隔壁班一个很内秀的小姑娘，然后我和黑皮就给他出主意追那小姑娘。我们打听到那小姑娘爱看书，就怂恿二胖每天拿着武侠书在她面前晃悠。终于有一天，那小姑娘好奇了，问二胖："你看什么呢？"

二胖自豪地挺胸："武侠。"这是我们讨论后的结果，武侠还是说得出口的，一说武侠，就是正义、热血和兄弟情，没人讨厌这些，包括那些女孩。

那小姑娘说："我也看过武侠小说，我看过金庸、古龙和温瑞安，但是我不喜欢看古龙，有点黄。你看的是什么？"

我们那时候看的也就是金庸古龙温瑞安，这一圈看完了就和租书店老板说要武侠小说，让人家给我们推荐。

二胖本来是想和小姑娘吹嘘一通金古的，没想到人家小姑娘全都看过,再这么说就显得自己没有逼格,不像是熟读武侠的人,脑袋里原本打好的草稿全都忘了,脑袋一片空白,低头一看,正好看到租书店老板推荐,还没有来得及看的新书,于是抽出来递给小姑娘:"我看的是这个,这本书很有内涵,写得很精彩,我可以借给你看,我觉得你应该认真研读一下。如果你看完以后有什么心得体会,可以告诉我,我们一起探讨。"

送走小姑娘以后,二胖心情激荡,一宿都没睡好觉,一直想着要怎么和小姑娘研讨。

但那本书的作者是黄易。

黄易是个耿直人,人如其名,书比较黄。

你说一个连古龙都觉得黄的小姑娘要怎么接受黄易?

第二天,二胖就被老师请到了办公室。我们的班主任大妈和蔼地问他:"你有没有觉得你看的书有什么问题啊?"

二胖不疑有诈,说:"没问题啊,我、老白和黑皮都看着呢。"

班主任大妈笑眯眯:"你们觉得好看吗?那你们怎么还把它给女孩看呢?"

二胖以为班主任大妈觉得给小姑娘看武侠耽误学习,于是辩解说:"好看!黑皮和老白也说过,女孩也应该多看这种书,多学点这方面的知识,这样境界才高,以后才能更好地在社会上行走。"

于是下课后,我、二胖和黑皮,每人脖子上挂了一个"我是流氓"的牌子,在走廊里罚站。

二胖为这事很是郁闷了一阵,但是没过多久我们班上转学过来一个叫丁凌的美女,转学当天就成了学校校花,二胖看到新校花的那一刻就决定放弃旧情,与往事告别寻找更美好的未来了。

为了这个,我和二胖还打过一架,因为我也对丁凌一见钟情。在打斗中，我怒斥二胖，说当初你叫丁凌小丁丁的时候不是还被她揍了吗！她肯定不喜欢你！你已经输了！这句话突破了二胖的心理防线，让我找到了突破口，赢了这场架。

后来二胖和黑皮就叫丁凌嫂子，叫一次，被揍一次，叫一次，被揍一次。我躲在远处，看丁凌揍他们，丁凌走了以后，我上去为他们打气，说我们的友谊比天高比海深比路远，你们这才是真正的兄弟，有情义，然后继续怂恿他们叫丁凌嫂子。

二胖和黑皮就继续叫丁凌嫂子，叫一次，被揍一次，叫一次，被揍一次。

再后来我们认识了校外不良少年龙哥，被他鄙视，说武侠已经过时了，现在是古惑仔的时代，给我们甩了盘《古惑仔》的录像带。

看了《古惑仔》以后我们更加迷恋丁凌了，因为她长得神似《古惑仔》里的"小结巴"，我们觉得她比"小结巴"还更好看，暗地里就叫她"小结巴"。

可惜丁凌是出了名的冰山美人，对我们爱搭不理。

看到《古惑仔》里的"小结巴"死后，我们心情都陷入低谷。第二天上学，一看见丁凌，我们几个就控制不住地红了眼圈，我和黑皮伤感地扭过头，丁凌一脸诧异地看着我们，那双神似"小结巴"的眼睛睁得很大，二胖再也控制不住内心的伤感，"哇"的一声捂着嘴哭着跑了，脚步咚咚咚的，带得地板都在震。

丁凌看着我们，露出了一个奇异的表情。

很多年以后，黑皮发了一个QQ表情对我说，你看这像不像丁凌那时候的表情。

那表情上写着有病吃药。

第 4 章
香格里拉希尔顿四季花园度假街

我的思绪飘得有点远,发现的时候,目光已经停在丁凌身上了。

我发呆了这么久,旁边的路人却见怪不怪的样子,连个叫好的都没有。如果我工作时小摊贩也是这种水平,那打死我,我也不做巡逻员了。

那抓着黄豆糕的少年跑到丁凌身边,道:"凌姐,你来啦。"又看了看我,咬了口黄豆糕,"这谁啊?"

丁凌简单介绍了一下:"这是任天白,这是徐小宝。"

我说:"我是丁凌青梅竹马两小无猜的中学同学,我们小时候那是打成一片的交情,我们在彼此心中都是特别的,你家凌姐能从人群中一眼看见我,我也为了她受了不少苦痛。"

丁凌皱了皱眉,似乎觉得我这话说得有点暧昧,但我也没说错,当时我、二胖和黑皮缠着丁凌,她开头是我们靠近了再打,后来看我们在远处,估计是想着我们走近了还要缠她,于是主动靠近我们,揍完了才心安。

刚开始我们看见丁凌靠过来还开心呢,感觉丁凌身后都有鲜花飘落自带柔光和 BGM 的背景,后来就被揍了。被揍得狠,我们又不能对女人动手,而且动手也打不过,确实很受苦。

徐小宝一听我话，敌意立刻就上来了，嗤笑道："竟然叫任天白，真装，你咋不叫赵日天呢。"

我一听这毛都没长全的小子还故意示威，马上说："多大了还小宝，你以为你是赵小宝吗，你敢笑一个吗？"

说实话徐小宝长得挺俊，比赵小宝帅多了，但我是个有规矩的人，凡事都有规则，吵架的规则就是不讲实话。

没想到徐小宝问："赵小宝是谁？"

同志们啊，你们看，知识多重要，这知识储备不仅要有宽度还要有广度，光看课本知识是不够的，要是没有丰富的知识，被人骂了都不知道。

我说："赵小宝是风靡全球的影视红星，是万千少女心中的偶像，中老年妇女的梦中情人，他气质独特，仪态万千，笑容尤其迷人，极富感染力，看到他笑，其他人都会忍不住地笑起来，这就是超级巨星的魅力。"

"嘿嘿，你别巴结我，我可不吃这一套！"徐小宝有点高兴，但还在硬装，指着我道，"我告诉你啊，我不管你从哪来，这块地盘是我罩的，你规矩点。"

我还想教训一下这小孩，丁凌咳嗽了一声，道："吵架可以，别动手。"我一想，动手我吃亏啊，就饶过了他。

"如你所见，这条街上的人是武林人士，个个身手不凡。"丁凌也不管我们之间的气氛，继续说道，"他们有呼吸，有知觉，有身体，有思想，需要吃喝拉撒睡，与正常人无异。如果要用科学的方式来述说的话……"丁凌问，"你相信在我们的世界里，还有处于我们所处空间之外的平行空间吗？"

我马上明白了丁凌的意思："就是这里？"

"对，我一直在研究这条街……"丁凌说，"我不知道是什么力量形成了这条街,但我认为它是一个平行空间,我们身边……"

丁凌伸出手,在空气中划了一下:"也许有无数的空间和我们并行,这条街上的人就是这样,也许在他们原本的空间里,别人会认为他们失踪了或者死了,但事实上,他们只换了一个空间继续生活。"

"那不就是鬼吗?"我说,"鬼死了以后也生活在阴曹地府啊!"

"怎么说话的!"徐小宝道,"你才鬼,你全家都鬼!"

丁凌说:"我希望你尊重他们的选择,他们不觉得自己是鬼。"

我说:"但是事实……"

丁凌说:"在这里说话要小心,拳脚无眼,打不死人,变个残废也是有可能的。"

我平静地说:"事实上,他们确实不是鬼,鬼怎么会这么有人气。"

徐小宝这才收起拳头,丁凌微微一笑,带动我的心口一阵乱晃。

她那笑和高中时一模一样,和我梦里面的也一模一样。

我忽然想到一件事,问:"那你呢?"我很是伤感地问,"你是怎么来到这儿的?"

丁凌说:"我和他们不同,我和你属于同一个空间。"

听到她这句话,我彻底松了一口气。

根据丁凌的说法,这一条街很早以前就存在了,就像我所看到的,能来到这条街的人,都是武艺高强的人。

徐小宝插嘴道:"反正这条香格里拉希尔顿四季花园度假街一直在,我来的时候就在了。"

"等下……"我马上问道,"你刚才说这是什么街?"

徐小宝说:"香格里拉希尔顿四季花园度假街。"

我哈哈地笑出声来,说:"这谁起的名字,也太损了点吧,这是标题党啊,您看这四周的房子,还希尔顿呢哈哈哈,我觉得吧,像你这种没文化的小孩就应该多读读书,别瞎起名字……"

丁凌说:"这名字是我起的。"

我马上憋住笑:"我觉得这名字还是不错的,虽然和现状不符,但是能和国际接轨,听起来也非常高端大气上档次,很洋气,很有国际范儿,而且有种反差萌,非常妙,特别好,只有有文化的人才能起这么棒的名字。"为了不让自己的马屁拍得那么明显,我又说,"就是名字有点长,不便于记忆。"

徐小宝说:"这街还有另外一个名字。"

我问:"什么?"

徐小宝说:"招财街。"

我又差点笑喷。这就跟英文名起布什克林顿,中文名叫狗蛋一样,中西合璧,洋土结合,简直绝了!

我咳嗽了两声,掩饰住笑意,小心地问丁凌:"这名字也是你起的?"

丁凌说:"不是。"

我这才放心,转头对徐小宝说:"你们这街的名字也太土了,充满了物质色彩,不健康,既没有中国古代的典雅风格,也没有现代化的利落特征,真俗。"

丁凌又说:"这名字是我太祖父起的。"

这真是防不胜防啊,这起名水平,简直不是一家人不进一家门!

我马上说:"不过话说回来,咱们中国人上溯十代都是农民,所以,土,才是这个国家的根。人吃五谷杂粮长大,俗,才是人们的本质。"

徐小宝对我的反应叹为观止:"你也太能扯淡了!"

我是个精明的人,知道继续说这个话题不利于我和丁凌的感情升华,于是转口问道:"那你是怎么发现他们的?"

丁凌说:"这事就说来话长了……"

然后丁凌就给我讲了个故事,按照她的说法,这条街不是白白地生在这里的。

在这里的武林人士一直在追捕另一波武林人士,这世上任何事任何人都有正邪之分,要说这条香格里拉希尔顿四季花园度假街,也就是招财街上的武林人士是正派,那么他们追杀的人就是反派了。

简单来说,反派负责杀人放火惹祸生事,正派就路见不平拔刀相助。

我说:"不过吧,你要按照武林小说和玄幻小说的客观规律来说,一般正派的都是人面兽心伪君子,反派的才是面恶心善真好人。"

徐小宝再次对我另眼相看:"想不到你是个看事情这么通透的人!"

"正派一出来所有人就猜到他是坏的,坏人一出来就知道以后要洗白,俗不俗?"丁凌皱眉说,"你少看点闲书。"

据说最早的时候,招财街要比现在的规模大了十倍不止,很像个有山有水的小城镇,然后因为招式不同信仰不同爱好不同,街上的武林人士每天都在打架斗殴。

用剑的看不起用刀的,用刀的看不起用暗器的,用拳的看不起用武器的,新兴教义的掐正统教义守旧无聊没有创造力,正统教义掐新兴教义邪气浅薄没底蕴,爱下象棋觉得爱打麻将的没水准,打麻将的觉得下象棋的装清高,总之是互相各种看不顺眼。看不顺眼就打,街上就乱得啊,简直惨不忍睹。

后来大家觉得不行啊,整天这么打,多累啊。之前说了,这些武林人士也是人,只不过生活在另一个空间,他们虽然武艺高强,但也有身体,也有痛觉,受伤了也得治病等痊愈,老被人砍,他们自己也难受。

于是后来这些武林人士就开始分派别了，正气凛然的教派组成了正气武林盟，推选出武林盟主；比较不拘一格的任性潇洒的教派就被称之为邪教，推出邪教教主。

自古正邪不两立，这样一分，武林盟和邪教就有了共同的目标，那就是争夺招财街的控制权。于是双方就从大杂烩式乱掐变成了齐心协力地只掐对方，机智地化小纷争为大干戈。

这真是有人的地方就有江湖。

武林盟和邪教就这么打打杀杀，一晃不知道多少年过去了。

虽然有不少中二小青年总觉得自己特立独行与众不同，专注于邪教发展，而且不少事情越做越过火，但俗话说得好，邪不胜正，在正派人士的努力下，邪教的势力还是慢慢地被压了下去，最终，正派人士在武林盟主丁千川的带领下，大举进攻，灭了邪教，生擒了邪教教主赵霖。

按理说事情到这里应该已经告一段落了，但就如同所有故事的客观规律一样，每到事件快要顺利结束皆大欢喜的时候，意外便出现了。

一般来说，开头出现的很像BOSS的BOSS都不是真正的BOSS，所以邪教的真正BOSS也不是邪教教主。虽然连赵霖自己都认为自己是大BOSS，但事实上他已经在不知不觉中被邪教右护法萧诚给架空了！

本来，邪教最有人气的就不是邪教教主，而是邪教右护法，这就跟少年动漫中最受欢迎的一般都是男二，言情小说中最全能的也是男配一样，这个右护法是相当了不得的。首先，他很帅，还很温柔，这就吸引了一群喜欢邪魅温柔人设的疯狂女粉丝加入邪教；其次，他武功高强，人似乎还很仗义，这就又吸引了一群慕强的男死忠粉丝。

于是右护法这家伙背着魔教教主拉拢手下，最后，在大战中，武林盟能那么顺利地打下了邪教，也是因为邪教的很多战斗力都跟着右护法跑了。

"除去坑蒙拐骗鸡鸣狗盗这些众所周知的手法不提，再忽略邪教武功以外，剩下最让人头疼的就是三大邪术了。"丁凌伸出三根手指，"分别是幻术、毒术和蛊术。"

我说："这个我知道，用毒的是唐门嘛，所有人都姓唐，用蛊的是云南苗族，好多痴情萌妹子陷入情感纠葛中都用这一招，说是蛊，其实就是各种各样的寄生虫，潜入人的身体里搞破坏。"

徐小宝见我这么博学，又对我多了几分敬意："你竟然也是个懂行的！毒术确实是唐门最厉害，蛊也是苗疆流传来，由后人改良的。"

那当然，我得意一甩头，那么多武侠小说可不是白看的。

不过那个幻术我倒是不太明白，我说："幻术是变魔术还是你们这些……"我把"鬼"字吞了，委婉地说，"特别的人所用的法术啊。"

"都不是，所谓幻术，就是利用人的五识，也就是眼、耳、鼻、舌、身，来控制人的第六识——意。简单来说，是通过声觉、视觉、味觉和触觉来使人产生幻觉，使人的身体受思想控制，当你沉浸在幻觉中不能自拔，那便任人宰割了。"丁凌继续说，"说起来玄幻，其实就是古代的一种催眠术，通过刺激五感让人的大脑产生错觉，从而控制别人。"

听起来还挺有科学根据，看来是我想得玄幻了。

"三种邪术，以蛊术最强，厉害的蛊虫不止带毒，甚至可以改变宿主的体质。"

我说："我知道，寄生虫嘛。"

丁凌点头："而萧诚，则精通这三种邪术。"

那可真是个难缠的对手，我问："那正派呢，正派有什么奇怪的招式？"

丁凌说："只有武功。"

我说:"这差得有点远,不够帅啊。"

徐小宝说:"只有敌人强大,才能突出打败敌人的我们的朴素和强大。"

这倒也是,反派一开始都得强一点,正派都得拐着弯夸自己。

因为没人知道这条街是何时出现,又是如何产生的,所以正邪两派虽然平时打架很忙,但人都是有求知欲好奇心的,所以两派人闲暇之余,都会做一些研究,研究这世界的起因。

"关于这一点,我们也做过研究。"丁凌解释道,"我曾经用仪器做过检测,发现这个时空本身有一种特殊的磁场,这种磁场并不稳定,隔一段时间就会发生一次时空震荡。在时空震荡时,招财街会裂开一个时空缝隙,在短暂的时间内,这个狭小的时空缝隙会与其他时空相连,吸取外人与自己磁场相近的生物。"

"如果仔细观察,就会发现,招财街里所有的生物,总有一些不同寻常之处,或者是身体强壮,或者是聪明异常。"丁凌看向招财街,"招财街里,三教九流,什么人都有,但这些人总有过人之处。"

"也就是说,招财街的所有人,就是在时空震荡中,被吸引到了这个空间。"丁凌说,"我猜,招财街里的人,身上的生物磁场会有一些特别之处,这个特别之处恰巧与这个招财街的磁场相符,所以他们才会被这个空间吸引过来。"

萧诚当初发现的内容肯定与丁凌用高科技检测出来的有所偏差,那时候他还没接入到我们的现实世界,肯定也不懂什么磁场什么时空震荡,但他大概是明白了,在某个条件下,招财街会打开一扇连接其他空间的门,走出那扇门,就可以离开招财街。

"萧诚曾经说过,"徐小宝说,"他有办法重新回到原来的世界,我那时候还以为他说疯话呢,没想到他真的做成了。"

原来萧诚偷偷在招财街的武林人士身上种了蛊,然后挑拨两派关系,在武林盟攻打邪教的时候,他就带着手下躲了起来,趁着武林盟沉浸在胜利的喜悦中的时候,发动邪术,利用蛊虫打开了通往新世界——也就是我们现实世界的大门!

"等一下,什么叫作邪术?"我听得一愣一愣的,刚才我还想说不够玄幻,怎么到这里就变得玄幻了!

"他们不懂这世界的原理,做了许多没用的仪式。"丁凌说,"事实上,他是根据蛊虫,改变人身上的生物磁场,一两个人的生物磁场改变不会发生什么,但招财街所有人的生物磁场同时改变就会影响到这个世界本身的磁场,于是时空再次震荡,招财街与我们的世界相连,萧诚带着手下逃了出去。"

解释得通!根据我看过的好几十集的《走近科学》来看,这解释没毛病!

"幸好当时的武林盟主和一些掌门正在开会,没有喝酒,发现不对以后马上追了上去。"丁凌叹道,"他们已经在这里生活了太久,自然知道外面肯定已经改变了不少,邪教众人跑出去,必然会在人间掀起一番浩劫。"

"等一下,"我忽然想到一个问题,"刚才你说武林盟主叫丁千川,他不会是……"

丁凌回答:"是我太祖父。"

果然是刚才那个力气奇大,下手超重的老头!

这么一说我就能想象到武林盟和邪教那场决战的惨烈了,想到他给我点穴都能点出几个血窟窿的惨痛经历,我在心里默默地给邪教众人点了根蜡烛。

"待我太祖父和武林众人到了现实世界以后，正是深夜，大家猛然看见高楼大厦夜灯闪耀，都以为来到了仙境，惊讶了半晌才想起要去追邪教，竟然发现邪教众人已经折损了大半。"

我奇道："怎么折损的？"

丁凌答道："有跑到高速上被车撞死的，有落在高压电线上被电死的，还有些人吃到有毒的东西，结果被毒死了……"

"……"这还真是时代的印记，咋样都躲不过的，他们死得不冤。

武林盟人数少，但每个出来的都是掌门级的人物，等级比较高，也比较沉稳，看见这世界和他们的世界不一样，虽然摸不着头脑，但步步为营处处小心。邪教人虽多，可武力不如武林盟，初见现代社会都是惊慌失措的，因此又折损了很多，加上散漫惯了没什么组织，遇事惊慌，一下子分散了。

原本是邪教占上风，这么一来，武林盟反而占了便宜。

邪教跑着躲，武林盟就追着打。

丁千川几人深切知道擒贼先擒王的道理，一路追着右护法而去。右护法带着十个手下，每个手下抱着一个大罐子，死都不敢撒手。两拨人追追打打，右护法虽然武功比不上丁千川，可是通过运用邪术，也是几次死里逃生，但也不敢恋战，拖着身子逃命。

然后萧诚就遇见了放学回家的丁凌。

之前说过，萧诚在招财街每个人身上都种了蛊，丁老头也不例外，只不过这种程度的高手，萧诚不敢种太凶恶的蛊，一方面是能力有限，另一方面是如果被发现，他的全部计划都会泡汤，风险太大。但蛊也不是白种的，丁凌一出现，萧诚就感觉到了这女人是丁千川的后人，于是马上挟持了丁凌，要挟丁千川。

但他千算万算没算到丁凌也会武功啊！丁凌还趁他不备寻了个空档摆脱挟持往外逃，结果右护法一行人就又被丁千川等人围住群殴，吓得右护法随身的十个帮手都扔下怀里的大罐子逃跑了。

萧诚本来武功就不如丁千川，丁千川还带了几个掌门一起揍他，顿时就被揍得鼻青脸肿血肉模糊。

萧诚无奈之下，只好举手喊出那句基本没什么用的经典名言："你们枉为名门正派，竟然以多欺少，有本事我们一对一单挑！"

丁千川怒骂："还想单挑？老子看到你鬼迷日眼的那副样子就烦求得很！给老子往死里揍！"然后大家气都不带喘的，继续揍。

萧诚一看那句没用的名言果然没用，只能眼含热泪奋力抵抗，也亏得他武功不低又懂邪术，竟然拖了很久也没被揍死。

丁凌一直盯着他们，毕竟是法制社会怕出人命，本来是想等他们打够了泄愤了，再去报警的，结果眼睛一瞟，那被萧诚手下扔掉的十个罐子竟然在自己晃动，里面似乎有什么东西在冲击罐子的封口！

丁凌大喊了一声"小心"，话音未落，就看见罐口被冲开，每个罐子中间都飞出了一个细小的东西，朝着右护法飞去！

丁千川他们也算是见多识广了，看见这情景都觉得有异，马上跳后十米，警觉地看着右护法。

那罐中飞出的十个东西落在了萧诚手中，竟然是十只蛊虫。萧诚捧着那十只蛊虫，露出了标准的反派得志式笑容："哈哈哈，十只蛊王终于全部炼成，我马上就要天下无敌了！"说完，便将那十只蛊虫吞了下去！

吞下蛊虫之后，萧诚身上青筋暴露，内力暴增。丁千川上前试探着和他过了一招，发现他的功力更胜以前。

武林盟的人顿觉不妙，准备围攻，谁知道那右护法竟然也不恋战，转身彻底逃了，武林盟的人追了半天也没追上，只好放弃。

大家再折回来看那十个大罐子，里面全都是蛊虫的尸体，都干得和标本差不多了。

后来武林盟竭尽全力去追捕邪教，可惜并没有抓到多少，邪教众人大多数逃的逃，散的散，早就消失在人海之中了。

武林盟的人正在讨论要如何对付剩下的邪教，却突然发现自己的身体在逐渐变透明，之后周围景物慢慢变暗，变黑，接着红光渐盛，远处出现了招财街。武林盟的人并没有动，而招财街却像有生命一样在不断靠近。

听到这里，我不由得一愣："这事我也经历过！"这不就是我和二胖当初从小饭馆窄道里逃脱以后，遇见的场景吗？

"那是因为当时你们身上有蛊虫。"丁凌点点头，从脖子上掏出一个圆形琥珀，"后来我们发现，招财街会被萧诚身上的蛊虫吸引，出现在这种蛊虫附近，现实世界中的人，必须持有相似的蛊虫，才能真正进到招财街里面；否则，只能看见一个幻影罢了。不过这种蛊虫少之又少，我这只蛊虫就是从十个罐子里挑出来的，为数不多的，能够带着它进入招财街的蛊虫，我猜，这种虫子大概带着某种能与招财街相连的磁场。"

我看了下丁凌的那个琥珀，那显然是个人工合成的假琥珀，里面有一只白乎乎的蛊虫，长得非常普通，看着有点像白色的大青虫。丁凌这姑娘也是条汉子，竟然就这么把蛊虫的尸体做成琥珀带在身上。

这下大中和我们说的鬼街传言就可以合理解释了，怪不得那些人只能看见鬼街的幻影而我和二胖却能真正进入招财街，因为我们身上有那生食男体内蹿出来的虫子……

等下,刚才丁凌说必须持有和萧诚身上蛊虫相似的虫子……

我惊道:"难道今天我们遇见的那家伙就是右护法萧诚?"

丁凌一副理所应当的模样:"当然。"

"那生食男看起来就是个乞丐啊!"我说,"原来的人设不是又帅又温柔武功高强还很仗义吗?"

"这是我们从邪教教主赵霖那里得到的消息。"丁凌解释道,"右护法吃下去那么多蛊王,其实是用自己的身体做培养皿,用来培育蛊虫,成为真正的人形蛊王,但他体内的蛊王也不是等闲之辈,寄生虫本身是要汲取宿主营养的,更何况是蛊虫这种特意培养出的寄生虫,哪会轻易让他支配?所以每隔一阵,就会有一个蛊王试图控制他,他必须竭尽全力压制住这个蛊王,这个时候被称之为'渡蛊',也是右护法最难熬最弱的时候,甚至可以因为身体的剧痛而精神失常,如果熬不过去,轻则瘫痪,重则死亡。然而只要渡过一次蛊,他便能战胜那只蛊王,在保持理智的同时,身体也会被蛊虫强化,功力就会更上一层楼。"

我想起生食男皮肤底下蠕动的蛊虫,不禁抖了一下,这设定有点犀利啊。

"今天算你们走运,遇到他时他正在渡蛊,精神失常行为反常,否则你和二胖也不会活到现在。可惜他这次渡蛊又成功了。"丁凌叹气,"若是他失败了倒还好,但如果他七次都成功了,征服了身体内的七只蛊王,恐怕这世上就没有任何人能够对付他了,右护法本身心术不正,我们必须竭尽全力阻止他。"

我正想感慨,突然发现了一个大Bug。

"不对啊,"我说,"他不是吞下了十只蛊虫吗?怎么变七只了。"

"都吞下去了怎么可能完好无损?毕竟蛊王也有强弱之分。"丁凌说,

"还有三只比较弱的,吞下去以后被胃酸消化了。"

"……"好有科学道理,我竟然没有办法反驳,只是可惜那么厉害的蛊王就这么被胃酸分解成蛋白质了?

不过我觉得吧,按照剧情发展的必然规律来说,在他到最后一次渡蛊蜕变之前,应该是干不掉他的,真正的主角决战,都是在敌人最强的时候才能干掉他。

我又问:"你说当初你是放学后被右护法挟持,现在也已经过去了那么多年了,这条街又能跟踪他,怎么你们还没抓住他?我今天看见只有你一个人和那右护法生食男打,你太祖父他们怎么不去?"

"因为丁老头去不了。"徐小宝插嘴道,"知道真相,追捕右护法的,就只有凌姐一个人。"

"这件事情没那么简单。招财街虽然追着右护法,但是右护法也能感觉到我们,他逃得非常快,不知道为什么,招财街总是无法真正追上他。"丁凌说,"而且招财街的人只出去过那么一次,就再也无法出去了,招财街内部也发生了巨大的变化,原本的街道在不断地缩小,一直缩到现在的规模才停止。我们猜测,一方面是因为右护法给招财街众人下的蛊有制约作用;另一方面他的邪术也影响了招财街,连接招财街和现实世界后改变了两个世界原本的平衡。如果放任下去,不知道右护法会做出什么事。现在能接触到两个世界,又有武力能够追捕右护法的人,就只剩我一个了。"

没想到拯救世界这么重的担子竟然落在了一个柔弱的美女身上,尤其这个美女还很有可能是我的未来老婆,一想到这点,我就很心疼。

丁凌又问:"今天你们偶然遇见右护法,能全身而退算你们命大,那只蛊虫怎么样了?"

我想起那只奇怪的蛊虫，说："它被二胖压断了，一半钻到我身体里了，另外一半应该还粘在二胖衣服上。"

"幸好只有一半，不然你现在已经死了。"丁凌说，"你既然不愿意让关神医把那只蛊虫取出来，那也只能走一步算一步了。关神医应该会想其他的办法救你的。"

徐小宝哼了一声："那关少秋脾气那么怪，让他医说不定死得更快。"

我想到那个脾气暴躁，冷冰冰的关神医，也觉得压力很大。

我们一边转悠一边说，不知不觉已经沿着街转悠了一圈，只不过我专心看丁凌，又听她讲话，没怎么注意身边的景物，还想着再和丁凌转一圈，却看见丁老扛着二胖，像扛着一头昏死了的野猪，走了过来。

丁老说："你们说完没有，说完就把这闷墩儿带走，倒在地上碍事得很！"然后对我道，"接住喽，我给你递过去！"说着就把二胖朝我这儿扔。

我连忙躲开，地面一阵巨响，二胖就砸在我身边了。

这老头还真是下手没轻重，有这么乱扔胖子的吗？我走过去一看，二胖还闭着眼睛呼呼大睡呢。

我觉得有点不对："二胖怎么还不醒。"

关神医说："我点了他睡穴，两个半时辰之后才能醒。"

我问："有这么个穴？"

关神医问："要不然给你试试？"

我谦虚地说："不用，您说有就有，谁让你们是武林中人呢。"

关神医道："既然你不愿意驱虫，那就过来，我给你上药。"

然后我就跟关神医回屋里，把身上绷带拆了换药，我看了看我右手拇指，从关节那里肉都快没了，像是拿小锯子在四边锯过一样就剩着一点筋连着，眼看着就要断了。

关神医说："留着也没什么用，长好了也不如原来自如，干脆截断吧。"

你这是神医还是刽子手啊，提出的办法真是简单粗暴又省事。我连忙说："先包上，说不定以后长好了呢！"

关神医冷笑一声："见鬼了才能长好。"

别说，我见你们还真是见鬼，看来我拇指长好有望了。

关神医看起来不靠谱，治病也不靠谱，但我觉得他的药至少应该是靠谱的吧，像小说里的神药那样冰冰凉凉、止疼止血、一抹见效，结果以上疗效并没有出现，该疼的地方还是疼。

我毫不留情地揭穿了关神医："你说上药，但你这药也没什么用啊。"

"别小看这药，"关神医说，"它有心理安慰的作用，一会儿你就懂了。"

上完药以后我大概算了一下时间，一个时辰是俩小时，两个半时辰就是五小时，这会儿估摸着二胖也快醒了，要是二胖醒来，看到招财街，还有这么多古装人，十有八九又要吓晕，也该是离开的时候了。

当务之急，是和丁凌保持联系，于是我向丁凌要电话号码，她没给我，冷淡地说："如果有缘，自会相见。"

十足的女神范儿。

我自己也隐隐觉得这件事不可能这么结束，我身上还有只虫子，迟早还会再见到这条街，于是和众人告别，离开了。

第 5 章
我给你转个精神内科吧

　　离开招财街时和进去完全不同，踏出街道一步，马上就是另一个世界，我就站在我们之前停摩托车的地方，我那辆小摩托就停在不远处，这时候天边发白，看来已经快天亮了。

　　这一个晚上也够漫长的。

　　我一转头，看见二胖如同我和丁老说好的一般，被扔了出来，也多亏二胖身上肉厚脂肪多，摔这么多次也没伤着。

　　二胖又是"嗵"的一声，这回却是醒了，叫了一声，然后猛地坐起来，睁大眼睛左看右看。

　　我去启动摩托，二胖跑过来问我："老白，我们是不是见鬼了。"

　　我心想还是别说真话吓唬他了，于是说："没有啊。"顺手拿掉了压扁后粘在他袖子上的半截蛊虫。

　　二胖说："我胳膊有点疼，身上也有点疼，像是从什么地方摔了。"

　　我说："你从摩托上摔下去了。"

　　二胖又问："你身上绷带怎么回事？"

　　我说："你摔下来带着车，把我砸了。"

　　二胖马上信了，神情严肃地对我道："我和你说，我做了个噩梦，你都猜不到我梦到了谁！"

我说："丁凌呗。"

"你咋知道，是我说梦话了吧？"二胖一下乐了，"我梦见我们去追丁凌，结果遇见了杀人犯，那杀人犯不只杀人，身上爬着虫子，别提多厉害了，结果我一看，是我出马的时候了，于是我英勇地救了你……还有丁凌，为了救你们，我和那个杀人犯搏斗，最后制伏了他，他哭着向我求饶，但我也没饶过他，一脚踩在他的头上，丁凌和你十分感激我，抱着我的大腿喊我英雄，哎，真不好意思，你看这梦做的，也太不矜持了，嘿嘿嘿。"

我一巴掌糊他后脑勺上了，见他还"嘿嘿嘿"着呢，在这跟我吹牛，刚才咋没摔死！

二胖傻乎乎的，也不知道吹牛被我识破了，喊："你打我干吗，我身上还疼着呢。"

我说："忍着，疼疼就习惯了。"说完，我怜悯地看了看他，心想，你知足吧，你不过胳膊脱臼，还被关神医接好了。你看看我！拇指血肉模糊，身上几个血窟窿，被你压出了内伤，身体里还带着一只蛊虫！你这种什么都不知道的人才是最幸福的。

我带着二胖朝着朝阳驶去，心想要不是我受伤了，估摸着我也得和二胖一样，觉得自己做了场梦。

但我可不能那么大而化之地当成做梦，我还惦记着我身体里的半只蛊虫呢，也不知道那半截虫子是死是活。如果还活着，在我身体里乱钻瞎咬怎么办；如果死了，能排泄出去还好，排泄不出去烂在我身体里，那真是画面太美不敢想。

于是我把二胖送回家，托他给我请了个病假，转头就奔医院去了。

医院简直比超市大减价还热闹，人山人海媲美春运，我挤了半天也没挤到挂号处。

我嘀咕了句："不至于吧，我可是天刚亮就来了。"旁边一人听见了，就嘲笑我："刚来就想挂上号，美得你。"

然后又看见几人乐滋滋地往外走："太好了，终于拿到号了，不枉我排了一天一夜。"

原来挂个号都这么艰难！

我正犯愁呢，旁边一戴口罩的汉子碰了碰我，小声道："挂号票要不？"

他要问我一句发票要不，我可能真以为自己是在火车站了。我问："你能挂号？"

那汉子说："你知道我是谁吗？告诉你，我是黄牛！"

我更震惊了："挂个号也要通过黄牛？"

那汉子瞥我一眼，哼了一声，道："你以为呢，土鳖！告诉你，所有专家号都在我们手里，你排队也挂不上。"

我说："那你知道我是谁吗？我是区域巡逻员！"

那汉子面色一变，转身就走，走了几步又转回来："你是区域巡逻员你也管不着我啊。"

我说："对啊，可做我这行的肯定认识俩警察啊。"然后我就打了个电话，让警察把他给铐走了。

等我费尽千辛万苦挂完号，坐着等了半天，又靠在椅子上睡了一觉，睡到一半，我突然觉得有人在盯着我，那视线让人非常不舒服，我猛地一激灵，就醒了。我醒来以后四周一看，四周都是人，病人护士医生，也不知道看我的是谁。

这时候护士叫号，我一看，正好轮到我，为了让大夫了解我的病情，进门以后，我二话没说就脱了衣服拆绷带说："大夫你得给我好好看看，我这可是病得不轻，身上一个口子连一个口子，全是伤，这伤口老严重了，流了不少血啊，我都快要疼晕过去了。"

听我这么一说，那大夫也重视地直起了身子。

我觉得我这一身伤，疼得要死，在招财街能挺住那是因为有爱情的力量，现在能活着撑到医院简直就是生命的奇迹。如果不是事情太过离谱，我真想好好地和现实世界中的医生描述一下，我的身体有多顽强。

没想到我的绷带一被解开，那大夫就往椅背上一靠，一副你在逗我的表情："你这是另类医闹你知道吗？"

我低头一看，自己身上皮肤光滑，干干净净，不要说这次受的伤了，连小时候淘气摔出的陈年老疤都没了！

如果不是身上还在疼，基本上看不出我受过伤。

我这才明白关神医那时候说的至少能有点心理安慰是什么意思，伤口疼归疼，但没疤没伤了，可不是有心里安慰吗？

但这心理安慰算个屁啊！

看起来伤是好了，可该疼的地方照样疼啊！

我看了看自己身上，又看了看医生，连忙挽回我自己的形象："您别误会，我拆绷带是因为热，不是因为受伤，我真正受伤的地方……"我一把扯下了右手拇指上的绷带，竖起大拇指，"在这里！"

医生眯着眼睛一看："在哪里？"

我低头一看，就连我受伤最严重的拇指也好得差不多了，看起来就像是N年前受过重伤，但现在已经扭曲地长好了，半截拇指明显细了一截，被生食男咬掉的肉都没了，但依然没伤没疤，只是疼。

这真是太让人震惊了，这药也太神奇了，就连拇指都好了！

可表面好了有个毛用！我看医生医生都不信我，觉得我在医闹啊！

我只好捂着胸口说："医生，刚才和你开玩笑呢，其实我可能有内伤，我身上总是很疼，像被食人族咬过被卡车压过被刀子戳过一样。"

大夫一脸你大爷的伤都什么乱七八糟的你坑我呢的表情看着我，我只好笑着朝他点了点头。

"没吃饭吧？"过了许久，大夫终于出了口气，给我开单子，"你先去做些检查。"

我说："做什么检查？"

大夫说："你这种不知道自己病在哪里的，就什么检查都做上吧，看到做检查的你就拿单子进去。"

然后我就开始了医院探险之路，验完尿验血，做完CT又做核磁共振，测完心电图又做彩超，最后干脆哪里人多我就往哪里走，结果被一帮女人拦住了："这做产检的，你能怀孕吗你就往这走！"

剩下的时间里，我拖着疼痛的身躯几乎跑断腿，一天下来对医院各个科室了如指掌，临那医生快下班的时候，还有几项检查没出来，但也顾不得那么多了，拿着出来的东西重新找到那医生。

那医生面色凝重，拿着我的厚厚一沓检验报告翻来覆去地看。

那表情让我非常忧心。身上疼那都是次要的，都是皮肉伤，重要的是那只虫子。

大夫终于长叹了一口气，把报告放在桌子上："我很努力地想从你身上找出一点病，但你的肉体并没有病。"

这肉体一词用得很微妙啊。

我想我前后左右里里外外都被各种机器扫了个遍，没有理由找不到虫子啊，于是小心地提醒大夫："有没有虫？"

"虫？"大夫愣了一下，说，"这倒是有，不过没有大碍。"

这才是真正的神医，蛊虫都能看出来，还说没有大碍！我一下子燃起了希望，"那怎么办，能除掉吗？"

大夫说："我给你开点打虫药吧。"

我顿时惊了，没想到现代科技竟然发展得如此迅速，蛊虫都能打掉："能打掉？"

"当然。"大夫说，"我给你开个进口药，什么样的蛔虫都能打掉。"

我都要哭了："医生，那不是蛔虫，是蛊虫。"

医生皱眉："什么？"

说起这件事我也很羞耻，我四下看看，压低声音，说："蛊，蛊你知道吗？就是苗族的那个蛊，一群虫子放在一起厮杀，活下来的就是蛊。我身体里有那种虫子。"

医生震惊地看了我一眼，然后点点头，说："我给你转科吧。"

我问："转内科？"

医生说："转精神科。"

于是我花了三个半月的工资，在医院待了一整天，只获得了一个精神方面有问题的结果。

我算是看明白了，靠现代科技这蛊虫是除不掉了。

然后我就回家了，路上我又感觉有人在盯着我，那视线如影随形，但我每次转头，看见的行人都很正常，并没有发现有谁盯着我看。

这会儿天已经黑了，我疑神疑鬼，几步一回头，搞得原本没看我的路人也都在看我，这让我更加分不清是谁在看我了。

好容易进了电梯，电梯里只有我一人，让我安心了一点，不过就这样，开门的时候我也回头看了几次以防万一。

我父母退休后跑到南方某海滨城市买了房养老,就留了我一人在家。正所谓人到用时方恨少,平时没什么感觉,今天一身酸痛,面对孤零零的房子就觉得分外凄凉,而且经过神秘视线的洗礼,这凄凉之外还有点阴森。

我从阳台往外看,发现路灯杆旁边有一个长长的人影,我连忙拉上了窗帘,再去看,人影已经没了。

这天晚上我是把门窗全锁死睡的,而且也不知道是不是我的心理作用,晚上睡觉的时候我总觉得大拇指痒痒,就像是伤口在长新肉。

早上起来,我看着我的手指,觉得它比原来粗了,然后我就不自觉地老盯着它看,上厕所的时候看,刷牙的时候看,吃饭的时候看,每次看都感觉比上次粗了一点,至少能有个0.2毫米。

我心想这么疑神疑鬼不是我的风格啊,我又不是二胖,于是往手指上喷了点云南白药,绕了几圈绷带,重新把它包起来了。

上班以后,我们队长大中马上找到我,神情严肃地看着我,又让我转圈又摸我身体的,看得我非常不好意思。

我说:"大中,你这么深情地看着我让我很羞涩,我知道我很帅,你可以爱上我,我却不能回应你的感情。"

"滚蛋!"大中说,"昨天二胖请假,说你受了很严重的伤,所以我看一下你伤哪了,是不是和人干起来了!"

"哎,老白,你好啦。"二胖也好奇地看着我,"昨天不还缠着绷带吗,今天怎么绷带全没了?"

我一看自己身上确实也没有伤了,绷带也拆了,只好举起拇指:"伤这了。"

大中一下就火了:"伤个指头你请一天病假!"

我连忙捂胸口:"还有内伤。"

大中挥挥手:"行了行了,别装了,这次就饶过你,扣个奖金就算了。幸好看起来没惹什么事,不然就麻烦了。"

都扣奖金了还说什么饶过我,真是得了便宜还卖乖,我问:"要是惹事了有什么麻烦。"

"我们没麻烦,有麻烦的是你。"大中说,"你要惹事了,就立即开除,下岗!"

我大吃一惊:"这么狠!"

"别担心。"大中说,"只要你没惹事,我们就能罩着你。"

没惹事需要你罩吗?

大中走了以后,二胖走到我跟前,说:"我还以为这工作是铁饭碗呢,原来不是。"

我说:"现在哪有什么铁饭碗,现在工作那么难找,有稳定工作就不错了,你知道这世上有个词儿叫'就业形势'吗?"

从我准备高考那年,我就听到大学快要毕业的大牛唉声叹气,说今年就业形势不好。

我当时嘴里叼着根烟,带着藏银骷髅头指环的手指在键盘上灵活飞舞,电脑中的QQ飞车漂亮地甩了个尾,那个"偙ǔ嵝浌の狗目艮"毫无疑问地拿到了冠军,看得旁边蓝色刺猬头的小太妹连声叫好。

我鄙视地看了一眼大牛,心想,就你那德行,你能找到好工作?你也不好好收拾收拾自己,土鳖。

然后我晃着自己的蓝色爆炸头,紧了紧黑色铆钉皮夹克,帅气地走出了网吧。

再然后我就被堵在网吧门口的班主任老刘头训了一顿,说你这一天天打扮得人不人鬼不鬼这么非主流像什么样子，现在就业形势这么差，你还不给我好好学习天天向上你对得起祖国对得起党对得起生你养你的父母对得起每天跑来网吧找你的我吗？

我当时很愤恨，心想你等着，就业形势是什么鬼，老子可是QQ飞车榜单前一百的人物，是金子总要发光的，我总有一天能出人头地挣大钱，等我当上外企老总以后，我一定站在你面前甩下一把百元大钞让你叫我爹！

然后我那头蓝发被我老爹剃了，接着高考大捷，上了一个大专。再然后，时光流逝，岁月飞梭，时间催人老，一眨眼，我就毕业了。

我学的工商企业管理，想当初刚上学的时候学校领导说得唾沫飞溅，把我们专业夸得花一样，说我们以后都是企业的管理人才，当时我听着还挺美。

结果一毕业我就失业了，根本没人请我去管理他们的公司。当初讲话的学校领导长叹一声，说我们生不逢时，现在就业形势不好。

我就发现了，从古至今，这就业形势根本就没好过啊！

而且后来我才明白，专业里带管理俩字的，就业率基本不如民工。

再后来市里为了缓解本市失业率，也为了整治夜间无照经营的小摊贩，特地扩张了区域巡逻员队伍，正好社区在做失业人口统计，我妈把我的名字写了上去，身为一个适龄青壮男无业游民，我的工作就被解决了。

当听到这件事情的时候，我的内心是崩溃的。

没想到去巡逻队一看，二胖也在这儿。

二胖说："其实工作也没那么难找，我一毕业就找到了份金融业的工作。"

我马上就震惊了，金融多高端啊，二胖傻了吧唧的，还是个学幼师的，又没什么相关的学习和工作经验，竟然能找到金融类的工作，我问:"你确定是金融业?"

"当然了,我做股票经理。"二胖说,"特简单。"

我更震惊了,曾经多少老股民都亏没了内裤,二胖还说简单,难道是我之前小看他了?

我问:"你做什么说来听听。"

二胖说:"我们有一个号码簿,上面有好多电话,我们就打电话,说自己有一只股票的内幕消息,知道那只股票是涨还是跌。我们一天打100个电话,对50个人说涨,对50个人说跌;如果股票涨了,我们第二天就再给说涨的那50个人打电话,给其中25个说涨,对剩下25个说跌;第三天再给猜对的那25个人打电话,一半说涨,一半说跌。据说这次再对的话,那些人就相信我们了,就会给我们钱。"

你这是诈骗你知道吗?我说:"那你赚到钱了吗?"

二胖说:"没,我还没来得及等到第三天,公司就倒了。"

我问:"老板被抓了?"

二胖摇头:"老板说经济不景气,这行不好做,他正好收到了一个offer,要去新公司上班了。"

你老板那是洗白从良了。

连骗子头目都递简历找工作了,你还和我说工作好找?

我正要批评他,忽然觉得有人盯着我,连忙转头一看,身后除了几个同事,再没别人了。

我心想这应该是我的错觉,因为之前碰到了生食男和招财街之类离奇的事情,所以是我太敏感了,没想到到了晚上巡逻的时候,那种被人盯着的感觉还是挥之不去。

我和二胖是巡逻队里令人闻风丧胆的"白胖组合"。

据说巡逻队有了我们以后，业绩下降了百分之四十。所以令人闻风丧胆的我们成了领导大中和同事们头疼的对象，以致于他们一听到我们的名字就唉声叹气。

这也是我们最后被排挤到上晚班的一个重要原因。

其实我和二胖对于很多小摊贩都睁一只眼闭一只眼的，虽说我们的工作职责也包括驱赶他们，维护城市市容，但大家生活都不易，所以我们也不会"赶尽杀绝"，只是管那些卖吃的了。刚开始的时候我们是一视同仁地放过，还尤其喜欢卖吃的小贩，结果后来有一次，我们逛着逛着饿了，买了点小摊上的酱肉炸翅和烤串吃，那几十块钱的肉吃下去，我们两个人都泄了整整一天，二胖泄到脱水，脸都快变锥子了。

后来我们才知道，那肉都是"僵尸肉"，那肉的年纪比我们的还大，是小摊贩集体批发来的，就堆在郊区的破房子里，堆了满地。放菜的房子进去能熏死人，除了没有地窖的阴凉保鲜，其余和地窖没什么区别。地方潮，有些肉都长毛烂掉了，卖家拿水洗一洗，拿刀切一切，加工完了以后就和新的一样，相比之下能看出新鲜度的蔬菜倒还好，顶多就是放的地方脏，又懒得洗。

我当时听说了以后，恶心得好久没吃饭，都瘦了。结果二胖该吃吃该喝喝，我说你也神经太大了，这都没有心理阴影。二胖说哪儿的话，你看我们吃了一肚子的活化石，生命的进程就在我们的肚子里融合了，所以就算拉肚子也应该觉得荣幸才对。

我听完以后简直佩服二胖，觉得二胖就是站在食物链最顶点的男人，什么生物都能吃，吃东西一点都不挑。我一直说要是二胖被关在超市里，不出一个月，超市就空了。结果后来遇到了生食男右护法萧诚，我才发现我的眼皮子还是有点浅。真要把二胖和右护法一起关在超市里，隔一个月放出来,超市应该原封不动,萧诚也好好的,只有二胖没了。

我东想西想地往前走,二胖忽然伸手把我拉住,我还来不及奇怪,就看见一把明晃晃的刀飞了过来,直直插到我面前的树上。

那是一把菜刀,半把刀都插进树干里了。

我看着那把刀,愣了一分来钟,背后唰地凉了,这要是刚才二胖没拉住我,那把刀就插到我的脑袋上了。

然后我和二胖一起转身,对面是一个卖酱菜的小摊,那摊主也傻了,正呆呆地看向这边。

我顿时就火了,想把刀拔出来去质问那小贩,结果没拔动。于是吩咐二胖把刀拔出来,自己走到那小贩面前,问:"那刀是不是你的?"

"是我的,这不是有的菜要切嘛。"那小贩举起双手,"但是巡逻员大人,这可真不是我干的,刚才生意好,全是买散菜不用切的,刀搁一边,我一直拿塑料袋抓菜,刀我碰都没碰。"

我怒道:"你没碰那刀还能自己飞起来不成?老实说,你是不是看我不顺眼,扔刀泄愤,你这是蓄意谋杀你知道吗?"

"哪能呢!"小贩说,"我可敬重你了,自从你们出现了以后,我们的日子好过多了,我们都说您和那位胖……长得很壮实的巡逻员人友善心肠好,是菩萨下凡。"

我怀疑地看着他,总觉得他这话说得很不真诚。

那小贩见我不信,又说:"真的,你俩的画像我都在家里供着呢,每次出摊前都拜拜,祈祷你们的在天之灵保佑我们工作顺利。"

我马上喝斥他:"滚蛋!"

虽然这话听着就感觉高兴不起来,但那小贩说得似乎也不是假话,我和他又没有什么深仇大恨,好端端的他也没必要拿刀扔我。

我走到二胖跟前,他还在拔那把刀,我走过去的时候,他才将那把刀拔出来。

我隐隐觉得有点怪,你说这得有多大的力气,才能让一把刀这么严实地插到树里头?

我虽然觉得奇怪,但这也没伤着也没死,也不能因为这飞过来个刀就给人家定罪是吧,而且我还是一个那么善良的人。

于是我又警告了那小贩几句,继续和二胖往前走,经过刚才那件事,我有些心神不定,时刻关注着周围。

二胖说:"你怎么和鬼子进村一样左瞧右看的。"

我说:"我总觉得有人在用很淫邪的眼光盯着我。"

二胖顿时理解我了:"那你得小心点,现在变态很多,像我们这么帅的人很容易吸引别人注意的,要不然我牺牲一下,给你遮着点?"

我说:"别遮住脸,帅的地方我要给大家分享。"

二胖拍了拍自己的肚子,肥肉像水波一样荡漾,他很惆怅地说:"那就困难了。"

我俩正说着,忽然听到了一阵悠扬的歌声。转头一看,街边有一对卖唱的,女的瘦不伶仃地,坐在一张小垫子上,腿是扭曲的。男的眼睛全是眼白,好像是个盲人。女的坐着唱歌男的拉着二胡,面前摆着一个破碗。

那女的一脸愁苦,唱出的调调也很凄凉,唱的都是没听过的歌,听起来还有点像古韵,配着二胡的旋律,简直是闻者心碎听者流泪。

二胖感慨道:"高手在民间啊,这水平,可以直接参加综艺节目了。"

"怎么说话的!"我听了很生气,厉声道,"不许侮辱民间艺术!有些节目你看着看着能睡着,看这个你能睡着吗?"

说话这会儿，那卖艺的身边已经围了不少人。这条街本来还算热闹，往来行人的表情也都不一样，现在受这音乐影响，围在周围的人都一副仇大苦深的忧伤脸。

站在我旁边的一个小姑娘手里还拿着烤鱿鱼，听着听着就哭了，嘴里还含着鱿鱼，一边嚼着，一边口齿不清地说："呜呜呜……太感人了……"然后从兜里拿出五块钱，扔进卖艺人的破碗里。

周围人也纷纷掏钱，往那碗里扔，没一会儿，那碗儿就满了。

伴着那凄凄惨惨戚戚的歌声和二胡，我也想起了小时候陪我长大，却英年早逝的宠物乌龟八戒，不知不觉也湿了眼眶。

于是我推了推二胖，说："他们太可怜了，快，拿钱。"

"为啥我拿？"二胖问，"你的钱呢？"

我说："我的钱还要留着自己花呢。"

二胖"哦"了一声，从兜里掏出钱，迟疑道："可是……"

我一把抢过他手里的钱，说："可是什么可是，能不能有点爱心，人家这么可怜，就不能给人家点钱吗？"

然后往碗那走，走的时候低头一看手里的钱，是一张一百的，我马上把钱揣兜里，转回去和二胖说："我想了想，不能随便白给人钱，如果让他们养成不劳而获的习惯，那就是害了他们，我们走吧。"

二胖伸着手还想要回钱，我挡住他的手，搭住他的肩膀，说："既然道理明白了，这事就过去吧。"

说话的时候我又感觉到背后有视线，我就问二胖："你看是不是有人在看我？"

二胖回头一张望，吓了个哆嗦："那俩卖唱的正瞪着你呢！"

我说："女的还好说，那男的不是看不见吗，怎么瞪？"

二胖都不敢回头了："拿眼白瞪你啊，哎呀妈呀太可怕了！"

竟然敢瞪巡逻员，真是无法无天了，要不是二胖形容得比较吓人，我就过去训斥他们了！

我说："不要在意这些小事，我们走。"

二胖说："老白，我总觉得你今天有点不对劲。"

我说："不都说了嘛，我不对劲是因为有人总在暗处窥伺着我。"

二胖说："那他们窥伺你和你右手拇指有什么关系？"

我一愣，说："没关系啊。"

二胖又问："那你为什么老搓那根指头？"

我说："我没搓啊。"说完举起右手一看，我另外四根手指确实在搓着那根受过伤的大拇指。

二胖说："你这都搓了一路了，你还说没搓？"

我顿时惊了，这是我自己的手啊，竟然搓了一路，连我自己都不知道，没有任何感觉！

二胖问："你不会是中风了吧？"

他说得我心里一秃噜，但我突然又想到那天晚上遇到的离奇事情，当时受伤的就是这根大拇指。于是我长了个心眼，打算到没人的地方去看看那根拇指怎么样了，就对二胖说："你在这等着，我去个厕所。"

说完，我就拐去了公厕。

第 6 章

没人能从我"变色龙"手下逃脱

说起这公厕,那可就厉害了,外表修得看起来像个小皇宫,装修豪华气派非凡,有时候甚至能看见不明真相的外国游客和它合照。

我正巧遇到俩外地人站在公厕门口,伸着脑袋看了半天,见到外面的标示了又不敢进,嘴里直嘀咕:"这到底是不是厕所?"

"不可能吧,谁家公厕整成这样,这应该是什么景点吧?"

我迈步走了过去,俩外地人看见穿着制服的我,像见到了救星一样,拉着我问:"您好,请问这是不是公厕啊?"

"你们没看错,这就是公厕。"然后我就亲切地带两个外地人进去了,还给他们介绍,"这公厕可是这条路上的一个亮点,你们看,看起来像不像个小皇宫?这厕所占地面积大不说,全坑感应冲水,恒温马桶圈,洗手也是感应出水,你看,洗手台旁边还带烘干机,五星级酒店的配置。"

两个外地人惊道:"这么豪华!"说着走到洗手池边,伸手准备洗手,手伸出去停了半天也没有水下来。

我继续解释道:"这厕所什么都好,唯一不好的就是里面的东西都是坏的,感应出水是坏的,烘干机也是坏的,所以你们闻,这里面弥漫着一股销魂的味道。"

其中一个外地人有点生气:"这么好看有什么用,哪儿哪儿都是坏的!"

另一个觉得不可思议:"稀奇了,花这么多钱建一个破厕所。"

这种技术层面的东西解释起来就有点麻烦了,我索性说:"一看你俩就是外地的,我和你们说,这城市里稀奇的东西多了去,这厕所算老几?"

两个外地人露出了探究的表情。

你们知道,给别人说传奇灵异故事会有一种吓人的快感,于是我就把大中说过的鬼市和夜中黑影的故事添油加醋,用阴森的语调和两位外地人说了一遍。

现在正好是黑夜,被我用阴森的语调一渲染,两个外地人明显有些发毛,其中一个看着我,脸色已经发白了,另外一个还嘴硬,说:"这都是谣言吧,哪个城市不都有这么几个传说。"

我说:"这你可说错了,这里是与众不同的,我跟你们说,要想融入这里,你们看到什么奇怪的事,都千万别去凑热闹,当没看见一样,赶紧离开,那就没事,要是瞎凑热闹,那就后果自负了。"这句话可是我和二胖的血泪教训,要不是二胖看见了怪事,我也不会一身伤,身体里还钻进了半截虫子。

刚才反驳的那个外地人还想和我争,另一个人拉了拉他,然后朝我身后指了指,那个外地人的脸也刷地一下变白了。

然后我就听见那两个外地人紧张地窃窃私语:"赶紧走吧。"

"都进来了,尿完再走吧。"

"可是……"

"你刚才没听见吗,当没看见!赶紧的,尿急!尿完就走!"

他们语气十分紧张，说完两人紧挨着就奔小便池去了。这紧紧张张的整得我心里也有点悬，但转头一看，我身后是洗手台，墙上一块大镜子，映出了我英俊的脸，并没有什么不妥之处。

这时那俩人开始解手，就我一个人站在洗手台前，我就不耽搁了，也开始干正事，三两下就把右手大拇指的纱布拆下来了，侧着身子，用右手一挡，就去看我伸出的手背了。

看到大拇指的时候我愣了一下，之前在医院竖起拇指的时候指头就已经长好了，不过下宽上窄，看起来非常畸形。现在只不过过了一天，我手指又不一样了，已经变胖了，就是看起来有点怪怪的，没有指甲盖，也没有纹路，看起来甚至比原来还长了一些。

就算我从来没断过手指，我也知道受伤不可能恢复得这么快啊，难道除了关神医的药，那半只蛊虫也有疗伤的奇效？

我正想着，忽然看见我那大拇指猛地蹿长了一截！

也就是一眨眼的工夫，再去看，那大拇指又正常了。

我还在怀疑自己是不是眼花，大拇指忽然又伸长了一截，并且像蛇一样扭动了起来！

我大吃一惊，连忙用左手握住大拇指，握住以后，还能感觉到伸长的部分嗖地一下缩了回去！

我这大拇指不对啊！

我紧紧地握着自己的手，也不知道自己身体出了什么异状，心情紧张万分。

就在这时，忽然传来一个古怪的声音："别捂着，憋死了，让我出口气！"

我一个哆嗦，那声音闷闷地，显然是从我攥着右手拇指的左手里传来的！

于是我谨慎地放开左手，慢慢地反转右手手掌。

随着手掌角度的变化，右手大拇指的正面也慢慢呈现。

然后我的腿一下就软了——我右手大拇指的上半截上，长出了一张非常哲学又沧桑的人脸！

正是之前钻进我身体里的，那只蛊虫的脸！

我"咦"了一声就叫出来了，揪住那虫子的脸就往外拉，谁知道一拉拉出一米多长。那虫子还和蛇一样，不断扭动，那力道还不小，带着我的身体也随之晃动。

我晃着转了个圈，一抬头，看见站在小便池前的两个外地人，正扭头看我。他们双眼圆睁，嘴巴大张，表情动作整齐划一。

我心想坏了，要是虫子在肚子里还能说是寄生虫，找医生打掉，现在这虫子长身上了，要是被别人发现了那说不定会被抓住做人体研究像大熊猫一样被人围观最后还得被活体解剖啊！

两个外地人问："你在干吗？"

我努力让自己脸上表情恢复平静，对那两个人笑了笑："手指有点酸，我抻一抻。"

那俩外地人看着我那一米多长的大拇指："你抻得够长啊。"

我淡然一笑，松了手，那手指嗖地回去了："用的力气大了点，呵呵呵。"

俩外地人很震惊："这得用多大的力气啊！"

我谦虚地说："我力气确实很大。"

俩外地人看了看我，接着看了看我身后的镜子，然后互相对视了一眼，默默地低下头，拉裤子。

他们一移开目光，我就弯下身子，把大拇指踩住，继续拔。谁知道那虫子也不是好惹的,头从另一边伸出来,朝着我的眼睛戳过来。我伸手去拉,却也没有阻止住它,只见它在我左手上绕了几圈,继续冲着我的眼睛袭来,我只好头一抬,那虫子就直接戳到了我的鼻孔里。

它这是在报复上次我戳那右护法的鼻孔吧!

你长我手上,还戳我鼻孔和我斗?

我怒火中烧,像猛犬一样发出愤怒的吼声,歪着嘴想去咬那虫子。

那虫子也当仁不让,扭动着不让我咬,还借机想打我脸,一副挑衅的样子。

我更加愤怒,誓要弄死那虫子!

就在我和那虫子厮杀的时候,忽然眼睛瞟到两双鞋,抬头一看,那俩外地人已经走到了我面前,我又瞟了一眼镜子,上面映出我的身影。

我弓着身,脚下踩着自己的右手,右手大拇指从脚底下长了出来,在左手上绕了几圈,然后塞在了我的鼻孔里,我表情扭曲,嘴巴歪着,正在努力咬自己手指。

两个外地人看着我,一副震惊的模样。

我咳嗽了一声,然后恢复了表情,那蛊虫也平静了,动也不动。

我装出什么都没发生的样子:"看什么看,没见过人用这么帅的姿势抠鼻屎啊。"

两个外地人齐齐摇头。

我说:"那是你们见识比较少,好好读书,多看些书,学点科学知识。"

俩外地人说:"我俩刚刚读完博士后。"

"……"我说,"也不能死读书,要多走点地方,多看看,开阔眼界,才能学到书本上没有的知识。"

俩外地人说:"我们是环游世界之后,回到中国继续旅行的。"

"……"我说,"旅行没用,那太肤浅,要和人深入接触才行。"

一人说:"我谈过十七个国家的女朋友,他比我少一点,只谈了十六个国家的男朋友。"

"……"我看着他俩,无语了。他这话信息量有点大啊。

他们问:"够深入了吗?"

已经不能再深入了好吗?我很生气:"你们咋那么烦人呢!"

俩外地人还处于震惊状态,有点小心地问:"你之前说这城市稀奇的东西很多……您这样的算正常吗?"

"当然正常了,不要以为交过外国女友……交过外国对象就了不起了,外国能和中国比吗?"我说,"外国有中国这么博大精深的内涵吗?外国人能像我这样抠鼻屎吗?"

俩外地人齐齐摇头。这就对了,我想他们也不可能见过。

"没见过那就好好看。"我说,"这是中国传统文化,你们得好好见识见识,不要忘本。"我说完,那虫子也很配合,用力地抠了一下。

两个外地人又是一惊,颤抖着道:"抠出血了。"

我说:"男人就得豪爽一点,抠鼻屎不出点血那能算男人吗?你们尿完就赶紧走,不要打扰我抠鼻屎!"

那俩外地人被我的气势镇压,一个拉着另一个走了。我松了一口气,看到那只虫子,怒从中来,再次和它厮杀在一起。

结果刚才走掉的其中一人又拐回来了,他回来的时候我刚被那虫子捆了起来,捆得严严实实,像个茧一样躺在地上,只露出头部。

那人呆呆地看着我。

我做出平静的表情,说:"你不要误会,我不是什么怪人,我只是有点冷,所以把自己包裹起来取暖。"

那人一副想掩饰住自己内心的震惊又掩饰不住的模样，嘴巴张了又合，脸上带着一丝可疑的红晕，似乎想和我说什么又不好意思。

我顿时警觉起来："干吗，找我有事？"

那人连忙拿出笔和纸，小心翼翼地问："能不能给我签个名？"

我很诧异："签什么？"

"签'我是要成为海贼王的男人。'"他说，"落款写'路飞'。"

路你妹啊！路飞是橡胶人，我是被蛊虫寄生了，这能一样吗！

"什么意思，你觉得像我这样有格调的人，会随便给人签名吗？"我给他签完名以后，生气地骂走了他。

那人走了以后，男厕所就彻底没人了，我用身体撞上门，对虫子说："来吧，我们战个痛快！"

"啪嗒"一声，虫子把门反锁，对我说："你会后悔的！"这虫子说话的语调非常奇怪，说话是一字一字地吐出来的，比较平淡，没什么波澜。

既然厕所门关上了，就不会有人再进来，我俩能放心地打了。我张开嘴，用力地咬住了虫子的头，虫子用毫无波动的语调"哎呀"了一声，显然这个攻击是有效的！

可我咬的毕竟是我的手，那一口太用力，把我疼得啊，忍不住也惨叫了一声！然后我想用右手其他手指掐它，谁想到虫子猛地缠住了我的右手腕，越缠越紧，我右手腕血流不通，一会儿就紫了，手又胀又痒。我拼命地拉着手腕上的虫子，虫子冷笑道："看我废了你的手，怕了吧……奇怪，为什么我有点头晕。"

这不废话吗！你长在我右手上，这么一勒，血流不通，当然头晕了！你以为紫的只有我的右手吗？还有你的脸啊！

我和虫子打了半天，势均力敌，谁都打不过谁，最后我俩都累了，我趴在洗手池边上喘着气，虫子也累得耷拉在水龙头上。

那虫子说："如果不是我失去了半截身体，力量减弱，我早就支配你了。"

我说："要不是你长死在我身体上，我早就把你揪出来踩死了！"

那虫子说："像你这样毫无内力的普通人，能被我寄生是你三生有幸。"

"滚一边去，我稀罕你个烂虫子！还不是你死乞白赖地往我手指里钻。"我很愤怒，"我就奇了怪了，你为什么这么喜欢我的大拇指头？"

我只是随口一问，那虫子竟然抬起它那张严肃的脸想了半天，然后说："那是我看到的第一个断了皮的手指，我想，这……大概就是初恋情结吧。"

初恋你妹啊！你一条虫子，对我手指搞什么初恋！

我趴在洗手台上，十分抑郁，我竟然在厕所里和半截长在手指上的虫子吵架，简直无语了。

我看着面前的镜子，上面映出我的脸，那张被我评选为世上最英俊的脸庞已经被汗水打湿，看起来还有一点小性感，嘿嘿。

就在我从自己的帅气中找回一点安慰的时候，那虫子也看着镜子，用几乎毫无起伏的音调嘿嘿嘿地笑着，说："太帅了。"

我轻蔑地说："你才发现我长什么样？"

虫子说："我是在说我。"

你那脸可以叫沧桑可以叫冷漠，唯独和帅没关系。

我正在心中冷笑，忽然感觉到手上一僵，那虫子似乎从镜子中看到了什么奇怪的东西，虽然还是那副表情，但整个身子都直了。

我心想难道是被我的英俊所震惊？然后朝镜子一扫，顿时身体紧绷，寒毛直竖，整个人都不好了！

从镜子里，可以看到，在天花板靠近门的那个角上，趴着一个男人！

那人穿着一身黄色，身上衣服颜色和厕所瓷砖相近，趴在那里几乎和厕所融为一体，猛地一看很容易被忽略。那男人四肢大张，像只蜘蛛一样趴在墙角，眼睛正盯着我，看得人不寒而栗。

我从进厕所就一直在门附近的洗手台这，后来又关了厕所门，根本不可能有人进来而我不知道——这也就是说，这人是从一开始就趴在天花板上的！

我浑身发凉，深更半夜，一个男人躲在厕所天花板上一动不动，盯着来上厕所的每一个人，简直惊悚！

怪不得刚才那俩外地人一直往我身后看，还一副惊恐的表情，那么快就相信了我说的话，原来他们两个早就看到了这个家伙！

我和虫子互看一眼，马上明白了彼此的意思——开溜！

那俩外地人都跑了，跑完还能回来要一次签名，可见这人也许只是个喜欢趴在厕所天花板上的怪人，并没有什么攻击力和杀伤力，我俩也能顺利出去。

虫子马上缩回到我的手指里，我的右手又变回正常的形状，我也不再犹豫，抬腿向前走去，然后拉住门把手，旋转后一拉。

门没开。

我再次用力一拉。

门晃荡着顿了一下，还是没开，似乎有什么东西在阻止我开门。

我慢慢地抬起头。

刚才趴在墙角的黄衣男人已经移动到了我头顶，头朝下，半边身子趴在门上。

我盯着他，然后拉门，只见他也盯着我，下巴、手掌和腰腹一齐用力，用身体把门推了回去。

我可算知道刚才的阻力是哪里来的了！

刚才那俩外地人走，这人不拦；我们走，他跑来拦。显而易见，他是冲我们来的。

黄衣男人看着我们，露出一丝狞笑，显然不怀好意。

但我好歹也当了这么久的区域巡逻员，也不是没见过世面的人，我拉了拉制服，学着大中的腔调，先声夺人，指着他大声喊道："你，干什么的！知不知道厕所是公共场合，不允许个人长时间占据的，你有许可证吗？啊？信不信我把你抓起来？"

黄衣男人被我说懵了，愣了半晌，问："能不能通融一下？"

"不行！"我严肃地斥责他，"社会运行要有规则，人民生活要有公德，你占据厕所天花板，违反规则又没有公德，我们身为区域巡逻员，遇到这种情况，一定要制止！"

"既然这么严重，"黄衣男人手指一弯，在门上按出几个坑，"那我就只好杀了你，毁尸灭迹了。"

我淡淡地一笑，诚恳地说道："这位帅哥，不要激动，有话好好说，其实公德规则不重要，和谐社会最重要，哪，你喜欢待在厕所天花板上闻味你待着就是了，我不打扰你，先走了。"

黄衣男人继续用身体抵住门："要走可以，把蛊王留下！"

蛊王？！

我震惊地看向自己的手指，这看起来傻了吧唧总是一副嘲讽脸的货是蛊王？

虫子冷哼了一声，骄傲地挺起了身子，脸上表情写着"你才知道爷多尊贵？闪瞎你这无知凡人的狗眼！"

黄衣男人说："呵，我就知道你不会轻易把蛊王交出来！"

虫子自豪道："那当然，我可是多少人求之不得……"

我伸出右手，诚恳地看向那男人："给你，拿走。"

没想到我这么轻易就同意把虫子送了出去，男人和虫子都是一惊。

男人身体忽地一坠，手指又在门上按出几个坑，一手抓门，另一只手已经呈爪状抓了下来！

他这招来得又快又急，幸好我眼疾脚快，又一直注意着他。他一动，我就第一时间往后退去，险险躲过一击，那爪夹着风在我脸前晃了过去，几根头发就掉了下来。

我吓得后退了好几步才站住。

男人眯着眼睛瞪我："拿这种弱智谎言骗我你以为我会信？这可是世间难得一见的蛊王，你会这么轻易给我？"

我这时才看见那男人每根手指上都带着一根黄色锥形物体，就像清朝皇妃手指上带的护甲套，头部弯曲，尖如利刃，怪不得在门上一抓一个坑。

"别说蛊王了，就算是猫王长在我身体里我也不乐意啊，我说你可一直在这看着呢。"我一边后退一边解释，"刚才我和这虫子打成那样你没看见？"

男人哈哈大笑了几声，然后怒道："不可能，别逗了，你俩一体同心，一个受伤另一个也会有痛感，有什么理由自相残杀？又不是傻，还搏斗！想骗我？我清楚得很！刚才你们肯定是早就发现了我，故意演一场戏给我看！却没想到我如此机智，并没有中你们的计！"

我和虫子都沉默了，也不知道该怪他想得太复杂，还是我俩太纯真。

那男人见我和虫子不说话，以为我俩默认，更是生气，大喝一声：

"把蛊王交出来！"

我眼前一花，就有什么东西从脸边划了过去，伸手一摸，手上竟然有血，转头一看，地上倒着一个护甲套。

这护甲套还有这个用法！

"把蛊王交出来！"男人手上的护甲套嗖嗖地飞了出来。

我从来没见过如此蛮不讲理之人，给他，他说我骗他，不给他，他又生气！

我一边躲着男人的攻击，一边甩着右手，试图把那蛊王甩出来。那虫子被我甩着，却还是一副平淡的表情，虽然它脸上没啥表情，我却总觉得它在幸灾乐祸。

"别白费力气了。"虫子说，"其实你要把我送给别人，我倒是不在意，附在别人身上我也没什么损失，但是我现在已经长在你身上了，要把我完好地从你身上分离，必然会吸走你的精气。"它"嘿嘿"了一声，又说，"我倒是无所谓，就是你会变成一具干尸。"

我倒吸一口凉气，幸好刚才那男人没真的把这虫子拿走，不然我现在已经变成这宫殿厕所里的人皮地毯了！

怪不得当初关神医想要把这虫子取出来，如果时光能倒流，我会选择……我还是不能让他把虫子取出来啊，非死即残和变成干尸，根本分不出哪个更惨！

所有想法在我脑海中过了一遍，同时那男人还在不断攻击我，我忽然感觉到危机，头一转，看见一个护甲套朝我脑门径直射来，条件反射之下，马上伸出右手去挡。也就是那一瞬之间，我脑中闪过一个想法——既然你不讲理，大不了破釜沉舟我死了也不让你得到虫子！然后手腕一转，直直用大拇指对着那飞过来的护甲套！

那虫子本来还在转身看我,一脸贱笑,忽然感觉到了危机,表情渐变,嘴巴圆张,回身去看!

不知道那虫子被护甲套贯穿后,我会变成什么样子,只能闭住双眼,等待那一刻的降临。

没想到过了十来秒,什么事情都没有发生。

我有些诧异地去看自己的手,不禁大吃一惊!

蛊王竟然咬住了那枚护甲套!

蛊王"呸"了一声,吐出了那枚护甲套,动作表情十分帅气,一副游刃有余实力爆表的模样,连我都从心底产生出了一丝敬佩之意。

这虫子不简单啊,此时此景,真应该配上背景音乐。

厕所内一片死寂,这神展开让那男人也呆住了。

"你难道不知道本王的实力?"虫子冷声道,"你以为我是那么好到手的?"

我心中那点敬佩瞬间消失,那男人也无语地看着那虫子。只见它嘴巴呈圆锥形,明显合不拢,舌头都被那护牙套扎出血了。

就这点实力还吹什么啊,我捂着手指,感受着迟来的痛苦,骂道:"装个屁啊,他再扔一枚你就死了。"

虫子经过刚才一击,也认清了这人的恐怖之处,对我喊道:"那你还等什么,还不快逃!"

男人不禁怒吼道:"想逃?没那么容易,没人能从我'变色龙'手下逃脱!"

"变色龙?"我心叫不好,虽然这外号我从没听过,但是我知道武侠小说中有外号的都是高手,这男人如此有底气地说出自己的名号,显然不是等闲之辈,一定是有什么过人之处,而且按照常理,这个过人之处肯定和他的外号有关。

"提起'杀手变色龙',江湖谁人不知,谁人不晓?"男人身体又一次下滑,这次整个身子都已经贴到了门上,厉声道,"我可以隐藏在任何地方而不被人察觉,取人性命于一瞬!"

说完,那男人一扬手,我以为他要继续射出暗器,连忙用手挡脸,没想到他唰地一下扯掉了自己的衣服,黄色衣服下面是棕色的衣服,正好和门的颜色一样。

我愣住了。

男人得意地哼了一声,身体又滑到地上,同时又唰地一下扯掉了棕色的衣服,里面是和地毯一模一样的红色衣服,道:"我能时刻改变身体颜色,与周围环境融为一体,让目标不知道我会从何处出现,心惊胆战,夜不能寐,从而精神崩溃,未战先衰!"

神经病啊,什么改变身体颜色,不过是换衣服而已吧!你到底穿了多少件衣服能这么撕,而且这衣服质量是有多差?一撕就破!

"变色龙"以蛇的姿态朝我爬了过来,虽然看着费劲,但是我能理解他为什么要这么爬,他现在身上颜色和地毯融为一体,一站起来,变立体了,那保护色不就没用了吗?

不过他那种姿势看着还是挺唬人,我不禁镇定地往后退了几步。

"变色龙"见我后退,越加得意:"护甲套暗器与我来无影去无踪的身形配合,就算你是大罗神仙,也得怕我三分!"

我刚刚看他变色,有些松懈,听他这么一说,又警戒起来,他那指甲套杀伤力还是很惊人的,我脸上还带着那指套划出来的伤口,手上虫子也受了伤。

我全神贯注地看着"变色龙",谁知道他并没有直接攻击我,而是伸手去捡掉在地上的护甲套,对我说:"你先等一下,我马上就取你性命!"

我一看他手指上光秃秃地,再一看地上的护甲套,七零八落,像妙脆角一样倒在厕所的地面上,数了数,正好十个!

原来是暗器扔完了啊!

我原来就一直奇怪,武侠小说里用暗器的怎么带那么多暗器,看起来取之不尽用之不竭的,原来是扔完了自己捡回来回收利用啊!

"变色龙"捡着地上的护甲套往手上戴,连声道:"不要急,一会儿就好,等我一下,我一会儿就来杀你!"

我简直无法直视"变色龙"。你好歹也是个有外号的杀手,十根手指头你就只带十个暗器啊,就不能多准备几个护甲套放兜里以防万一?

这种情况下,我要是真等他来杀我,那我就是真傻了。我趁他不备,悄悄捡起一个甲套,也不管他的叫喊,拉开厕所门飞快地跑了出去!

到了熟悉的大街上,我才松了一口气,我从来没想到过,上个厕所竟然能如此凶险。

这地方太危险,"变色龙"一会儿就能捡完护甲套,从厕所里追出来,换件其他衣服,在这月黑风高的夜里,说不定真能无声无息地取我性命,我得叫上二胖快点走。

我正想着,忽然停住了脚步,这夜市的动静不太对!

第 7 章
我受欢迎，怪我喽？

大家都知道，夜市那是相当热闹的地方，各种喧哗，人声鼎沸，就像刚刚我进厕所之前一样。可是这会儿，夜市里却变得有些寂静，人声车声碗碟交错声都消失了，只剩下凄凄惨惨的二胡声。

刚才热热闹闹的夜市已经不见了，所有摊子消失了，就只剩下一条空旷的道路，要不是二胖还站在刚才我们听曲的原地，我真要以为我走错地了。

我走向二胖，他背对着我，像一堵肉山，走得近了，我才看见那俩卖艺乞讨的还在那里拉着二胡唱着歌，面前的小碗里装的钱都满得溢出来了，中间还有不少百元大钞。见我过来，那二人头也不抬，依旧一个拉一个唱，还是那凄凄惨惨戚戚的调子。

我总觉得那两个卖艺的人有古怪，盯着他们问二胖："夜市的人呢？"

二胖说："收摊啦。"

我看了一眼表："这才九点，收什么摊？"

二胖说："留着又没什么用，当然得走啦。"

我说："什么留着没有用，留着摆摊挣钱啊。"

二胖说："现在不需要他们摆摊啦。"

"那需要什么？"我总觉得二胖说话有点阴阳怪气，转头去看他。

正巧他也转过了脸，脑袋低垂，双眼上翻，脸上带着不明所以的微笑，道："需要抓住你啊！"

我吓得跳了起来，条件反射地一拳揍向二胖的肚子，拳头所到之处，绵软若无物，如同打入棉花堆。二胖腹部脂肪太厚，保护层比较厉害，没有一定力道伤不到他，所以这一拳下去，我的手不疼，二胖也不疼。他肚子一挺，脂肪波动，把我整个人弹得往后退了几步。

再一抬头，二胖还站在原地，朝我阴恻恻地笑。

我说："二胖，你这是中了什么邪，赶快醒醒！"

二胖说："没问题啊，那你先把蛊王交出来啊！"

又是蛊王！我瞪向自己的右手："看，又是你这破玩意儿惹来的麻烦事！"

虫子哼了一声，翻着白眼道："我受欢迎，怪我喽？"

这表情看得我咬牙切齿，这虫子也太贱了！

忽然间二胡声歌声转了个调，二胖猛地扑了过来，胳膊以一种环抱的姿势，直接勒住了我的脖子。二胖胳膊又粗又肉，这么一勒，脖子倒还好，就是他的肉几乎盖住了我整个脸，鼻子和嘴巴都被遮住了。

二胖依然用那种阴阳怪气的语调道："怎么样，你要不要把蛊王交出来啊！"说完，身体后仰，我整个人都被他带起来了。

我的脸和脖子都被二胖的胳膊捂着，别提说话了，呼吸都困难，满鼻子都是二胖身上的汗味。想要扒拉开二胖的胳膊，却不知道他哪来的蛮力，死活不松手。眼看着就要窒息了，我转动眼珠，看见那边卖艺的二人还在演奏，我就伸手往兜里摸。

那里有一个护甲套，是我刚才趁"变色龙"没注意偷偷捡的，没想到现在派上了用场。

我手一挥,就把那枚护甲套扔了出去,本来是对着那盲人的二胡扔的,没想到力气不够,半路掉了下去,砸在了他们要饭的碗上。

我一看扔偏了,正在暗叹今天要折在这了,没想到歌声和二胡声音同时停了下来,那二胡男喊道:"钱!钱!"

唱歌的瘸腿女子说:"没事,钱还在。"然后抬起头,狠狠瞪我。

与此同时,二胖的力气也松了下来,他后退两步,像是提线木偶断了线,有气无力地倒在了地上。

幸好这俩人更在乎钱,不然我今天要死在我发小手里啊。

我单手撑地,大口大口地呼吸着新鲜空气,然后看向那两个卖艺的,喘着气问:"你们……你们两个到底是什么人?"

女歌者眉毛一挑:"哼,看来你也是个有眼光的,看得出我们不一般!"

二胡男也叹道:"不愧是被蛊王寄生的人!"

废话!这街上都空了,就剩四个人,我、二胖和你俩。二胖跑来打我,你们还没事人一样拉二胡唱歌,看不出你们有鬼那就是我瞎!

我说:"你们到底是谁啊?"

二胡男背一挺,摆出一个拉二胡的姿势:"鄙人'柔情二胡手'。"

女歌者往后蹭了蹭,蹭到他身边,摆出美人鱼的Pose:"小女子'灵魂歌者'。"

"我们二人形影不离,卖艺为生。"二人齐声道,"江湖人称'胡唱双霸'!"

这外号真是绝了,看起来应该是量身定做的。

不用多想,这两位肯定也是从招财街里跑出来的。

之前在招财街,丁凌和我说过邪教让人头疼的三大邪术,毒术、蛊术和幻术，从刚才的情况看，他们应该用了幻术，用声音迷惑控制人，驱逐了无关的人，还控制住了二胖。

换句话说就是，二胖被人催眠了！

我伸出右手，露出虫子，对他们道："你们应该是为了这玩意来的吧？"

虫子挺直了身子，又恢复了那很具有迷惑性的高深莫测的表情。

柔情二胡手道："你知道就好，快把蛊王交出来！"

我说："不可能！"

"为什么？"灵魂歌者说，"蛊王在我们这里，比在你手里要有价值得多，你一个人毫无武术功底的人，拿着蛊王，只会浪费了它的价值！蛊王实现不了它的价值，它也会很难受的！"

我说："可是交出去我就会死啊。"

柔情二胡手说："你的死能让蛊王的能力得到发挥，能让我们的功力大增，死也死得有价值！水往低处流，人往高处走，就算是蛊王，肯定也更想和强者在一起！"

虫子被说服了："他们说得有道理！我看他们也算有点本事，又是习武之人，比你强了不少，不如你就把我送给他们，然后有价值地去死吧。"说完，蛊王冲着"胡唱双霸"连连点头，脸上带着欣赏向往亲切的笑容，身子拉长，朝着"胡唱双霸"而去。

我都要哭了，这不是死得有价值没价值的问题，而是我压根就不想死啊！

我说："你们有没有搞错，这只虫子可是蛊虫，附身之后很有可能控制你的心智，你们为什么一个个都把它当成香饽饽争来争去，是不是傻？"

"这你就不懂了。"柔情二胡手说，"它不是一般的蛊虫，它是蛊王，蛊王和一般蛊虫不一样，自然有它的用法。"

虫子连连点头，骄傲地飞向"胡唱双霸"。

我问："怎么用？"

灵魂歌者说："蛊王大补，当然是要吃下去了。"

我说："怎么吃？"

虫子扭头，鄙视地看着我："你怎么这么笨，肯定是一整根吞了。"

没想到"胡唱双霸"齐声道："既然是大补的东西，怎么能生吞呢，当然是要嚼着吃了。"

下一刻，虫子嗖地弹回到我的手指，大声喊道："保护我！保护我！"

如果这只虫子和我的生死无关，我绝对会毫不犹豫地把它送出去！

"胡唱双霸"怒道："看样子你是不会把蛊王交出来了！"

这还用问，离了它我就得死，换你你交吗？

柔情二胡手竖起二胡："那就别怪我不客气了！"说罢，摆正二胡，随手拉了几下。

我心想不好，这货又想操控二胖来打我，看了一眼躺在地上的二胖，决定先下手为强，索性趁他还没起来的时候，就先把他揍瘫了，省得一会儿我自己吃苦。

于是我来到二胖跟前，拳打脚踢，使尽了全身的力气，避开了他上半身的防御，集中于他下半身的弱点。其间，二胖疼得醒了过来，还没来得及说话，我整个人一跃而起，狠狠地压在了他身上，二胖"唔"了一声，吐出一口白沫，就又晕了过去。

我自言自语道："这下他应该不会再被操控了吧。"

虫子道："他刚才已经晕了，本来就不会被操控。"

我"嗯"了一声，看向倒地不起的二胖，心虚道："不会吧？"

虫子说："他刚才已经失去意识晕过去了，那'胡唱双霸'用声音控制人,人晕过去,就听不见声音了,他们要怎么控制?"

我懂了,这"胡唱双霸",就相当于电脑黑客,人晕过去就像是电脑拔了电源,再厉害的黑客也没办法入侵了。

我充满歉意地看了一眼二胖,又想到了另一个问题:"既然他们已经不能控制二胖,他们在这里拉什么二胡?"

"那胖子晕倒了,你不是还在吗?"虫子说,"他们是打算控制你啊!"

我倒吸一口气,转头去看那"胡唱双霸",那灵魂歌者也一脸诧异地看着我,显然不明白我为什么会突然揍二胖,还打得那么血腥残忍。

这时柔情二胡手停下手中的动作,道:"调好音了,我们开始吧。"

你是上台表演吗你还调音!

灵魂歌者朝我露出了一个怜悯的表情:"既然你不愿意交出蛊王,那就不要怪我们无情!接下来这首曲子,是我们的成名之作,听完这首曲子的人,非疯即傻,没有人能保持清醒,趁你现在还没后悔,把蛊王交给我们,还来得及。"

我说:"你们的成名曲竟然这么难听,也真够可怜的。"

"胡唱双霸"冷笑一声,起势唱歌。

我马上捂住耳朵,与此同时,刺耳的二胡伴随着难听的歌声响起,那声音穿透了我捂住耳朵的手,刺入我的脑海,就像是有无数双手在挠玻璃一样,让人浑身起鸡皮疙瘩!

虫子马上绕了几圈,将自己裹成了茧。

我本来心惊胆战,听了一会儿发现这歌没我预想的那么厉害,索性放下了手。

他们这歌,难听是难听,但是比起我之前经历过的,还是差了许多。

当初,我们在高中的古惑仔时期,曾经和社会小青年王龙强龙哥混过一段时间。有一次龙哥把我们叫到后山，说要让我们见见世面，我、二胖和黑皮就去了。

去的时候我们还很忐忑，因为听说后山那边闹鬼，传出的声音令人毛骨悚然，曾经吓疯过人。

结果我们过去一看，龙哥带着几个小弟，拿着收音机等我们，说磁带里面是龙哥最新的个人创作，魔鬼重金属，要让我们欣赏一下。

说完龙哥手下的小弟们就找借口给龙哥买烟买水买零食，一会儿就跑光了，只留下了天真无邪的我、二胖和黑皮。当时我们都很傻很天真，不知道社会险恶，也不知道什么是魔鬼重金属，就乖乖地等着。结果龙哥一按播放键出来，我们都傻了。

那歌吵得我脑仁疼，就像有一百只公鸡在一起打鸣，光听见里面有人撕心裂肺地吼，吼了半天也不知道吼了个啥，隐隐约约听出来好像是国骂串联，中间还穿插着那种话筒被干扰的"哔"的声音，简直听得人生不如死。我听了几秒，就有种头晕眼花上吐下泻的冲动。直到那时，我们才知道闹鬼的传言是怎么来的。

二胖和黑皮承受力比较弱，马上就挺不住了，直接倒在了地上。

龙哥很生气，上去就揍他们，我一看倒了要挨打，就用坚强的意志力挺住了。

龙哥走到我面前，一脸赞赏，扯着嗓子问我："怎么样？"

我哪敢说不好，只能扯着嗓子回："过瘾！有格调！"

龙哥露出了一副难得见到知己的表情："哟呵，看不出来啊，你这小子有点意思，这磁带送你。告诉你啊，这首歌只发挥了我百分之三十的实力，我真正的实力不敢表现出来，别人听到会害怕的！你很好，你懂得欣赏，以后我就唱给你听了，下次我录歌你一起来。"

然后我就哭了。

再后来，我知道龙哥他真没谦虚，那磁带确实只有他百分之三十的实力，我的内心几乎是崩溃的，特别后悔当初为了不挨打说的那一句废话，就算他把我打残，也比受那种折磨强啊！

我从来没想到在龙哥那里受的折磨，竟然也能算一种磨炼，这"胡唱双霸"还算是音乐家，还讲究音乐性。我听惯了十级噪音，再听他们这种音乐，就觉得也没那么难听，至少有旋律，有旋律就能得到美的享受。

灵魂歌者见我不为所动，便停止了唱歌。柔情二胡手不知情况，就问："怎么样，他疯了没有？为什么这么安静？"

灵魂歌者道："他一副很享受的模样。"

柔情二胡手道："不可能，你不是说他明显地不会武？怎么可能抵挡得住我们的幻术？"

我说："人外有人天外有天。"你们以为你们是唱得最难听的？不，我还听过更难听的。

我这句话显然让灵魂歌者有了一丝顾虑，她打量着我，似乎是想重新确认我的身份。忽然，她的目光停在了他们要饭的碗的上面，捡起碗旁边的护甲套，一副恍然大悟的模样喊道："他不是普通人，他是'杀手变色龙'！"

什么鬼？竟然和之前的剧情连起来了！

柔情二胡手也是一惊："原来你就是传说中来无影去无踪能随时隐身无声无息之间取人性命的'杀手变色龙'！"

你们把那个"变色龙"说得那么厉害，那你们知道他是怎么变色的吗？

我一边想着一边转头去看厕所，不仔细看不知道，一看吓了一跳，原来"变色龙"已经爬出了厕所，上半身融入到了夜色中，下半身还在厕所门口的昏黄灯光里，所以"变色龙"就一边爬，一边脱下半身的黄色裤子，使得自己的身体有一个自然的渐变效果。

"胡唱双霸"道："想不到我们竟然会在这里见到你，'变色龙'！"

正在脱裤子的"变色龙"一愣，转头去看"胡唱双霸"，他不明真相，一爬出来就被点名，满脸惊讶，显然以为"胡唱双霸"发现了他。

"不愧是令江湖人闻之色变的高端杀手，竟然装得如此隐蔽，险些骗过了我们！"灵魂歌者举起护甲套，"如果不是我眼尖，捡到了这个，根本不会发现，你就在这里！"

"变色龙"低头，观察自己的手，上面九个护甲套，又去看灵魂歌者，一脸疑惑，接着就恍然大悟。那表情分明在说，怪不得我找了半天没找到，原来在你这儿，可是想不通啊，怎么可能在你这儿？

我知道他为什么半天才爬出来了，应该是在找被我拿走的那一个护甲套。

我见那"胡唱双霸"已经误会了，索性将计就计，随意一站，手有意无意地指向"变色龙"道："没错，'杀手变色龙'就在这里，他身手不凡，杀人于无形，你们怕了吗？"

"变色龙"身上有保护色，又趴在地上，如果不仔细看其实看不出来那还有个人，我姿势又摆得自然，"胡唱双霸"压根没想到我是在指"变色龙"，可"变色龙"却已经警觉了。

"怕？"灵魂歌者冷笑一声，"早就听闻'杀手变色龙'功夫了得，仇家满天下！今天就让我们领教一下！"

柔情二胡手拉了一下二胡："我们'胡唱双霸'现在就要取你'变色龙'的性命！"

我说："吹吧你，有本事你们现在就杀了'变色龙'！"说完，眼睛往"变色龙"那里一瞟，不明真相的"变色龙"面色凝重，明显以为那两人真是冲他而来的了。

"变色龙"也知道"胡唱双霸"的厉害，手一挥，护甲套就飞了出去，直奔二胡而去，柔情二胡手脸色一变，琴弓一甩，琴弓和护甲套相撞，断成两半！

同时"变色龙"整个人噌地蹿了出去，还被脱了一半的裤子绊了一下。幸好灵魂歌者本来就没看见他，待"变色龙"近身了才发现，灵魂歌者马上翻身去挡，连声喊道："谁？"

"你刚才叫爷的名字不是叫得欢吗？""变色龙"尖锐的护甲套一抓，险些抓毁灵魂歌者的脸。幸好这时二胡声响，惊天动地的一声指甲划玻璃声，"变色龙"身体一抖，动作顿了一下，又被自己的裤子绊倒了，灵魂歌者这才逃过一劫。

"变色龙"在地上一滚，再站起来时已经脱掉了碍事的裤子，可是此时灵魂歌者已经拎起拐棍，严阵以待。

柔情二胡手立马用断成半截的琴弓拉起了二胡，不过声音已没有原来那么自然流畅。"变色龙"的精神虽然受到了一丝影响，却还保持了神志，马上冲着柔情二胡手扔出了护甲套，灵魂歌者立马抡起拐棍保护柔情二胡手。

他们打得别开生面，特别精彩特别有趣，有种超脱时代的疯狂感。

作为唯一的观众，我是真想看完这一架。但我绝对不能留在这里，要不然他们打完，我的命就是赢者的奖品了。

我跑到二胖跟前，扇了他几个嘴巴，喊道："二胖，醒醒！"

虫子道："你管他干什么，我们快走！"

我说："得带他走，我们不能给敌人留余粮啊！"

虫子见我还在扇二胖，只好说："我想办法，我们快走！"说完就在二胖身上绕了几圈，把他像茧一样裹了起来，又在我摩托车上打了个结，道，"拖着他走！"

于是我启动了摩托，也不管后面厮杀着的杀手和卖艺的，拖着二胖就跑了。

我一路拖着二胖回到了家，众人都用惊讶的表情看着我，都在猜测我摩托后面拖着的是啥，幸好那虫子把二胖裹得严实，不然我俩明天绝对要上报纸。

等我和虫子费尽千辛万苦把二胖带回我家以后，我已经一身汗，把二胖扔在地上，我就直接瘫倒在了沙发上，觉得自己这辈子都没干过这么累的体力活，工作强度是搬砖的一百倍，等于挪了头小象回家。这真应了一句话，人类的潜力是无穷的，我都没想到我能有这么大的力气能拖着二胖走，如果不是因为这楼是高层所以有电梯，估计我就只能把他扔在楼下了。

我看着天花板开始思考人生，想着这几天都造了什么孽，怎么乱七八糟的事情都能遇见，想了一会儿觉得身上汗流不止，也不知道是累的还是后怕，便挣扎着起来去开窗户透气。结果走到窗户边又吓了一跳，深更半夜的，窗户外面竟然趴着一个人！

隔着一层玻璃，我惊讶地看着他，他平静地看着我。

然后他忽然一笑，冲我点点头，还摆了摆手，正常得就像邻居打招呼一样。

可我家在十楼啊！

那人敲了敲玻璃，我打开窗户。

那人说："你好，我是江湖人士，人称'壁虎'，我希望你能把蛊王交给我……"

我拉开纱窗,伸手按住那人的脑袋,把那人推了下去。

壁虎你大爷壁虎!还没完没了了!

我关上窗户,拉上窗帘,转身就走。

虫子喊道:"哎,你去哪儿?"

我没好气地说:"去厕所,拉屎!"

我有个习惯,思索的时候就爱蹲厕所,一般天才都习惯这么干,所以才会有一个纪念这个动作的著名雕像,叫作沉思者。

不过现在连"变色龙"和"壁虎"都出现了,一会儿厕所再来个叫"苍蝇"的,我也不会惊讶了。

我坐在马桶上,开始思索日后要怎么办。显而易见,现在那些江湖人士来找我,是为了我手上的虫子,虫子离开我,我会死;虫子受伤了,我会疼,所以我得保护虫子。而那些人虽然嘴上说着不在乎我的生死,却一直没对我下杀手,只让我把虫子交出去。

虽然我不知道怎样才能把虫子交出去,但目前看来,如果我死了,恐怕对这只虫子也会有一定的影响,所以他们才有所忌惮。

幸好,这虫子虽然吃里爬外,但现在怕被他们嚼着吃了也改变了想法,目前比较安分。

在我整理思绪的时候,虫子还在喋喋不休:"你一会儿擦屁股是用左手还是用右手?我警告你,你最好是用左手!"

这家伙还挑三拣四,我说:"你没附身在印度人左手上,你就知足吧!"

虫子很不高兴:"我身为蛊王,能寄生在你身上,你应该觉得荣幸,拼尽性命保护我才对。"

"你堂堂一个蛊王还要我保护?"我顿了下,"你怎么那么孬。"

虫子厚颜无耻地答道:"这是反差萌,你不懂。"

这虫子和右护法混到外面以后,到底学了多少乱七八糟的词?

我说:"你好歹是个蛊王,难道除了变长缩短,就没有什么其他拿得出手的技能?"

虫子说:"我应该还有一个特殊技能,但是我忘了它有什么用。"

我很鄙视它:"这都能忘?"

虫子说:"还不是因为你把我搞得只剩了半截,害得我的智慧和能力都下降了许多。"

要不是因为你只剩半截,我现在已经死了好吗?我问:"你那技能是不是有杀伤性的技能?会不会自爆?"

虫子说:"不是,是其他方面的技能。"

我说:"你既然想不起来,那就试一试,把那技能试出来不就行了?"

虫子道:"你说的也有道理,就让我试一试。"说完,它就闭上了眼睛,一动不动。

我等了一会儿,见它没动静,正打算弹它。忽然,它的身上亮起了红光。

那红光变幻莫测,绕在它的身边,衬得我的右手大拇指像一只红色的灯泡。

我伸出左手在大拇指上挥了一下,那光凝而不散,虫子身上也没有特别的热度。不知道这红光是怎么亮起来的。

只是,这红光怎么看怎么都觉得有点眼熟,似乎是在哪儿见过。

第8章
离马桶还有半米

我的注意力全放在虫子发出的红光上,看了一会儿,忽然觉得四周的光线有些红。我本来以为是看红光看久了产生的错觉,可没想到厕所的另一侧,靠窗处也亮起了红光。

我转头一看,顿时惊了,只见我家厕所的另一边不知道从什么时候开始,变成了一条乌黑的通道!

我看着那条通道瞠目结舌,脑海里全是一个念头——这条通道我见过!

我不只见过,我还知道它的尽头会出现什么!

果然,通道的尽头,出现了一个红色的点,然后那个点越来越大,越来越近。

我的嘴巴也越张越大。

我已经能看出来,那是一条路边挂满红灯笼,热闹非凡的街,那条街正以惊人的速度朝我靠近。

最终,那条街在离我马桶还有半米的距离停了下来。

街口挤着一堆人,像是一个学校的人都聚在一起拍毕业照一样,层层叠叠,密密麻麻,而且全都一个表情,捏着鼻子,睁大眼睛看着我。

和上次不同的是,这次的街整个儿都飘悠悠的,有种半透明的质感,那些人也有点透明,看起来还真像鬼。

我坐在马桶上,裤子褪到了大腿,手肘放在膝盖上,下巴放在手心上,看向他们,满脸惊恐。

这不是招财街吗?

"啥子哦,一股茅厕味。"丁老头捂着鼻子从人群中挤出来,见到我,叫道,"你咋子又来喽?"

我马上用右手捂住下身,左手拉起裤子:"这是我家厕所。"

"这是你家茅厕?"丁老奇道,"那我们为啥子会跑来这里哟?"

我怎么会知道这个问题的答案呢:"你问我我问谁……"说到一半,我忽然想起了罪魁祸首,低头去看那只虫子。

"他问你,你应该问我。"虫子还是一副欠揍的哲学表情,冲我点点头,用一种很贱的语气说道,"没错,是我!"

丁老惊讶地喊道:"你的拇指竟然会说话!"

这得谢谢你们招财街全街。

关神医走过来,一把抓起我的手,惊道:"蛊王!"

所有人的目光刷地射了过来,然后就传来了女人的尖叫声。

我脸都红了,恨不得在脸上打个马赛克,然后再把关神医打成马赛克。你抓我手之前难道就不能先看一下它捂在哪儿吗?

五分钟之后,我冲完厕所,穿好裤子,郁闷地坐在马桶盖上。与我半米之隔的招财街上,已经聚拢了不少人,他们从刚才开始,就一直用好奇的目光注视着我,从我穿裤子、冲马桶,再到打开水龙头洗手。

我每做一个动作,他们都会发出惊讶的"哇""哦""咦"的声音。

等我做完一切,坐在马桶上的时候,他们的议论声也开始了。

"你们看见没,他的恭桶竟然会自己出水!"

"为什么那个东西一拧就能出水?"

"你们都唔识(不认识),那种恭桶叫作马——桶——,是从鬼佬(洋人)那里流传来的。"

……

这招财街还果真是聚集了五湖四海的,什么人都有。

我正在想,虫子突然和我说:"我想起来我这项技能有什么用了。"

虫子拉长了身子,立在众人的视线里,咳嗽了一声,道:"现在开始开会,我来发言。给大家解释一下现在的情况!"

它一出声,所有人都沉默了,好奇地看着它。

"我要发言了,"虫子说,"你们应该鼓掌。"

招财街的人还不知道这虫子有多贱,听到这话都是一脸迷茫。

虫子不满地道:"接下来我要说的话和你们的利益息息相关,如果我是你们,我就会对我好一点,该鼓掌的时候就鼓掌。"

于是招财街不明真相的群众稀稀拉拉地鼓起了掌。

虫子喊:"掌声热烈一点!"

"啪啪啪啪啪"掌声变大了。

虫子满意地点点头,说:"好了,停,安静,我要讲话了,不要再鼓掌了,不然会盖住我充满磁性的声音。"

关神医道:"这虫子怎么看起来那么欠打!"

你才发现?我从看见它的那一刻起,就很想揍它了。

丁老倒是被逗乐了:"这虫是蛊王?怎么这么好耍!"

虫子问:"你们这几天没有追到萧诚吧?"

萧诚这个名字我有印象,就是之前丁凌给我讲故事里面的右护法的名字。

关神医反问:"你怎么知道?"

虫子看向招财街群众,脸上带着高深莫测的笑容:"我当然知道,你们想过没有,为什么这招财街,之前能一直出现在右护法附近,跟踪着他?"

招财街的居民们一脸茫然:"为什么?"

虫子哼哼一笑:"招财街和萧诚之间之所以有感应,就是因为萧诚在你们身上下了蛊,而他自己有着控制这些蛊的蛊王。这个做法有利有弊,在用蛊和秘法限制了你们行动的同时,你们也能被拉到他的附近,因为蛊王在他身上。但是现在,你们应该已经发现了,你们没有被带到萧诚身边,而是被带到这里来了。"虫子顿了一下,带着骄傲的微笑看向招财街的居民,"你们觉得,这是为什么呢?"

招财街的居民中有人喊道:"因为这几天我们身上的蛊在睡觉,蛊王感觉不到。"这声音还挺耳熟,好像在哪儿听过。

虫子的笑脸僵了,它顿了一下,解释道:"你们想,右护法是用蛊王控制你们的,而我,也是个蛊王。"

众人明白地长"哦"了一声。

虫子再次露出骄傲的微笑:"现在,你们明白了吗?为什么你们没有被带到右护法身边呢?"

招财街的居民中又有人喊道:"因为这几天蛊王在睡觉,我们身上的蛊感觉不到。"

虫子的笑脸再次僵了,再次解释道:"你们要知道,我在右护法身上的时候,你们能找到右护法,而现在我在任天白身上,你们又找到了这里。"

众人了然地长"哇"了一声。

虫子第三次挤出微笑:"现在你们可以告诉我,为什么感觉不到蛊王?"

招财街的居民中又有人喊道:"因为这几天蛊王在睡觉,我们身上的蛊也在睡觉。"

"你们是不是傻!"虫子终于怒了,气急败坏地喊道,"我都说得这么明显了,你们还听不懂?因为我就是你们身上蛊的蛊王!你们应该尊重我!"

招财街众人"切"了一声,七嘴八舌地道:"原来是这样,早说嘛,绕什么圈子。"

"又不是灯谜,还让人猜来猜去的,烦不烦,好好说话会死吗?"

"这虫子的脑子是不是不好呀。"

……

虫子整张脸都阴下去了,抑郁地缩回了我的手指,简直无法计算出它心理阴影的面积。再看一眼招财街群众,徐小宝在人群中笑得一脸得意,我就说刚才那声音听着耳熟,原来是他喊的。

真是——喊得好!

不过听虫子这么一说,我总算明白了,为什么当初我和二胖怎么跑都跑不出那条小黑道,为什么招财街会停在我们面前,为什么我上着厕所这招财街就又出现了。

这就像是个定位追踪器,虫子在哪儿,招财街就能定位到哪儿。虫子在右护法身上的时候,招财街追着右护法跑,现在虫子到了我身上,招财街就追着我跑了。

关神医看着虫子:"既然你有这种功能,那就赶快把我们身上的蛊虫去掉。"

"去不掉。"虫子缩在我手指里疗伤,声音很沮丧,"我现在已经不是完璧之身了,我的身体已经被任天白和他的同伙给祸害了,我已经不是原来的我了,已经不能像原来那样无忧无虑随心所欲了。"

我顿时惊了,这话说得太内涵了,有点恐怖啊!你给我说清楚,我把你怎么了,你每天不都精神得很吗?

招财街众人齐齐看向我,目光意味深长又带着鄙视。

我分辩道:"你们看清楚,它只是只虫子,我能对它做什么啊!"

丁老摇头道:"能做什么,那就只有你自己知道喽。"

我很生气地说:"行了,你们也知道你们追错了,赶紧回去吧,反正味儿也都闻完了,就别挤在我厕所了。"

"这可做不到,"关神医不知道从哪里掏出一把扇子,扇啊扇地,"我们无法控制这街的去向。"

对,招财街不随他们动,随虫子,于是我对虫子说:"你赶紧把他们送回去。"

虫子说:"这件事情吧,不能赖我,要赖你。"

我心一紧:"嗯?"

虫子解释道:"你不是要看我的特技吗?我的特技就是把招财街固定在一个地方十分钟,萧诚一般都用这个技能来躲避他们的追杀。"

我松了口气:"不就是十分钟嘛,你十分钟后把他们送走。"

虫子继续说道:"但是你也看到了,现在我的身体断成了两截,使用特技时控制不住身体中的洪荒之力,所以这个特技一下子使过头了。"

我又有了一种不祥的预感:"所以?"

虫子说:"所以他们定在这里的时间会长一点。"

那不祥的预感更强了，我问："多长时间？"

虫子说："十年吧。"

这叫长一点？这长度能绕地球一百圈了好吗，这是十年不能用厕所的节奏啊！

我心中十分愤怒："信不信我能冒着生命危险打死你？"

关神医也说："我们还要追捕离开招财街的邪教众人，我们不能再在这里停留下去的。"

虫子辩解道："也不是没有解决的办法，只要招财街受到重创，里面的人死伤大半，蛊虫力量减少，他们自然就会离开。"

丁老"啪"的一巴掌打到虫子头上，我听到了骨头碎裂之声，然后我和虫子都疼得大叫起来。

丁老很不高兴："扯犊子，不要乱讲！"

我捂着手指，和虫子一起泪流满面。

"蛊虫力量减弱我们就可以离开，那你死我们也可以离开了？"关神医拿出几根针，对准虫子，"这么一说，你死了，我们身上的蛊毒也就能解了。"

我连忙说道："等一下，它死了，我也会死。"

关神医道："有我在你怕什么，死不了。"

我精神一振："真的？"

"当然！"他答，"只不过会变成失心病，体不能动嘴不能言脑不能思，但人是活的。"

这确实不是死，这是生不如死啊！

我马上保护住虫子，现在起我要把它当成我的宝贝，和命根子同等待遇。

丁老一点头,再次扬起手:"那就安心喽!"

什么安心,根本没法安心啊!

虫子嚎叫道:"英雄!打什么地方都可以,千万别打脸!我靠脸吃饭!"

我对这虫子简直叹为观止——真是太不要脸了!它缩得只剩个脸,不打它脸那就是打我啊!

丁老也是耿直,听了虫子的话就伸出手,真打算向我扇过来,他那力道我可是知道的,点穴能点出血窟窿,这一巴掌扇下去,虫子不死我也得死啊!

我急中生智,大喊道:"等一下!这虫子杀不得!"

丁老的手停在半空,奇道:"为啥子?"

我说:"你们不是一直在追查右护法和他的手下吗?你们不是说右护法需要用七只蛊王练就绝世神功吗?现在他缺了一只蛊王,一定会找上门来的!那些邪教的家伙,也会窥伺蛊王的力量而找上我,你们待在我家,反而更容易找到他们。"

丁老问:"真的?"

"当然是真的。"我说,"我今天已经见到了几个邪教家伙了,什么'变色龙'什么'壁虎'什么'胡唱双霸',都是为了这只虫子来的,只是我势单力薄,打不过他们,要不然我必须得把他们捆了当礼物送你。"

虫子也连连点头:"对,对,你们留在这没坏处。"

丁老放下手,对关神医说:"他能缩(说)出这些人的名号,应该四真滴(是真的)。"

关神医也点头同意:"这么说,留在这里也是一个办法。"他想了想,又道,"但我们又不能离开招财街,如果任天白自己出去,被人伏击,夺走了蛊虫,那我们岂不是损兵折将,得不偿失?"

"搞那么多干什么。"徐小宝喊道,"太麻烦了,夜长梦多,还不如现在就把那虫子弄死,一了百了。"

"不不不!"虫子一下惊了,连声喊道,"这个可以解决!绝对可以解决!我能把你们带出招财街!"

唰!听到它这句话,招财街所有人的眼睛同时亮了!

虫子说:"你们只要在我身边,就可以在我方圆两公里之内自由活动,但是一旦离开我超过两公里,就会被送回招财街。"

关神医挥了挥他半透明的手:"看看我们现在的这副样子,能出去吗?"

虫子说:"你们现在虽然是半透明的,但这是固定街道产生的临时效应,再过一会儿,就能完全固定下来,和正常人无异,随便出门也不会有人惊讶。你们要相信我的话,我比你们出来得早,接受了许多新知识,所以我懂的很多,这就是现代人所说的科学。"

作为一个现代人,我表示没有听说过这种科学。

可是招财街群众却不像我那么渊博,听了虫子这话,先是低声讨论了一番,然后就兴奋起来,叽叽喳喳地聊个不停。这也难怪,那帮邪教的跑出去那么多年,在现代社会待得不亦乐乎,招财街的群众却是除了那一次几个代表组团追捕邪教众人后不久就被送回来了,之后全都是丁凌帮他们抓人,还没来得及感受一下这现代社会什么样。

现在终于有了能出去看看的机会,当然激动了。

可我不像他们那么好忽悠,说道:"你先等等,他们没问题了,我有问题,现在是我家厕所挂着一条街,我家在十楼啊,别人一抬头,看见楼外面挂着一条街,这像话吗?"

虫子说:"外面当然看不见了,你不懂,这是空间无损压缩技术,是高科技，里面空间巨大，但是外面却看不出来。哎，这个和你说了估计你也不会明白，你们的科技还没发展到这个地步。但是你要知道，如果把我们的经历写成故事，那绝对不会是迷信的鬼故事，而是正能量的科幻小说，就算是拍电影电视剧，也是科幻型电视剧，你懂吗？"

我是不懂，我不懂这只虫子到底在外面经历了什么，一只古代的蛊虫，怎么懂得那么多，它是每天吃着面包喝着咖啡看报纸的吗？

还科幻电视剧呢，吹吧，看你那五毛特效的模样，一脸的平面图，不知道的还以为你那脸是画在我手指上的呢。

虫子估计是怕刚才和我说的这一个条件不够，继续给自己求情："而且我还不止这一个用处，我还能感受到招财街人的气息，不只是你们，邪教的人我也能感受到。我估计你们不知道，关神医给他自己手下也下了蛊，虽然那些蛊不归我管，但是我在他身体里待了那么久，也能大致感受到一些。"虫子露出一个讨好的笑容，"有我在，肯定特别方便，所以你们最好还是不要杀我，留下我吧！"

看看，看看，还说自己是蛊王，一副委曲求全贪生怕死的模样，真让人看不惯！我马上扭头对丁老和关神医说："我觉得它说得很对，有理有据令人信服！"

丁老和关神医从刚才听到虫子说能带他们出去以后，就一直面色严肃，二人时不时地低语几句，也不知道在说些什么，还用诡异的眼神看着我，听到我这话，心事重重地点了点头。

我松了口气，心想这下可算是保住了小命。

没想到正觉得万事大吉世界和平的时候，忽然听见外面传来了门铃声。

我郁闷地抱住头："又是谁啊。"

招财街的人都在奇怪这是什么声音，虫子却一副很懂的样子问我：

"你不去开门啊。"

我说:"能开吗?我敢开吗?"

这可真是一波未平一波又起,我家万年不来人,怎么偏偏在这会儿一波一波地来人?打走一个"壁虎",又来了一街的武林高手,现在这门我是死也不开的,这种情况下,谁知道开门又会出现什么。

我想得很清楚,这门不能开。一个原因是我不知道门外的是不是蜈蚣、蜘蛛之类想要夺取蛊王的武林人士;另一个原因是就算门外是正常人,我这还有一整条街半透明的非正常人呢,这要是见了面,不得把正常人也吓得不正常了?

所以这门是万万开不得,就算门外的人把门铃按得震天响,我也当作没听见。

但没想到智者千虑必有一失,我待在厕所里不为门铃声所动,屋子里还有其他人听到门铃声。

我听得二胖喊了一声"谁啊"就觉得不妙,我在厕所里待太久,把这家伙给忘了,没想到现在他还能出来给我添乱。

接着我又听见二胖一声大叫:"我去,怎么可能!"

我心想坏了,不会真来了个蜈蚣、蝴蝶或穿山甲之类的吧,马上拉开厕所门,冲出去喊道:"快把他赶出去!"

等一看见门外站着的人,我就和呆站在门口的二胖一样蒙了。

丁凌亭亭玉立地站在门外,瞟了我一眼,依然是一副高不可攀的冰山脸,却特别好看特别美,简直自带光环,真人看着就像是从那些什么自拍神器美颜相机里走出来的一样。

二胖喊道:"老白,老白你快来看,我的天哪,我这不是做梦吧,我不是在巡逻吗?为什么会在你家,丁凌怎么会在这里?"

丁凌瞅我一眼，我就明白了，丁凌肯定是追着招财街来的，不过当务之急，是要让二胖镇定下来，不要这么大喊大叫。

我说："你打你自己一下，看疼不疼，不就知道是不是梦了？"

二胖一副震惊脸看我："我跟你说，老白，这还真是邪门了，我现在没打自己都觉得全身疼，特别是某个地方。"他看了一眼自己下半身，不过有他那肚子挡着，估计他也看不到想看的地方，"疼得都有种要断子绝孙的程度了！这是为什么？简直太难以理解了，我不会是见鬼了吧？"

我说："别胡扯，这是我家，我家还能闹鬼？"

二胖点头，环视我家："也对，这可是你家，应该比较安……全……"最后那两个字他是看着我家厕所的方向说出来的，发的是抖音。

我扭头一看，就惊了，招财街不少人挤在厕所门口往外望，十几个半透明的上半身，飘飘悠悠，层层叠叠，还全穿着古装，被厕所里招财街的红光一映，每个人脸上都像带着血。

二胖腿一软，就坐地上了。

"闷墩儿，莫慌。"丁老的手穿过徐小宝的身体，晃了晃，"老子不是鬼。"

"大爷，我书读得少，可我眼没瞎啊！"二胖匍匐到我身边，抱着我的腿，声音带着哭腔，"咱说谎要凭良心，你摸摸你的胸口，老实说，你哪里不像鬼？"

我一看二胖这样我就害怕了，二胖胆子本身就小，又从小就怕这些鬼啊怪啊的东西，吓到他不可怕，但如果吓得他那大身躯往我身上扑求庇护的话，我就倒霉了。

我只好安慰二胖道："别害怕，快起来，我们坐沙发上慢慢说。"

"我腿软，起不来，你拉我一把。"二胖声音发抖，"幸好我身边还有你……"

我想拉他,又不想拉,万一我没把他拽起来,他把我胳膊拽脱了呢。我还在犹豫,那虫子已经先我一步行动,绕着圈把二胖拽起来了。

"谢谢啊。"二胖一把鼻涕一把眼泪,"幸好我们一起长大,我对你知根知底,知道你是活人……"说着转身看我,发现我的手没有动。

虫子伸头过去:"不客气。"

二胖这次连声音都没出,双眼一翻,就又晕厥过去了。

我和虫子说:"你吓唬他干吗?"

"我是在帮你拽他起来!"虫子很不高兴,"而且说白了,他不被我吓晕,也迟早得被那群人吓晕,你怎么不骂他们?"

我看向丁老带头的招财街群众:"你们出来干吗?"

丁老说:"那闷墩儿喊得这么大声,还不许人看热闹?"旁边的招财街群众连连点头。

这理由真是让人很难反驳。

算了,我算是发现了,每当我遇到招财街的这群人,二胖就很少清醒,不过这次是在我家,比之前几次方便多了。而且我能责备丁老吗?他貌美如花的孙女,我的初恋还站在这儿呢。

我绕过二胖,把沙发上堆积着的秋衣、外套、内裤、牛仔裤、袜子和毯子统统都划拉到一边,腾出一个空位,然后又把茶几上的方便面快餐盒啤酒罐烂苹果划拉到垃圾袋里,和丁凌客气地说:"来来来,坐沙发上,我们慢慢谈,不要害怕,我一个人住,家里没有别人,也没有女朋友。"

我觉得我这句特别有水平,非常自然地告诉了丁凌我目前单身的事实,还从侧面告诉了她,如果她和我在一起,我家里人不会来打扰我们的二人世界。

丁凌看了我一眼,又看了看我的沙发,点点头,说:"看出来了。"她看了看沙发,犹豫了一下,还是坐在了二胖肚子上,问:"这到底是怎么回事。"

我把事情的来龙去脉说了一遍,丁凌听着听着,眉头也像丁老和关神医一样紧锁了起来。

"也就是说,"丁凌问,"现在整个招财街都与你绑在一起了?"

"其实我也挺意外的,嘿嘿。"我说,"不过看起来我们以后可能不得不经常见面了,嘿嘿。"

"你竟然还笑?"丁凌表情严肃,"你知道这是一件多危险的事情吗?和招财街绑在一起,必然会牵扯到我们追踪邪教人的事情中去,况且现在招财街跑出去了那么多邪教中人,那些人很有可能为了蛊虫找上你,你会有生命危险的!我劝你最好现在就把蛊王取出来,不要把自己置于危险的境地中。"

我明白丁凌是为我好,但是回想一下我遇见的那些邪教众人——撕衣服变色的"变色龙",卖艺要饭的"胡唱双霸",被我一巴掌推下楼的"壁虎"……除了最开始的疯癫的右护法有点杀伤力,后面的都有点一言难尽,遇上他们我不知道有什么后果,但是我知道拔掉蛊王的后果是生不如死!

只要不傻,绝对不会选后者!

我想去握丁凌的手,丁凌躲开了,我就撑在二胖的肚子上,深情地看着她:"我不怕,我打小的愿望就是行侠仗义为民除害。"

丁凌顿了一下:"你确定?"

我说:"我确定!"

丁凌站起来，跟我说："你到招财街众人面前，说一遍这话。"

我心想这还挺正式，难道还怕我跑了不成？于是就走到厕所门口，对着招财街的众人说道："各位，你们不用担心，就在我这厕所里住下吧。我这个人就是爱交朋友，以后我们就是朋友了，你们的事就是我的事，这事我任天白揽下了，以后我协助你们捉拿邪教众人，惩奸除恶！"

招财街众人听我这话，相视了一会儿，然后忽然齐刷刷地冲我抱拳行礼，道："多谢盟主！"

我一下又蒙了，什么盟主？难道是武林盟主？

我说："你们等等，武林盟主不是丁老吗？"

丁老说："自从上次我们没抓到右护法，招财街又蒙受了这么大的损失，老子就决定引咎辞职了。"

我说："你们人那么多，丁老辞职了换一个人当武林盟主不就行了吗？"

关神医皱眉道："丁老德高望重，这街上除了他，再没有别人能担此大任，而且现在我们要讨伐的邪教众人都在招财街外，除了丁老的后代丁凌以外，我们其余人都无法追捕，而丁凌又只是偶尔来一次，不能经常守在招财街。所以我们和丁老商议后便立下誓言，先让丁老暂时当代理武林盟主，假如有一天，有人能自如穿梭招财街与外界，能带我们出去，能经常出入招财街处理事务，并且愿意帮助我们追捕邪教众人，那这个人，就是我们的新任武林盟主！"

"嗯？"我总算明白了刚才丁凌为什么让我把那话和招财街再和其他人说一遍了，"这么说，我条件全符合了？"

关神医扇着扇子，摇头："我们原本以为，能自如穿梭招财街与外界并带我们出去，必然是懂蛊术又古道热肠之人，知己知彼百战不殆，我们可以利用这一点计划反攻。毕竟招财街和你们现实世界不同，丁凌出入招财街，也会损耗体力，不能长待。所以我们需要一个能经常出入招财街的人，武功也不会差到哪去，正好符合武林盟主武艺高强这一点；而愿意帮助我们追捕邪教众人，则说明他忠肝义胆，为人正直。知己知彼、武功高强又为人正直，这样的人，当然可以当我们的盟主。"他扇子"啪"地一合，看向我，"没想到，最后全部满足条件的，竟然是你！"

我身上有蛊虫，能自由穿梭现实世界和招财街，还能带他们出去；招财街固定在我家厕所，我一推门就能进去，出入别提有多便利了；而现在我又为了丁凌，答应了帮他们追捕邪教。

怪不得刚才丁老和关神医就一脸凝重，原来所有条件我全满足了！但是我这个盟主却和他们之前想的完全不一样！

真是造化弄人。

丁老拿出一个盒子，从盒子中掏出一个银扳指，对我道："这就是武林盟祖（主）的信物，我给你戴上。"

我说："当武林盟主有什么危险没？"

徐小宝蹲在地上，嗑着瓜子，笑嘻嘻地说："枪打出头鸟，你是武林盟主，身上还带着蛊王，外面那群人肯定得集中攻击你。"

我说："那假如我拒绝呢？"

关神医道："即使你不是武林盟主，身上带着蛊王，他们也会集中攻击你。但如果你成了武林盟主，你就可以调配招财街的全部人。"

这倒是个不错的福利，我马上问道："那我调配，你们就听我的了？"

"把你美得，"徐小宝喊道，"那得看我们的心情。"

这不等于没说吗？我说："我调配了，你们不动怎么办？"

丁老正往我右手套指环，轻描淡写地说："不听就打呗。"

"我们武林人士，最尊重有实力有品德的人，你要是能打赢我们，让我们对你心服口服，我们肯定随你差遣！"人群中一个壮汉喊道，正是我上次在招财街见过的那个卖猪肉的，他白色的围裙上全是污迹，手上握着两把刀，轮空一挥，刀光锃亮，"你有什么意见吗？"

他刀光在我脸上闪过，我咳嗽了一声，说："没意见，你说得很有道理。但是我现在有一个问题……"问题是我打得过你们吗？

那壮汉刀背在胸膛上一拍："什么问题，你尽管问！招财街的人都知道，我猪肉祥最讲道理，别人说不明白的事情派我出马，就绝对能讲明白！来，现在有问题你就问，我知道就绝对会回答你让你明白；如果我不知道，我就和你打一架，打到你明白！"然后两把杀猪刀往前一横，满脸狞笑，"说吧，你还有什么问题？"

我额头冷汗直流，微笑着摇头："我现在没问题了。"

猪肉祥双刀一挥，对着招财街众人道："你看，他没问题了。"

招财街众人啪啪鼓掌："好样的！不愧是猪肉祥！"

"果真是谈判高手！厉害！"

"几句话就可以将这些事情说明，真是好犀利！"

你们这群人还真好意思说自己是名门正派！

这时丁老已经把银扳指套到我右手拇指上了："你想清楚，戴上这个，你就不能反悔了。"

不是，这都已经不明分说地套上了，你们给我反悔的机会了吗？

丁老举起我的手，喊道："我宣布，任天白就是我们招财街的新武林盟主喽！"

丁老这个怪力啊，我手臂"咯哒"一声就脱臼了，直接在招财街的人"啪啪啪"的掌声中疼哭了。

招财街的众人都很高兴："新任武林盟主很激动啊，都哭了！"

"年纪轻轻,就能坐上这个位置,也怪不得他热泪盈眶。"

"话说他真是个后生仔,开心的情绪都表现在面上了。"

丁老也很高兴,啪啪地鼓掌。他一松开我右手,我右手臂就无力地耷拉下来了,旁边的关神医面不改色,手法熟练,"咯哒"一下,又把我的手臂装回去了。

我低头一看,虫子也在哭,显然刚才套银扳指的时候,它也受了不少罪。我说:"你这会儿哭,刚才怎么不反抗呢?"

"你别想太多,我堂堂一个蛊王,怎么可能怕他。"虫子哭着说,"我是觉得我赤身裸体不好看,有个裤子遮挡一下也挺好。"

我说:"那你哭什么?"

虫子说:"我终于穿上新裤子了,还是银制的,我喜极而泣不行吗!你不也在哭吗?"

"我哭是因为我终于实现了童年的愿望,特别兴奋特别高兴。"我问,"不过你穿新裤子的过程还好吗?"

虫子也问:"那你童年的武林是这样的吗?"

我俩对视了一眼,泪如泉涌。

丁凌看着我们,叹了口气。

"不过你高兴归高兴,该做的事还是得做,你现在是武林盟主了,"猪肉祥说道,"这可是你自己答应的,我们没逼你,要是你做不成一个合格的武林盟主,那就休怪我们不客气。"

这也真够无耻的,你们确定那些邪教中人比你们还坏?

丁凌说:"他是普通人,不像你们自小习武,也从未接触过江湖,这件事还得循序渐进。"

丁老也很不高兴地看着猪肉祥:"干啥子哟,你怎么那么凶啊,你们要对他尊敬一点晓得不？"说完，丁老还想拉我，我连忙躲过，丁凌和关神医也伸手去拦，丁老只好作罢，继续对招财街众人道，"这娃儿能带我们走出招财街，就等于给了我们第二次生命，换句话说，他不仅是武林盟主，还是我们的再生父母，你们晓得了哇？"

不得不说，丁老确实有号召力，他一说，招财街众人的表情都变得认真而羞愧。

丁老说："向武林盟祖再造父母，赔个不是！"

招财街众人马上朝我行礼："对不起，爹！"

够了啊！你们！

大概这整个招财街也只有丁凌能理解我这种被赶鸭子上架的凄惨感了，她破天荒地安慰我道："不要担心，只要我们能想到把你手上这东西拔掉的方法，你就能恢复原本的生活了。"

虫子很不高兴："什么叫这东西，你怎么叫人不叫名字的？"

我说："你有名字？"

虫子说："没有。"

那不就结了，没名字让人叫什么？

虫子说："我长你身上，你得给我起一个。"

我还从来没给虫子起过名字，正在思考，丁老笑道："不就是虫吗，起啥子名字呦。"

我脑中灵光一闪，道："既然丁老是武林盟主，我又因为这虫子当上武林盟主，那我给它起名就应该尊重丁老刚才的意见。"

丁老奇道："我说啥子喽？"

我说："丁老说它是虫，那我就给它起名叫作四葱，既然它是蛊王，我不如就给他取姓为王，从今天开始，就叫它王四葱吧。"

虫子一下就喜欢上了这个名字,说道:"不知道为什么,我觉得这个名字听起来非常不错,感觉特别富贵。"

我说:"那就这么定了,以后你就叫王四葱,既然你寄生在我身上,那么说起来,我就是王四葱的爸爸了。"

丁凌忍无可忍地打了我一掌:"什么乱七八糟的,不要乱起名字。"说完,霸气而果断地对虫子说,"你以后就叫来福了,我想想,就姓葱吧,昵称叫老葱!"

我和虫子都惊呆了,不愧是给招财街起名的妹子,这起名水准真是惊人!招财,来福,竟然还能完美衔接,还对上了,简直天衣无缝!

"我不老……"虫子还想争辩,我一把捂住它的嘴,和它说:"知足吧,要叫小葱,指不定哪天就被他们切了拌豆腐了。"

于是在这个月黑风高的晚上,我成了武林盟主,虫子也有了自己的名字——葱来福。

丁老说:"来,老子把招财街的人逐一介绍给你认四(识),不过这里人不得齐全,还有一拨没出来的。"

我一看这一折腾下来,天都亮了,面前围着已经几十号人了,还有街里没出来的,真要一一介绍,得到什么时候?连忙说:"不急不急,咱们有的是时间,今天周末,我一天都有空,你先帮我把二胖送回去,我回来慢慢听你说。"

就像来福说的,招财街这时候已经完全定在我家厕所了,甚至把我的马桶都快吞没了,一开厕所门,就能进街道,里面的人也定型了,不再飘飘悠悠像鬼一样。

丁老把二胖往肩上一扔,道:"你带路,我们走起!"

于是我把家里拜托给丁凌,和丁老出了门。

第9章
称霸老年偶像团

丁老扛着二胖，大半身子都被二胖遮住了，看着就像一只蚂蚁抬起了一条大青虫。我俩这会儿出门，外面街道上正好全是晨练的老头老太太。

其中一个老头有点招摇，大清晨穿着个大背心，大短裤，露出一身小肌肉，手上举着哑铃，身上还绑着沙袋，正在那边一边跑一边举哑铃，旁边还围了不少老太太一起跑。老头举一下哑铃，旁边老太太欢呼一声，老头举一下哑铃，旁边老太太欢呼一声，非常热闹，简直就是老年偶像和粉丝团体。

我想我们不能太惹眼，得赶快把二胖送回家，于是跑了起来。

于是丁老扛着二胖，健步如飞地就从老年健身团体前面过去了。然后老年晨练团就突然沉寂了，所有人都目瞪口呆地看着我们。

其中一个老太太张着嘴看了我们半天，对身边的老头道："哦呦呦呦，你们看看人家是怎么晨练的哇？你才举个哑铃，人家抬着一个胖子！"

那老头也不服输，道："他跑得不一定有我快！"然后一吸气，一边举哑铃一边追，两腿捣得飞快，哑铃也举得飞快。

超过我和丁老的时候那老头还得意地回头一笑，老太太们也发出欢呼声。丁老不明真相，朝他们咧嘴一笑。

这时候听见后面一个女人喊:"抓小偷!"

我转头一看,那女的一身运动装,耳朵上挂着个耳机,耳机线随风飘舞,追着一辆摩托车,显然是晨跑的时候戴着耳机听歌,结果手机被人抢了。

丁老大喝一声:"龟孙,莫跑!"扛着二胖,瞬时加速,直接就追着摩托车而去!

他大步流星,速度极快,然后纵身一跃,直接就跳到了摩托车后座上。

那摩托车开得很快,突然后座上多了五个人的重量,重心不稳,啪地一下就摔了,车人分离,车直接摔出老远。

丁老早在车要倒的时候跳了下来,看了看摩托,又看了看小偷,一边扛着二胖,一手拎起摩托,走到小偷面前,把摩托往他身边一扔,道:"你个贼娃子!光天化日之下,竟然偷东西!"

那小偷都吓傻了,浑身哆嗦不能言语。

那老年晨练团也全傻了,肌肉老头张着嘴,手中哑铃"嗵"的一声掉在地上。

我在小偷身上一搜,搜出好几个手机,在地上排开了,扬手对那晨跑的女人说:"来,看看哪个是你的。"

那女人一步一蹭地过来,一手捂着嘴,一手指了指地上的一个手机,我把那个手机给她,那女人左看右看,低声对我说:"你们是不是电视台拍节目呢?附近有隐藏的摄影机吧?那老爷爷身上是不是吊着威亚啊?"

我说:"别说了,报警吧。"

丁老看了一眼地上的手机,说:"这龟孙偷的就是这小板板?"说完,就继续在小偷身上搜,他还扛着二胖,搜小偷的时候二胖的肥肉就在那小偷身上流动,小偷目光呆滞了好久,才渐渐恢复了一丝清明。

我见那小偷眼睛乱飘,想他是要跑,便好心劝道:"你别想着跑了,他下手没轻重,你乖乖待着也就身上多几处瘀青,顶多流血骨折,要是你想偷跑,那就不好说了。"

没想到这小偷不听劝,偷偷往后挪,我见他手指在地上用力一按,眼看就要弹起来逃跑了,丁老一把抓住他的裆部,叫道:"这还有一个!"

那小偷又被丁老拽回到地上,同时"嗷"的一声叫,那叫声异常惨烈,叫得我鸡皮疙瘩都起来了。

丁老啪地一掌打在他胸口:"吓死老子喽,你叫个啥子呦!"那小偷噗地喷出一口气,就被拍下去了。

然后丁老从那小偷裆里掏出一个手机,对我道:"看,还有一个。"

我一看,那手机屏都被丁老捏碎了,上面还有五个清晰可见的指印,整个手机都快扭曲成桶状了,猛地一看,根本认不出这手机是最新型号的香蕉8。

手机都这样了,也怪不得这小子刚才叫那么惨,我看着手机都觉得疼。

我说:"丁老,这个手机坏了,不能用了。"

丁老拿着手机看了看,想把它掰直,结果嘎噔一下,掰成了两半。丁老拿着碎成两半的手机,看了又看,还想把它们拼回去。

"别弄了,丁老,这都坏成渣了。"我说,"也不知道这手机他是偷谁的。"

"这手机……"那小偷捂着下半身在地上打滚儿,痛苦地嘶嘶叫着,憋出一句话,"是我的……"

我说:"这就是你的不对了,你自己手机,藏裤裆里干什么?"

小偷哭着说:"这年头贼那么多,香蕉手机又那么贵,我不小心点能行吗?"

他说得好有道理,我竟然无言以对。

这时候那女人已经报了警,我怕到时候警察来了看到丁老,事情闹得更大,连忙对那些老年晨练团的老头老太太说:"我们还有急事,你们看着这小偷,别让他跑了,一会儿交给警察。"

然后我就拉着丁老走了。老年晨练团的群众唰地让出一条路,一路目送着我们走远。

丁老做了好事,心情很不错,扛着二胖昂首阔步地往前走,边走还边指着路上的车问我:"我听我曾孙女说过,这就是你们的马车咯?跑得这么快哟,也不晓得经不经撞哦。"

我听他说话,心都在颤,生怕这老头好奇之下真的一头撞上去试试,连忙加快了脚步。

二胖和我不一样,不是一个人住,而是和他妈一起住,二胖老爸死得早,他妈含辛茹苦拉扯他长大,生怕把他亏着了,什么好吃的都往他嘴里喂,最后喂出这么一个体形。

要是老太太一看二胖晕着,还一身伤,不知道要着急上火成啥样,说不定要和我拼命,现在这个点正是老太太晨练买菜的时间,最好能趁老太太不在,神不知鬼不觉地把二胖送回床上,然后我们尽快走人。

于是我说:"反正我们都是一家人了,这个社会的事以后我和丁凌慢慢给你解释,我们先把二胖送回家,你看,前面那个小区就是,C区2栋1302。我走这么快你能跟上吧?二胖那么沉,要是累你就说一声。"我当区域巡逻员这些日子,别的没练出来,脚力倒是不错,每次快走都能把二胖甩老远。

谁知道一听我说就在前面,丁老嗖地一下就蹿了出去,我只好跟着后面跑,跑着也有点跟不上。

一路冲刺到小区门口,丁老正看着小区告示板,我过去一看,那里贴着什么物业缴费通知，先进人物照片简介，还有张告示上写着最近我市发生了多起入室抢劫偷窃案，要广大市民提高警惕，不要随便给陌生人开门，看到可疑人员要及时报警。

丁老认真地看着，我说："哪个时代都有这种人。"

丁老点点头，指着先进人物照片说道："则（这）几张通缉犯的像像画滴（得）可以嘛，栩栩如生哈。"

原来他看的不是那告示啊，我哭笑不得："这是先进人物，不是通缉犯，您老还是和我走吧，这些事我以后慢慢和您说。"

我估计丁凌是没想到丁老他们有朝一日真的能从招财街出来，所以外面的事物也只是和丁老他们说了个大概。

然后我和丁老就上了电梯，我在前，丁老扛着二胖在后。我走到门口，想看看二胖他妈在不在，就先摁了门铃，一边摁门铃一边喊："阿姨，是我，您在家吗？"结果二胖家门没开，我却听得二胖家对门开了门，我转身去看，结果丁老扛着二胖，把通道堵得严严实实。

丁老问："没得人哦？"

我说："没人才好。"

我手上那只叫来福的虫子说："这种门，随随便便就撬开了，你不要告诉我你连这种门都搞不定。"

不愧是跟着邪教混过的虫子，张嘴就是违法勾当。

"用撬多没技术含量啊。"我说，"我当然能开他家门。"然后从二胖身上摸出钥匙，他那钥匙一串一把，我只好一个一个试。

我正试着呢，听到身后二胖家对门的门"啪"的一声关上了。

这时门也开了，我和丁老进了屋，眼见丁老就要把二胖扔地上，我连忙阻止："别往地上扔啊，屋里有床。"

丁老扛着二胖就往屋里走,我这一路也累得够呛,就转头去倒了两杯水,结果水刚倒完,就见丁老跑过来对我道:"这床不结实,坏掉啦!"

一听床塌了,我马上明白了是怎么回事,二胖家有俩屋俩床,一个是二胖他妈的,一个是二胖的。二胖他妈虽然不算瘦,但也就是普通发福妇女的体态,没二胖那么夸张,所以睡的是木板床。二胖那个是因为二胖之前压塌过太多床,现在睡的是铁床。我刚才疏忽了,忘记和丁老说这回事,他肯定是把二胖扔到二胖他妈床上了。

我边往二胖他妈那屋走边想,这可以说成是二胖太困,迷迷糊糊地走错屋,把床压塌了,我们依然可以神不知鬼不觉地走掉。

结果到二胖他妈那屋一看,床好好的,一点没坏。

我心中顿时有了不祥的预感,跑去二胖那屋一看,二胖躺在地上,铁皮床侧凹下去一块,把床单一掀,铁床上印着一个手印。

丁老说:"这闷墩儿这么重,我想试试这床撑不撑得住他,这一试,果然撑不住嘛!"

它撑得住二胖,却撑不住你啊!

这下可没办法神不知鬼不觉地走了,这简直难以解释,要是被爆出这老头有这怪力,后续麻烦事就多了。

我正发愁呢,又听见外面传来了钥匙开门的声音,我心中一慌,连忙把床单一盖,跑去看。

只见二胖他妈拿着钥匙,推着门,正警惕地往屋里瞅,身后一个瘦弱的老太太,还有两个男保安,一人手里拿一个棍子。

我说:"阿姨,你这干吗呢?"

二胖他妈说:"小白?你怎么在我家?"

我说:"二胖喝醉了,晕着呢,我把他送回来。"

二胖他妈"哎呀"了一声，长松了一口气，说："那这就是个误会，对门刘姐给我打电话，说我家里进贼了，三四个人，扛着大包作案工具，把楼道都堵住了，还说什么没人好撬门，把我吓得急匆匆就赶回来了！"

那个瘦弱的老太太应该就是对门刘姐了，怪不得刚才对门开了门又关，原来是在监视我们，我回想了一下我们刚才的举动和对话，确实觉得——不冤！

我说："我找了个人帮忙来抬，哈哈哈，行，现在没事了，正好我们也要回去了，我们一起走吧。"然后对着二胖的屋子里喊，"丁老，没事了，我们走吧。"

二胖他妈和那个刘姐连声道："不是贼就好。"

我心想等丁老出来，我们就当没事人一样先走吧，那手印以后再说，大不了抵死不认。

没想到丁老连续几个空翻跃出房间，耍了几招花拳，以一个白鹤亮翅的姿势停住，眼睛四下张望："哪里有龟贼儿？"

两个老太太和两个保安全都被震住了。

我看看丁老，又看看老太太们，忽然觉得——好尴尬啊。

丁老目光从众人面前一一划过，然后眼睛一亮，目光停在了二胖他妈身上。

二胖他妈也是一愣，呆呆地看着丁老。

丁老看着二胖他妈。

二胖他妈看着丁老。

一瞬间，时间都好像静止了。

这时候响起了手机铃声——"You are my destiny，裤带，You are my destiny，裤带……"

丁老和二胖他妈脸上都同时突然露出了一丝可疑的红晕。

"You are the one my love,裤带,You are the one my love,裤带……"

丁老和二胖他妈突然都捂起了脸,然后害羞地转了身。

这发展我有点不太懂啊,我和对门刘姐说:"别愣着了,快接电话吧,都裤带了半天了。"这 BGM 配得也太好了。

刘姐"哦"了一声,顺手摁掉了电话。

然后我问丁老:"丁老,您这是怎么了?"

丁老害羞地"嘿嘿"了一声,捂着脸小声道:"这女娃儿长得好乖哦,漂亮惨喽!"

我转头看了一眼盯着手指正娇羞无限的二胖他妈,身高一米六三左右,体重目测有一百四,短卷发,肚子屁股前凸后翘,咋样都和丁老说的漂亮女娃对不上。

我咳嗽了一声,对二胖他妈说:"阿姨,如果没事我们就先走了……"

二胖他妈看都没看我,直接把我推到一边,对丁老说:"这位先生怎么称呼呢?"

我和二胖打小青梅竹马,见二胖他妈见了二十多年,第一次听她这么文绉绉地说话!

丁老咳嗽了一声,昂首挺胸道:"在下丁浅窜!请问姑凉芳民?"

二胖他妈说:"浅窜,好名字,我叫牛鬼花,你叫我鬼花就行了。"

这发展让人意想不到啊,毫无疑问,老头老太太看对眼了,换句话说,就是一见钟情!

而且这情钟得还挺厉害,你看才一句话,二胖他妈就被带得满嘴四川味,俩人介绍完,估计彼此都还不知道彼此叫啥。

我只好给他们介绍:"这位是二胖他妈,刘桂花,这位是……嘿嘿嘿嘿，这是我岳父，丁千川。"

那俩人你看我我看你，旁若无人地四目相望，感觉能有火花滋滋地往外冒，也不知道听没听见我的话。

那对门刘姐是个有眼色的，知道不能打扰老姐的夕阳红，特别识趣地说："你看你看，原来是误会，要不是我家刚遭了小偷，我也不会这么疑神疑鬼，行了，既然是误会，那我们就不打扰你们了，走吧走吧！"

说着就带着俩保安走了。

二胖他妈这才缓过神来，缓过神来以后第一个想到的就是她的宝贝儿子，念叨着往屋里走："谢谢你们了，我还想着那臭小子怎么一直不回来，原来找小白喝酒去了，他那么壮实，你们把他抬回来应该花了不少力气吧？"

"没事！"丁老说，"就当锻炼身体！"

二胖他妈哦呵呵呵地笑了："你真是老当益壮身体好。"

他俩人说话很轻松，我跟在后面心里很压抑，想着那还有个压塌的铁床呢。

二胖他妈看到那铁床果然就愣了："这床是咋回事，二胖给压塌了？"

幸好我刚才把床单盖上了，我说："没事，我再找人给你换一个……"我话还没说完，丁老就掀起了床单："我不小心摁坏喽。"

二胖他妈张着嘴，目瞪口呆地看着床上那个铁手印。这不赖他，正常人看到那么一个铁手印都得吓一跳啊。

我连忙说："阿姨，这个我可以解释……"然后绞尽脑汁想着怎么圆过去。

谁知道二胖他妈忽然双眼放光，紧紧地拉着我的胳膊，对我道："太棒了！"

我一下子蒙了:"嗯?"

二胖他妈特别激动特别富有感情地说道:"小白,你知道,我和二胖孤儿寡母,我一个人把他拉扯大,这么多年受了多少委屈,小时候多少人因为二胖胖就欺负他,虽然有你和黑皮帮他,不至于让他被人打,但是我这个做母亲的,每次听到这种事,都觉得伤心,觉得就是因为我不够强,我家儿子又那么柔弱,才让儿子被欺负。"

阿姨你误会了,你看二胖那体形,每次打架,二胖都是前锋,他是主要战斗力,他站在那儿什么都不干光轮膀子都能轮倒一片。

二胖他妈继续说:"我一直都想,如果我要找老伴,就一定要找个厉害的!身强力壮能罩得住我们母子俩的!"

丁老估计是不好意思继续把二胖扔地上,便把他放在了床上,就是床是斜的,二胖老往下滑,丁老就用单手撑着他,撑了一会儿觉得有些麻烦,就到床的另一边,又印了一掌,这回床变成一个椭圆形,二胖彻底躺不住了。丁老也怒了,上床在床中间"啪啪啪"地拍了N掌,这下床终于平衡了——都快成铁皮了能不平吗?

二胖他妈捧着脸,看着丁老的眼睛里都快蹦出星星了:"你看这老头,又精神,身子骨又好,又有力气,简直是——完美!太棒了!我想找的就是这样的人,简直是我的梦中情人!"

不是,阿姨你就没觉得不对劲吗?这身子骨和力气已经超脱正常人范围了吧?

那边丁老听到这话,故意把衣服袖子一撸,露出手臂,握拳展示肌肉。俩人之间像是有了粉红泡泡,剌得我眼睛都瞎了。

我拉着丁老,说:"那阿姨,我们不打扰了,先走了啊。"

"别啊,坐一会儿喝杯水呗,你看你们这么辛苦,把二胖送回来,你平时那么照顾二胖，阿姨得谢谢你。"二胖他妈嘴上说着谢谢，说话的时候却盯着丁老，看都没看我一眼，"干吗这么急着走啊，你看都快到午饭的时间了，中午就在阿姨这吃吧。"

我又看了看丁老，丁老说："既然到饭点喽，人家又是一片心意，我们为啥子要拒绝呦。"

我看了一下初升的太阳——你们确定你们说的不是早饭？

丁老和二胖他妈就坐到沙发上开始闲聊了，二人初次见面找不到话题，就拿我做开场，丁老问："你和任天白很熟？"

二胖他妈说："熟，我从小看着他长大的，他有什么变化我一眼就能看出来。"说着，瞟了一眼我，看着我右手大拇指上的武林盟主信物问，"你这是要准备开始学缝纫了？"

这是扳指，不是顶针！我大拇指上的来福使劲笑，整得我大拇指不停颤动。我弹了他一下，有啥好笑的，哪一个都比你叫裤衩好听！

二胖他妈呵呵一笑："这不愧是要结婚了，变贤惠了，不过话说回来，小白，你什么时候娶的老婆，我怎么都不知道？"

丁老说："我也不晓得。"

二胖他妈"嗯"了一声，说："你不是他岳父……"

我机智地岔开了话题："阿姨，您急匆匆回来，真以为家里遭贼了啊？"

二胖他妈哎哟了一声，说："这事我想了好几天了。"

原来二胖他家对门前几天遭贼了，那贼是半夜偷摸进来的。刘姐半夜听到响声以为老伴起夜，眼睛都没睁，第二天起床，才发现床头的手机钱包都不见了，家里的金饰也被偷走了，最吓人的是厨房菜板上还插着一把菜刀。看到那菜刀，刘姐和老伴腿都吓软了。

想来是那贼进门后先去的厨房，拿了菜刀然后再翻东西，刘姐和二胖他妈说起这事都后怕,幸好晚上没起来,不然正对上那贼,说不定损失的就不是钱了。

二胖他妈听了这事,一方面也是害怕,另一方面就开始乱想。二胖他妈说:"我听说这些贼偷东西之前会踩点,你说我也姓刘,对门也姓刘,他们会不会是本来想偷我家,结果跑错跑对门去了?那如果他们跑错了,会不会改天再跑回来偷我家?"

怪不得对门警戒心那么强,也怪不得二胖他妈刚才还叫了两个小区保安,一副如临大敌的模样,原来是这里刚遭过贼,心里本来就怕着呢。

我觉得小偷要真踩点,也不可能选择二胖他家,一般这种小偷,偷的都是老弱病残妇孺,家里有二胖这种体形的青年壮汉在,他们应该没胆子跑来偷。

过了这个话题,那边二胖他妈又开始问丁老其他的,什么你家在哪儿啊,现在住在哪儿啊,有没有老婆啊,是做什么工作的……详细程度堪比户口普查,丁老也耿直,一一回答了:"我家在招财街,现在住在任天白家,我现在是单身,原来是武林盟主……"

我一看这老头这么耿直,肯定一会儿就把那点事全说出来了,只好硬扯着丁老告别:"阿姨我们真有事,下次再吃饭吧。"

二胖他妈依依不舍地把我们送到了门口,我先出的门,一出门,我手上来福就唰地伸长了,直接伸到对门了。

我吓得冷汗都出来了,这要是让二胖他妈看到了,估计惊叫声得震惊整楼!眼看二胖他妈就要出来了,我连忙收着手指跑到对门,对着来福骂道:"你干什么!"

来福指了指墙面:"你看这个。"

只见对门墙旁边上,被人不知道拿什么东西画了两个五角星,旁边是两个直立着的椭圆,每个椭圆中间都画了一条线,然后五角星和椭圆中间又画了一个勾。

我说:"这是哪家小孩没事干涂的,每个楼都有这种被人涂得乱七八糟的墙,不奇怪。"

来福得意地哼了一声:"傻了吧?就是因为你们觉得稀疏平常,才容易被人钻空子。这图我认得,你求我,我就告诉你它是什么意思。"

"求个屁。"我弹了它一下,"有话快说,别藏着掖着。"

"你弹我你不疼吗?"来福很气愤,"你这样我就不告诉你了,我和你说,这东西根本不是你想的那么简单。你傻不愣登地根本想不到,这图是贼的暗号,画在哪家门口,就代表盯上哪家了,到了半夜,那些贼就会循着暗号来偷东西。椭圆是老人,长方形是女人,正方形是小孩,加个线是怕被别人乱画的图干扰了。这都是探过路的画的,家中有几个人就画几个图,两个星星是半夜两点行动,看到中间那个勾没有?贼来过了就打个钩,所以这图他们自己人看到就知道这家俩老人,有贼半夜两点来过了。每个贼组织都有不同的暗号,还有留烟头画圈的。哎呀,这么深奥的东西我估计你根本想不到。哼,士可杀不可辱,你既然这么弹我,也别想我告诉你!"

你根本就是自己想说的,还让我求你;我没求你,你不也说出来了吗?

不过那图看起来稀疏平常,丝毫不引人注意,没想到其中还有这么多道道。

这时丁老过来看了一眼,马上道:"这不是贼娃子的暗号嘛!"

我问:"这不会也和你们招财街有关系吧?"

丁老说:"就是邪教出来的,我和你说不清楚,等回去以后,我找人和你说。"

我和丁老告别了二胖他妈，往回走，回去路上我总觉得有人在跟踪我们。回头一看，身后有两个奇怪的男青年，一个穿着黑夹克，一个蓝背心，露出胳膊的刺青，俩人站在一起，像是两个季节，看见我转身，那俩人一个看天一个看地，伪装得极其不自然。

我问丁老："你有没有发现有人跟着我们？"

丁老说："晓得，七八个耍娃嘛，脚步虚浮，没得内力，不碍事。"

这话说得，好像现代社会谁有内力一样。我一想，不对啊，七八个？我问："我只看到两个啊。"

"走，老子让他们粗（出）来，给你看看。"丁老左右看看，带我走到了一个死胡同，我一头雾水地跟在他后面。结果我俩刚进去，后面就被人堵住了，我回头一看，那俩跟在我俩后面的男青年，身后又冒出了几个人，手里拿着棍子和酒瓶，凶神恶煞地看着我们。

我说："干吗？"

"你问我干吗？"刺青男手里拿了根棍子，问道，"早上是不是你俩多管闲事？害我兄弟摔得一身伤，还进了局子？"

我和丁老对看一眼，明白了，这一群人是给早上那抢人包的小偷寻仇来了。

今天真是开了眼了，抓个小偷也有人打击报复，简直没天理。

"什么意思？"我说，"你们抢人东西还有理了？"

"去他的，你妈没教你出门不要多管闲事！敢弄我兄弟？"黑夹克拿着酒瓶在墙上啪地一敲，蹦出一串脏话，"今天就让你爷爷们教你！"

说得如此硬气，好像刚才那两个看天看地的不是你俩一样。

我说："丁老，你得教育一下这群家伙了。"

丁老有点犹豫："万一不小心打死喽……"

刺青男骂道:"老不死的瞎咧咧什么呢,我对你姥姥,老子打到你入土!"

"你个脑壳进水的瓜比!"丁老一下就火了,噌噌噌地往前两步,甩出一口四川话,"今天老子就站在这儿了,你碰我一下我就告你,小心惹毛了老子,老子就敲你娃儿脑壳!"

"老不死的口气还大,别以为年纪大我们就不敢揍。"刺青男一挥手,"兄弟们,我们上!"

他俩身后那五个人马上冲了上来,不得不说,这群小混混心是真黑,原来我高中打群架也就是用拳头,顶多木棍,这些家伙手里的棍子都是铁的!

其中一人对着丁老脑袋就抡下去了,来福见了,啧啧了一声,说:"真是找死。"

果不其然,这一下虽然被丁老发现抡了个空,但彻底激怒了丁老。丁老抓住那人的手一捏,那人眼睛猛地睁大,还没来得及号叫,就被丁老抬起来扔向其他人!然后丁老脚下一闪,就冲进了小混混堆。

丁老是谁,是前武林盟主啊,这几个小混混和他打,完全不够看,一路过去,一人一拳,不到5秒,那五个人都趴下了,爬都爬不起来。

刺青男和黑夹克之前机智地没有冲上来,现在看到同伴倒了一地,也不管什么仗义了,转身就要跑。丁老一把扯掉地上一人牛仔裤上的皮带,啪啪一甩,打在那两人腿窝。两小子就跪下了,抱着腿嗷嗷叫。

"连纪(年纪)轻轻学个烂眼儿!"丁老拿着皮带对着地上几人一顿抽,抽得那几人吱哇乱叫,"今天老子就代表祖宗教训你们一哈!"

我等到丁老抽得差不多了,劝道:"行了,再抽就死了,咱回家吧。"

临走我警告那几个混混道:"以后别偷东西了,要不然见一次打一次。"

那些小混混光顾着哀号,也没人回答,不过看着刺青男和黑夹克那充满怨气的眼神,显然内心不服,心底已经和我俩杠上了。

第10章
江湖第一手资料

等我和丁老回到家,我已经被这个早上折磨得身心俱疲,本来想着回家还有丁凌,结果到家以后,发现丁凌已经回她自己家了。

我筋疲力尽,准备去睡觉,又被丁老拽住:"等一哈,老子还要给你介绍人呢。"

我说:"老大,我熬了一个通宵没睡,很困了,等我睡醒再说吧。"

丁老松了手,道:"你先睡吧,等你醒喽我再给你介绍一个卖笑头子。"

我刷地挺直腰板,蹿到丁老面前:"您说介绍谁?"

丁老说:"卖笑头子,叫花映容,是个女的,开了个卖笑的青楼,掌握招财街的所有情报,我想着介绍给你,以后你有啥子不晓得的事情,就自接去问她嘛。"

女的,卖笑,青楼!

哎嘿嘿嘿嘿——我一下就高兴了,我熬这一晚上的夜,又折腾了一早上,等的就是这个有建设性有创意有新意有吸引力的地方啊!

我脑海里马上浮现出武侠小说古装电影里或妖艳或泼辣的老板娘,但无论性格如何,她们无一例外,长得都是美丽动人。这些美女和她们的小伙伴们一起周旋于各色人中,在觥筹交错与歌舞升平之中掌握着江湖第一手资料。

看不出啊,招财街这些正派人士中竟然还混着一个青楼。

不过这就是我心中的江湖!每个男人的江湖梦中,必然会有这样一个地方!这么一个老板娘!

我拉着丁老说:"走,我们去看看。"

丁老问:"你不睡觉喽?"

"正事要紧。"看着丁老怀疑的眼神,我正气凛然地辩解道,"我不是被美色吸引,我也不是想去青楼风流,我是对武林的秘密比较好奇,毕竟我现在是武林盟主嘛。"

丁老说:"我带你去,之前你先把鼻血擦净喽。"

我打开了厕所门,和丁老一起进入了招财街。上次在招财街转,我光瞅着丁凌,根本没怎么注意周围的情况,这次和丁老一走,发现这招财街俨然就是个小城镇,麻雀虽小五脏俱全,什么店面都有。

走着走着,丁老停下脚步,指着一个三层楼道:"就是这里喽。"

我一看,这建筑物和周围建筑物一样,古色古香,外面挂着红色灯笼,红光映着朱红色的牌匾上的两个大字——青楼!

还真是青楼啊!名字就叫青楼?如此坦荡的青楼我还是第一次见!

不过我四下张望了一下,觉得有点不对啊。我在书本和电视中看到的青楼应该是人来人往,门口站着几个漂亮姑娘轻声软语,娇滴滴地往里面拉人,这个青楼门口怎么连条狗都没有,路过的人甚至还绕着道走?而且青楼里怎么那么安静,也没听到那些靡靡之音啊?

难道这青楼还没到开门的时间?青楼应该是白天休业晚上上班的。

对,这招财街一年四季都黑着天,也许人家有特定的营业时间呢。

我总算找到了理由,跟着丁老走了进去。

进去以后，我发现这青楼内部倒也灯火辉煌，挂着红灯，点着红烛，只见里面坐着一些人，都愁眉苦脸，唉声叹气的，柜台那边一个龟公也是有气无力。

我说："这些人怎么都这副样子。"

丁老说："来这里不就是为了让心情变好嘛？要是本来心情就好，来这里干啥子哟。"

好像是这么一回事，青楼嘛，确实就是寻欢作乐的地方，但仔细想想又觉得哪里不对。

丁老对着一个无精打采地趴在柜台的小个子男人问："龟公，花映容在哪里？"

龟公伸手往上一指："楼上包厢。"

我注意到龟公身后竟然还挂着一个画出来的营业执照，上面写着——"店铺名称——青楼；法定代表人——花映容；企业地点——招财街38号；主营项目——卖笑、酒水、食品加工、宾馆。"还盖了武林盟的章，看起来像模像样。

我瞅了一眼丁老，老样，还装得一本正经，暗地里还让武林盟给青楼开营业执照，啧。

营业执照旁边就是员工画像，倒是和我想的一样，全是女的，但是一眼望过去，我的妈呀，这也太丑了，这画像比身份证照片还难看，每个人都长得奇形怪状不说，还目光呆滞面无表情，看起来鬼气森森的。

我问："这画像画得比较失真吧，把人都画丑了？"

我刚问完，那龟公闭着眼睛抓过一旁的签筒里，开始摇，摇出一根签，上面写着戌时，龟公低头看了一眼，说："哎哟，到点开业了。"

你这个时间点把握得很科学啊！

龟公扬着嗓子一喊:"姑娘们,出来接客!"

我一下就精神了,转头盯着大厅,脑海中已经浮想联翩,就等着看一群打扮得花枝招展的娇滴滴的美人扭着小腰出来。

结果就听得厅后传来有气无力的和声:"哎……"

厅中顿时热闹了,原本愁眉苦脸的男人们兴奋而焦急地看着大厅后门。

接着那里就懒洋洋地走出了一群女人。

我立马呆了。

原来那画像不是丑化她们,而是美化了他们啊!

这龅牙的、满脸麻子的、老得走不动路的、嘴边一颗大痣的……大痣上还长毛的就不说了,长胡子的是怎么回事?

丁老见怪不怪,一脸淡定地往楼上走。

我跟在他后面,连声问道:"这青楼招工没有标准吗?"

"这青楼的造(招)工可不得了,一般人想来都没资格。"

我特想知道这里招工的标准是什么,难道是越丑越好?我追问:"你别告诉我,这里的花魁,长得是最丑的?"

"说啥子呢?"丁老说,"花魁就是花映容,是这里长得最乖的。"

说着,丁老停在一个房间前,伸手推门。

听到丁老的话,我又重新燃起了希望,打算给花魁留个好印象,学着电视里看到的桥段,跟在丁老身后,酝酿着氛围,温文尔雅地说道:"早就听说青楼花魁花映容才色过人,琴棋书画样样精通,今日一见……"

丁老直接伸腿就进去了,我原本以为我会看到一幅声色犬马的景象,就算不是身披轻纱古装美女抚琴,也应该是个香肩半露,圆扇遮脸的古装美人吧,结果看了一眼我就蒙了。

关神医、丁凌和徐小宝都在里面坐着,他们之前还有个房间,门前站着一个板着脸的侍女。

三人的目光唰地射了过来,我话都没来得及改,继续道:"果然名不虚传……"我用活泼的语气继续道,"哎哟呵呵呵呵,好巧啊,没有想到会在青楼见到你们!你们也来逛街啊!"

关神医徐小宝在这也就罢了,一个青楼,丁凌跑这来干什么?

那侍女在门口听了一会儿,道:"我们掌柜的问你,谁和你说的她会琴棋书画的,她自己都不知道。"

原来那花映容还在里头的房间,架子果然够大。

我说:"总归是有一手,才能当上青楼花魁。"

侍女说:"掌柜的说,你夸得她很高兴,所以她决定让四大台柱来陪你们。"

我看了一眼丁凌,充满期待地说:"这不好吧?"

侍女挥挥手:"青春、青夏、青秋、青冬,上来吧!"

好歹也是台柱,能不能不要用这么随便的名字!

然后唰啦啦走进来四个人,我一瞧,我去,正是我刚才吐槽过的,在楼下见过的最怪异的四个。

青春一嘴龅牙,青夏嘴边一颗长毛的痣,青秋满嘴胡子,青冬白发苍苍,还挂着根拐棍。

我都看呆了:"这就是你们的四大台柱?这能卖笑吗?"

侍女很不高兴:"你是在怀疑我们的工作能力?姑娘们,给他笑一个看看!"

侍女说完,四个女人依次笑了起来,你别说,她们的笑还真有一股魔力,我简直无法形容,就是她们一笑,你的心情也会有所变化。

侍女走到四人旁边,一一介绍:

"请看，青春龅牙，笑起来非常的憨，朴实耿直，特别纯洁无瑕，让人想起初生的婴儿脸上的笑容，让人感觉脑袋空空地，仿佛置身母胎，心情在不经意间就平和起来了。

"而青夏，在笑的时候，气会吹动嘴边痣上的毛，你根本无暇顾及其他，全部注意力都在那根毛上了，看得久了会觉得那毛有种杨柳随风摆动的感觉，充满大自然的气息，你们感觉到了吗？那清新的气息？

"青秋的笑声是哈哈大笑，声音苍茫。她笑的时候，你会有种'天苍苍野茫茫风吹草低见牛羊'的感觉，宇宙苍茫，世界辽阔，万里江山任我行，让人忍不住心生豪气，提剑走江湖，你看，她这胡子，像不像一望无际的草原？

"而青冬，笑起来和蔼可亲，看到她，你就能想起家中陪伴你长大，却日益老去的亲人们，她的笑充满慈祥，那是母爱，那是亲情，那是所有人渴望得到的最美好的东西，也是内心深处最珍贵的东西！"

侍女说话的过程中，四大台柱一直在笑，青冬笑着笑着忽然晕厥过去了，另外三大台柱连忙过去顺气。侍女解释道："青冬年纪大了，不能工作太多时间，所以她平常不太接客的。"

我听傻了，这侍女怎么不去做传销或者电视导购？我手上的来福特别高兴："我喜欢青夏，你看她那毛，飘得多么灵动，让人有一种恋爱的感觉！"

身为一只整天扭来扭去的虫，你和毛配对也不冤。

侍女道："怎么样，您对我们的笑满意吗？满意，就要付钱了哟。"

"不是！"我简直无言以对，"你们这卖笑，是真卖笑啊！是这个笑啊！"

怪不得楼下那群女的一出来就板着脸，原来是不给钱不给笑啊！

"不然呢？"侍女惊讶地捂住嘴，"你是以为，我们卖笑的，不卖笑，还能干什么?"她吃惊地看着我,眼中充满愤怒与不甘,"天哪!你想到哪里去了?"

丁凌瞪我一眼:"龌龊!"

关神医摇头道:"下流!"

徐小宝"嗤"了一声:"无耻!"

我冤不冤啊我!

丁老说:"老子还以为你是个正经人,不晓得你就是张飞洗摇裤——恶搓!"

我说:"这真不能怪我啊,这青楼卖笑,谁听谁都得想歪啊。行了,现在我了解你们是怎么卖笑的了,可是你们卖笑,为什么不叫相声馆、曲艺馆、二人笑馆,非要叫青楼呢?"

侍女说:"因为我们老板娘爱吃青瓜。"

我问:"青瓜是什么?"

丁凌回答:"就是黄瓜。"

这不合逻辑啊,爱吃青瓜就叫青楼,青楼冤不冤啊?我彻底不理解了:"爱吃青瓜就叫青楼,那要爱吃南瓜的人怎么办?"

"爱吃南瓜的也有。"关神医说,"你从这边窗户往下看,喏,那南风馆就是他开的。"

你们起名字能不能不要那么随便,我谨慎地问:"这南风馆应该和普通的南风馆也不一样吧?"

关神医问:"普通的南风馆什么样?"

我问:"那南风馆里的员工是男人还是女人?"

丁老说:"当然是男人。"

我说:"他们长得好吗?"

"长相自然得顺眼,毕竟工作得面对客人的。"关神医说,"招财街里的人,无论男女都离不开他们。"

又给我下套!这回我可不上当了,我说:"我猜他们的工作一定非常正当。"

徐小宝说:"当然正当了,他们召集了一群武林高手,用内力送风,天热送冷风天凉送热风。"徐小宝翻了个掌,打了几招,"你可以根据自己的需求来让他们送风,除了温度以外,还有柔风、微风、中风、强风、暴风和龙卷风不同等级可以选!"

这不就是人力空调吗?你们有那么强的武功能不能做点正经事!

我说:"你们南风馆就干这个的?"

"都叫南风馆了,不然还能干什么?"徐小宝好奇地问。

面对一个十几岁的少年,我没有办法回答他,万一不小心打开了一扇新世界的大门呢,我只好说:"干得好,南风馆果然就是送风,内容和题目相符,一点都不标题党,诚实!"

丁老欣慰地看着我们,连连点头:"武林盟主就应该这样,多了解一下我们的生活状况,这样才不会迷茫。"

这世界和我想的不一样,我了解得越多越迷茫啊!

侍女问:"丁老,我们老板娘说既然新上任的武林盟主来了,要不要她亲自出来见个面,迎接一下。"

丁老和丁凌他们互看了一下,然后丁老问我:"你想见吗?"

我看了一下丁凌,客气地说:"见不见都行,看大家方便吧,不过你说既然我都来了,以后也得打交道,要是能见,还是见一面吧。"

丁凌瞥了我一眼,说道:"既然新盟主和花楼主都有此意向,那就请花楼主出来一见。"

侍女把房间门打开，丁老说："让她出来见一面就回去吧，要不然的话事情都谈不成。"

丁老之前说过花映容是这楼里长得最乖的，所以我这时内心深处还抱有一丝丝美好的期望，希望里面出来一个娇滴滴的美人。

毕竟她叫花映容，起这么美的名字，就应该是身材窈窕，长着一张漂亮的脸，仙子一般的美女啊！

但是这时候我已经不太信任丁老了，我小声问徐小宝："这花映容长得怎么样？"

徐小宝说："长头发，大眼睛，笑起来还有酒窝。"

我心放下了一半，又问："身材呢？"

徐小宝说："胸很大。"

我的心完全放下来了，看来是个美女。

结果门一开，一个胖乎乎的女人就乐呵呵地跑了出来，一边跑一边道："终于把我放出来了，哎呀闷死我了。"

我的仙子梦瞬间就破碎了，我问徐小宝："你不是说她是美人吗？"

徐小宝说："我说她长头发大眼睛笑起来有酒窝胸还大，你自己看，我哪点说错了。"

我看向花映容，确实长头发大眼睛有酒窝还胸大，但是二胖戴顶假发也是长头发大眼睛有酒窝啊，二胖的胸比花映容的还大呢。

我转头又问丁老："你不说她是这青楼里最漂亮的吗？"

丁老说："则（这）楼里有谁比她漂亮，你自（指）给我看看！"

我想了一下，确实没有，丁老没说谎，我说："好吧，那她除了漂亮，还有什么特长？"

关神医说："你多看她几眼不就知道了。"

我看向花映容，花映容也正好看着我，露出俩酒窝，一脸喜庆，然后我突然就笑了。

这世上每个人的笑点都不一样，有人见到宋小宝会笑，有人见到冯巩会笑，有人见到岳云鹏会笑，这花映容身上有个魔力，就是她一笑，你也会不由自主想要跟着她一起笑。

我正笑着呢，花映容说道："你就是武林盟主啊，听说你不会武功啊哈哈哈哈哈哈。哎呀妈呀，不会武功的武林盟主，咯咯咯咯咯，我长这么大还是第一次听说，有武林盟主不会武功的，嘎嘎嘎嘎嘎，你说你不会武功咋当武林盟主呢吓吓吓吓吓，这不是挂着羊头卖狗肉吗哇嘻嘻嘻嘻嘻，万一你比武切磋被人打死了呢呵呵呵呵……"

她这一笑，带动了屋里的人，除了关神医和那个侍女，其余人全都开始笑，来福笑得身子都软了，半死不活地耷拉着。

我觉得她说的不是什么好话，但是控制不住地也跟着她笑，我一边笑一边问："她这个笑声是怎么回事？"

关神医慢条斯理地喝着茶："这就是她的特长了，天生喜感，能自然地发出不同的笑声，引你发笑。如果你的内力不够，不去抵抗，很容易就会被她带着笑。"

我指着丁老说："那为什么他也在笑。"

丁老说："因为好笑。"

关神医说："他根本就没抵抗。"

"对啊，好笑就要笑啊。"花映容点头，"为什么要压抑自己的天性，笑啊，哦咯咯咯咯咯。"

丁老擦着眼泪道："老子就说不要让她出来吧，她笑点那么低，都把我们带偏喽，哈哈哈哈哈哈。"

关神医已经不耐烦了，折扇一合，打在桌子上："闭嘴，别笑了。"然后瞪了一眼花映容，"还有你，不许笑，也不许说话！"

这个暴脾气神医的话还真是管用，丁老和花映容都瞬间止住了笑，连内力不如他们的徐小宝也强行抿住了嘴。

我问徐小宝："这边谁是老大。"

徐小宝说："当然是丁千川了啊。"

我说："那你们怎么那么害怕关神医？"

徐小宝说："他是看病救命的，事关性命，谁敢得罪他！"

我说："那我上次没得罪他他都差点弄死我啊。"

徐小宝说："那你想啊，你没得罪他他都差点弄死你，你要是得罪了他，你还能活吗？"他拍拍我的肩膀，"你应该庆幸他手下留情。"

原来如此！

关神医看我们一眼："你们说什么呢？"

我和徐小宝齐齐摇头："没说什么。"

"你们能不能不要当着本人的面说他坏话。"丁凌扶额，"屋里全部的人都听见了。"

丁老说："开会就是得有关神医坐镇，不然这会就开不得喽，现在我们来说说正经事情，刚才我和任天白出去……"

丁老把我们出去的事情说了一遍，说得那个详细啊，尤其是说到二胖他妈的时候，用了不少形容词，直接把二胖他妈形容得像是天女下凡一样："那个美女哦，皮肤那个好哦，眼睛那个大哦，性格特别特别好！简自（直）不得了！你们听听她这名字，牛鬼花，多么梦幻，充满了诗意。"

徐小宝听得十分向往："那婆婆长得那么好看？"

关神医也摇着折扇道："关某倒也想见识一下，这美女长什么样。"

花映容一说话就想笑，索性捂住了嘴。

丁凌看我一眼，眼神很明显——她太祖父说的真是二胖他妈？

我低下了头，恋爱滤镜太厚，自带美化功能，没办法。

丁老夸了半天二胖他妈，终于说到那个墙上的印记了，一形容完印记的形状，屋里的人全都直起了身，果然，那些贼应该是从招财街出去的。

我说："看来你们都认识这帮小偷。"

关神医点头："他们是邪教联盟中的一门，以偷窃而闻名，这一派又分为两大组织，一为窃鸟，一为抚犬……"

我一下没听明白："叫什么？"

丁凌重复道："窃鸟，抚犬。"

我说："这名字还挺文艺，看不出来是小偷啊。"

丁老说："文艺啥子哟，不就是偷鸡摸狗嘛！"

我再一想就明白了，窃鸟就是偷鸡，抚犬就是摸狗，只是换了个说法，我一下子没反应过来而已，这小偷还挺会美化自己，换了个文绉绉的说法。

关神医继续解释道："这两个组织作案方法不同，窃鸟派主要是偷住宅，顶多偷偷乡绅富商，而抚犬派则针对的是店铺官家甚至皇家珍宝，所以抚犬派的等级在窃鸟派之上。"

我想起今天早上骑着摩托抢人手机的那帮混混，问道："早上丁老打的那个抢手机的混混会不会也是什么窃鸟派的？"

"不可能！"徐小宝说，"他们注重的是偷，以偷盗技巧高超者为上，不会用抢这低端的手法，抢东西的那是强盗，他们都看不上的。"

这倒奇了，这偷都偷了，怎么还一副了不起的模样，偷的看不上抢的？

丁凌道："没想到第一天就能遇到这个门派的消息，这倒是一个好线索！"

我懂她的意思。招财街众人的目标有两个，一个是追捕出去的邪教众人，防止他们破坏社会安定；另一个就是追查右护法的下落，虽然不能确定右护法能活着控制住所有蛊虫，但如果他能活着吸收掉所有蛊虫，变得天下无敌，那麻烦就大了。

而且按照我阅览过的无数武侠小说、电影电视故事发展的必然规律，他成功的概率应该是百分之九十九点九。

不然，故事还没怎么开始，大反派就死翘翘了，情节要怎么发展？

现在还有一只蛊虫在我身上，右护法迟早会找到我，他同化越多的蛊虫，能力就会变得越大，就越难打，所以如果能尽快找到他，对我们是有利无弊。

现在这什么窃鸟抚犬就是邪教联盟的，找到这群人，说不定就能找到右护法的行踪。

想到这里，我忍不住问道："这个窃鸟抚犬的这个什么门也应该有个名字吧？"

关神医他们还没回答我，花映容就忍不住笑道："咯咯咯咯咯咯，小白盟主，我和你说，太好笑噜噜噜噜噜，他们邪教起名，都是有渊源的嘎嘎嘎嘎嘎嘎，那个讲究啊哈哈哈哈。"

我虽然被她逗笑了，但是内心是一副冷漠脸。你一个爱吃青瓜，就给自己产业起名叫青楼的奇女子，有什么资格笑话别人？

关神医道："他们做的是偷窃的勾当，所以他们信奉富贵险中求，不入虎穴焉得虎子，名字也从此而来。"

听起来有点意思，手下的组织都叫得那么文艺，我不禁好奇起他们到底起了什么样的名字。

丁凌咳嗽了一声，道："他们叫作'虎虎门'。"

我顿时觉得我错了，我刚才不应该质疑花映容的起名水平，这组织还引用谚语，说起来很拉风，但是不入虎穴焉得虎子，就取个两个虎有什么意义啊！

"这样吧。"我说，"正好我是区域巡逻员，工作的时候我就留心着，处处问问，多看看，如果有什么线索了，我们就去蹲点，看能不能抓一个回来拷问一下！"

丁凌说："我之前已经抓回来了不少邪教教徒，但是都没有从他们嘴里打听出什么有用的情报。"

我问："那些邪教教徒有没有什么特殊的标志，像是什么文身，刻印之类的？"

徐小宝冷哼道："邪教大了去了，它虽然说是教，但其实和武林盟差不多，下面分支众多，每派有每派的规矩，中间也有不少暗斗纷争，有些心狠手辣的就算是对自己教众也会下手，而且他们做事隐蔽，甚至有些头目都不知道彼此的存在，当然没有统一的标志。"

我说："说的是邪教，你怎么一副骄傲的模样……话说你一个小孩，咋哪哪儿都有你，我们开会这严肃的事情，你怎么也在，你这年纪不应该在外面撒尿和泥巴玩吗？"

徐小宝怒道："你才撒尿和泥巴玩！邪教教主是我干爹，小爷可是邪教教主继承人，怎么就不能在这了！"

我顿时就惊了，用震惊脸看向其他几人，他们也没有反驳，而是冲我点头，看起来这熊孩子还真是邪教继承人！

我指着徐小宝:"这就有一个邪教继承人,你们还找什么其他线索?问他不就行了吗?"

关神医道:"我们当然问过,邪教教主都在这里,但是叛逃的是右护法,那些事情他们都不知道。"

我看着徐小宝,觉得这情景很有趣啊:"你一个邪教继承人和正派人士一起讨论怎么追回邪教其他人,这是敌人的敌人就是朋友的意思吗?"

"也不能这么说。"徐小宝握紧拳头,"我向往的是肆意狂妄,不被教条约束的潇洒生活,我的梦想是成为一个能够毁灭世界,拥有强大武功,无上力量的人,所以我才加入邪教!"

"但是……"徐小宝叹了口气,"当我加入邪教以后,发现我憧憬的邪教教主和想象的很不同。"他痛苦地捂住了脸,"这让我对这个世界很绝望,我一直在想,这么不真实的世界,干脆毁灭掉算了。"

不愧是中二病严重的 16 岁,看来这病的历史已经很久远了。

"直到那次右护法叛变,正邪大战,武林盟杀上来的时候——"徐小宝表情一变,"丁千川一掌劈碎了邪教门,冲了进来,教主派人讲和,丁老和那人握手,握个手的时候竟然把使者的手握骨折了,然后双方大战,我才发现,这老头竟然这么恶毒,比邪教更狠!然后,我就决定跟着丁老混了……"徐小宝说完以后,又幽幽地叹了口气。

丁老很委屈:"老子又不是故意的,忽然打起来老子也不晓得咋子一回事。"

原来当初正邪之战是这么开场的,我大概能想象丁老本着和平友爱的精神和使者握手,然后使者一声惨叫,邪教众人唰地冲了上来,两边打成一片,丁老不明所以地看着众人打打杀杀的模样了。

看徐小宝的表情,他后来肯定发现丁老根本不是狠毒,是天生力大没轻重了。

对他来说，也是伤感。

丁老说："这样子也说得差不多喽，那我们今天就讨论到这里吧。"他转头对花映容道，"你拿些资料给任天白看看，他对这里还不太了解。"

花映容对身边侍女吩咐了几句，那侍女就进了屋，过了一会儿，推了辆小车出来，我一看，那小车上堆满了小册子。

花映容对我道："这就是招财街所有门派的资料了，武林盟主得把这些资料全都背下来的，你要好好看哦嘿咳咳咳咳。"一脸的幸灾乐祸。

我一看那山一样的资料就呆了："这么多都要记下来，这有点难啊，我这辈子最怵的就是背书了，别说我了，就算加上二胖，这么多书我也背不下来啊。"我看向丁凌，"你应该记得，我原来学习成绩特别不好。"

丁凌说："我记得。"

她这么一说我还有点感动："那么多年以前的事了，你真的记得？"

丁凌说："很难忘记啊，你、二胖和黑皮三个人经常凑在一起，但你和二胖的成绩加起来，还比不过黑皮的分高。"

丁老道："黑皮聪明撒？"

丁凌摇头，说："任天白考21分，二胖考13分，黑皮考了35分。虽然黑皮比他俩成绩加起来都高，但是离及格还远着呢。"

我问丁老："你也把这些背下来了？"

丁老朝我一乐，把袖口偷偷掀给我看，里面密密麻麻的全是字，丁老朝我一挑眉，低声道："小抄！"

我顿时觉得眼前这老头特别亲切。

不过现在年代已经不同了，科技进步了，我们现在做小抄都不用写的了，直接是打印机缩印的，可惜这册子上那么多繁体字，不要说缩印了，就直接给我看我也不一定能全认出来。

我说："是这样，我和你们不同，你们打小生活在这招财街，街里街坊的都认识，可我是新来的，谁都不认识，这不认识，光看书，也没用啊，背书这事，急不得。"

"有道理。"关神医说，"什么时候让小宝带你去见见魔教教主。"

"见是可以，但是你要知道我干爹那性格。"徐小宝说，"看到他这弱不禁风的模样，还当上了武林盟主，说不定一生气就把他打残了。"

关神医说："没事，只要还有一口气在，我就能救回来，命肯定能保得住，顶多生不如死。"

为什么你们这招财街，无论正派反派，都这么残暴！

第 11 章
警察叔叔，我是遵纪守法的好少年

开完会后，我拖着一车小册子和丁凌从厕所出来，丁凌直接回家。我已经困极了，打算补个觉然后晚上去上班，我睡觉之前对丁老他们千叮咛万嘱咐，让他们好好待在招财街，不要乱跑。结果我一觉睡起来，发现我家客厅灯一亮一灭，一亮一灭，猛地一看，好像是在闹鬼。

别又是什么莫名其妙的暗杀者吧？我心惊胆战地走过去一看，发现是徐小宝这熊孩子在玩电灯开关，他摁着电灯，一开一关，一开一关，嘴里直嘟囔："这光到底是怎么亮起来的？"

我说："不是跟你们说了不许出来了吗？"

"开什么玩笑！"徐小宝理直气壮地说，"小爷我可是邪教的，邪教的人你不知道吗？就是你不让我干什么，我就干什么！"

怪不得正派老打你们邪教，就是欠揍！我说："别玩了别玩了，别把我的灯玩坏了，你别祸害我家里东西了，我给你开电视看吧。"

徐小宝很嫌弃地看了一眼我家客厅："你这已经是垃圾山，也就屎壳郎能再祸害一下了。"紧接着他的注意力就被我刚打开的电视吸引住了，"哎呀，这个我知道，凌姐说过，这会动的画叫作电视是吧？好多戏子在里头演戏！"他站在电视面前，摸了摸电视荧屏，道，"真是奇了怪了，人是怎么进去的？"

我教他按遥控器换台："要进这里面可不简单，这里的人，都是明星，明星你知道吗，就是有很多人喜欢的。"心想一会儿上班，我得找人保护我，正好徐小宝在，干脆就他了。

徐小宝学会了调台，最终停在一个台，看着说："我看他们长得也没有很好看……你看那女的，怎么长得黑乎乎的。"

我一瞅，电视上赵小宝正穿着女式古装，娇羞地大笑："我是咖妃！"

徐小宝问我："哎，你之前说的那个，我长得很像的，风靡万千少女的偶像，叫什么赵小宝的，是哪个啊？"

电视里的赵小宝还在哈哈哈哈地笑着，徐小宝一本正经地问我。

这就尴尬了。

我问："你武功好吗？"

徐小宝说："我轻功最好。"

我又问："轻功能打死人吗？"

徐小宝说："只要有耐心，什么功夫都能打死人。"

我连忙关上电视，说："今天电视上没他的节目，不然你和我出去，看到他的海报我指给你看，你还可以顺带保护我。"

徐小宝不疑有他，点头答应了："行，正好我也想出门看看。"

我找了一条牛仔裤和T恤，让徐小宝穿上了。他换出来后，我瞅了一眼，T恤正好，裤子松松垮垮的，还有点韩范，小伙子挺帅，像是随时能跳Hiphop热舞。收拾完我俩就出门了。

我俩进了电梯，等电梯门一合，电梯开始动的时候，徐小宝一下子就震惊了，整个人嗖地一下，爬到了电梯右上方的角落，四肢并用，固定在电梯上方，对我道："这屋子在动！"

我说："动一动就到目的地了,你别……"

话未说完,电梯门就开了,电梯门外站着一对老夫妻,领着一个六七岁的小孩,目瞪口呆地看着电梯墙上的徐小宝。

空气停滞了几秒,我笑着打破了尴尬,哈哈了两声:"熊孩子淘气爬墙玩,别在意,哈哈哈。"然后拉了一把徐小宝的裤子,"你快下来。"

徐小宝没动:"这不是方才我们进来的地方!"

老夫妻中的老头还是一副震惊脸,老太太反应很快,已经开始教育旁边的小孩:"看到没有,这哥哥做得不对,以后不许爬墙。"

老头缓缓转头:"他也爬不上去啊。"

电梯门慢慢地关了,那三人愣是没敢上来。

我又拽了一把徐小宝的裤子,硬把他拽下来:"电梯而已,你不要这样,你在这不要动,一会儿我们就到了。"

徐小宝道:"我明白了,这屋子是个机关房!"

我这时候已经懒得解释,心想你愿意怎么想就怎么想吧。

我和徐小宝出了门,徐小宝一路左看右看,看着路上的妹子们道:"这些姑娘怎么穿得那么暴露,邪教人都比不过。"

我说:"你们邪教人也穿得暴露?"

徐小宝说:"没他们暴露,都披着纱呢。"

我脑海中马上浮现出披着薄纱的妖艳女郎翩翩起舞的画面,就像《西游记》里蜘蛛精一样。然后我用力摇了摇头,想想之前的青楼,这招财街不按常理出牌,我可不能想太多了。

我对徐小宝说:"你别老那么看着人家女孩,你看那些女孩都看你。"

徐小宝很高兴:"她们看我是觉得我长得帅吧,你看她们都脸红了,还偷偷看我笑。"说着说着他还有点不好意思了。

我一看不对啊，平时我这么帅的人走路上也没有这么多小姑娘看着我脸红，这徐小宝是长得不差，可现在这些姑娘都是从小看着偶像剧长大的，多帅的男人没见过，也不至于看见个徐小宝就脸色红润有光泽地偷笑吧。

然后我拉住徐小宝道："你先别动，让我看看。"

这一看我都脸红了，原来徐小宝不会穿牛仔裤，牛仔裤的扣子没扣，拉链也没拉，不知道从哪儿找了个布条从皮带那边系着了，刚才被我拉了几下裤子，现在裤子虽然还挂在身上，但是裆部大敞着，白色绸缎内裤在牛仔裤里迎风飘，看起来十分亮眼！

我一边给他拉拉链系裤子，一边骂道："你就不觉得胯下有凉风吗？"

徐小宝也觉得不对，开始脸红了："你们这裤子不是这样穿的啊，我以为这是你们的特色呢。"

我说："这世上除了超人，其余走大街上把内裤露出来的我们都叫暴露狂。"

徐小宝问："超人是谁？为什么他不是暴露狂。"

我说："这是看实力，只有不强的才叫暴露狂，强的虽然变态，我们也称他们为英雄。"

徐小宝又问："那刚才那些女孩看我笑不是因为我帅啊。"

我说："你知足吧，要是你不帅，她们就不只是笑，而是要报警了。"

徐小宝说："那她们为什么要看我穿裤子，看得我都脸红了。"

我一看，旁边几个女孩还真站住了，围观我给徐小宝拉裤子，一边围观一边笑："当街穿裤子，嘿嘿嘿嘿嘿。"

"臭不要脸，嘿嘿嘿嘿，不过还挺萌，嘿嘿嘿嘿。"

"这是少爷忠犬年下 CP 啊哈哈哈哈……"

你说说现在这些小女孩脑袋里都想些什么！我无语地看着这些小姑

娘,愤怒地驱逐着她们:"看什么看,没看过人拉裤链啊!"

小姑娘们一哄而散,我察觉到还有人往这边看,猛地转头,便看见街对面站着一个身材高挑的美女,头发盘着,带着个墨镜,嘴唇红得像火,披着一件风衣,风衣随风起舞,隔着一条街我都能感觉到那种烈焰一般的气势。

我的直觉告诉我,街对面这个女人不简单,于是我马上问道:"小宝,你认识对面那个美女吗?"

说话间,我转了个头,再回头时,几辆车从街道开过,那美女竟然不见了。

"谁?"徐小宝还在低头看自己的裤链,听到我的话,抬头去看时,人已经没了。

我只好说:"没事。"心想也许是我弄错了,对面就是个普通的漂亮女人罢了,就对徐小宝说,"一会儿我得骑着摩托去接二胖,估计摩托上没你的位置了,你咋办?"

徐小宝指着街上的车道:"你能有它们快吗?"

我说:"没接上二胖速度比他们慢一点,接上了二胖,速度就比我走路快一点。"

徐小宝不以为然地道:"你就算和他们一样,我也跟得上。"

我说:"你最好走得隐蔽一些,这样不会被人发现,要不然邪教人就算想来攻击我,看见你估计也不敢过来了。"

"没事,我藏着就行了,我原来都是飞檐走壁,从房顶走。"徐小宝抬头看了一眼四周二三十层的大厦说,"……不过我们现在可以换个方式,反正你不用管了,我的轻功在招财街也是排得上号的,放心吧,走不丢你。"

我说:"你小心点,这里普通人不会武功,你要让他们看到你会武功,说不定就把你抓起来研究了。"

徐小宝道:"没问题。"说完,闪身到人群里,没几下就不见了。

我瞅了半天也没瞅见他,只好去推了我的摩托,准备去接二胖。

推摩托出来的时候,来福忽然伸到我耳边,神秘兮兮地道:"老白,我有个事情没和武林盟的人说。"

我连忙用身体挡住它,问:"什么事?"

来福说:"其实我能感觉到周围有没有邪教的人——就是从招财街逃走的那一拨!右护法当初在每个人身上都下了蛊,那蛊有种特殊的味道,我能感觉得到。"

我惊道:"这么厉害,那我们岂不是很快就能找到他们?"

"没那么简单。"来福说,"你把我弄断了一半,我的实力下降得厉害。我附到右护法身上以后,也没见过几个他的同党,所以我只能感觉到他们的存在,但是不能确定他们的具体位置,也不可能指定是谁,只能给你提供一个模糊的信息。现在因为咱俩是一条绳上的蚂蚱,谁都脱不了谁我才告诉你的,不然,这秘密我就不说了。"

我说:"那等他们出现了,你提早提醒我,我尽快把保镖叫来保护我们。"

来福这个功能就像是个警报器,敌人一接近,它就会滴滴作响,这比什么都没有强多了。

来福说:"既然你这么说了,那我就告诉你吧,刚才我感觉到有邪教的人在。"

刚才有邪教的人在?

我马上问道:"是马路对面那个长得很漂亮的女人?"

来福说:"那我就不知道了。"

我问:"那现在你还有感觉吗?"

来福道:"如果有,我还能慢悠悠地和你聊天?"

我点点头,松了一口气,现在敌暗我明,没有消息就是好消息。

我骑着小摩托,去接二胖。

二胖一看见我,就一瘸一拐,苦着脸道:"老白,你一定得告诉我,这到底是怎么回事。我觉得我简直撞邪了,我记得我和你巡逻,你去上厕所,我在那儿听卖艺的拉二胡唱歌,然后就什么都不知道了!再醒来觉得浑身疼。我好像是在你家,有人敲门,我开门一看,是丁凌!然后我看到一堆莫名其妙的人,还有一条长长的蛇,接着我眼前一黑,又什么都不知道了!再醒来的时候,我竟然就在我家,我的床上还有好多手印!我那可是铁床啊!我问我妈我是怎么回来的,我妈光红着脸笑。"二胖一把拉住我,"老白,现在问题来了,你一定要回答我这个问题,不然我一肚子疑惑都不知道去哪里解答啊。"

我沉默了,我觉得二胖满肚子疑问是正常的。这漫长的一夜说起来简直恍如隔世,度日如年。发生了太多的事情,但是我没有办法回答二胖任何一个问题,任何一个问题深究下去都能扯到招财街。

我说:"关于这件事吧……"

"你快回答我,"二胖问,"我兜里那一百块钱,是不是你拿了?"

二胖这个财迷,说了那么半天,我还以为你要问啥关键的问题,结果是问钱。

我说:"那一百块钱是你昨天偏要给那卖唱的。"

二胖问:"那我给了吗?"

我说:"你给了,但是被我拦下来了。"

二胖说:"那你把钱还我啊。"

我说:"你拿钱不是给卖唱的了吗,为什么要我还?"

二胖一愣,满脸疑问,蒙了一会儿:"也对。"

我索性扯谎道:"你睡在路上,是我千辛万苦把你送回家,你还管我要钱,是不是兄弟,有没有良心?"

二胖很愧疚地说:"对不起。"他本来想跨坐到我的摩托上,不过不小心扯到裆部,疼得"嘶"了一声,"你对我真好,够义气,我下次请你吃饭。"

想到他的裆部是我伤害的,我有点心虚,"嗯"了一声,带着二胖就去上班了。

幸好我的搭档是朴实的二胖,如果换了一个机灵一点的,这事儿都瞒不过去。

我的心情本来轻松了很多,没想到到了局里,就看见大中面色凝重地走过来,先是看了一眼浑身伤的二胖,然后低声问:"你俩是不是犯什么事了?"

我本来一上班就瞌睡,大中这一问就把我问精神了,我问:"你说哪一件?"

"还哪一件,"大中说,"你犯了多少事?"

我最近遇到的事儿可多了,变态、邪教、鬼市、稀奇古怪的杀手和卖艺的,说都说不完啊。

大中还想说什么,他身后走过来一个四十多岁的男人,打量了我和二胖两眼,道:"没错,就是你们俩,我有事要问你们。"他想了一想,指着我道,"你吧,先过来,我先问你。"

"怎么就问我了。"我问,"您哪位啊?"

他拿出证件："我叫王生，是一名警察。"

既然是警察叔叔，那我必然不敢再多说什么了，就在二胖一脸迷茫和大中你自求多福的表情中，乖乖跟着警察叔叔走到了办公室的小房间。

这名叫王生的警察叔叔进了屋，把门一关，窗户一关，窗帘一拉，整个屋子顿时变得昏暗了。我特别怀疑下一秒他会像电视上审犯人一样，拿出台灯照我眼睛。

结果王生啪地一下打开了日光灯，然后坐到我面前，道："你知道我为什么找你吗？"

我说："不知道。"

王生掏出两张照片，摆在桌上，然后用两只手指推到我面前："这地方你见过吗？"

我一看那两张照片，汗毛都起来了，那是一个类似厨房的地方，空间挺大，但是四处布满血迹，地上还有一些碎肉残肢，显然是一个命案现场。

我嫌弃道："这么血腥，你就直接拿给我看？至少打个马赛克吧！"

"不好意思啊。"王生很客气，"我没考虑那么多。你就自己过滤吧，我觉得你们这些高尚正直脱离低级趣味的小年轻，应该能达到眼中无码心中有码的境界。"

嘿，瞧你说的，我怎么听着那么怪呢。

王生问："这地方你见过么？"

我说："这显然是一个杀人现场啊，我怎么可能见过。"

王生说："你再仔细想想，这里是一个废弃餐馆的后厨。"

"我没……"我还想否认，忽然脑中闪过一个地点，顿时闭了嘴！

废弃餐馆的后厨？我和二胖为了追丁凌，从一个小道往里追，进了间屋子,也就是那个第一次遇见右护法的地方,不就是个废弃餐馆的后厨吗?

那时候是晚上,不像照片上那么亮,但现在仔细回忆,遇见右护法的厨房,和照片中的一模一样!

王生说:"怎么样,想起来了吧?"

我还想隐瞒:"不是……我是在回想,这个地方吧……"

王生说:"不要装了,你的表情已经暴露了,你确实去过这个地方!"

不愧是个老刑警,我刚才犹豫了那么一下,他就看出了我的想法。

这牵扯到的案件可是杀人案,我垂死挣扎:"警察叔叔,这不能你说我去过我就去过吧?说话要有证据。"

王生说:"你去到这里的时候,是不是没有想过要抹去指纹和鞋印?"

这一句果断干脆,直击要害,当时猛然见到右护法血腥的样子,我和二胖害怕逃命都来不及,哪还有工夫想什么指纹鞋印?

我只好放弃狡辩,老实交代道:"警察叔叔,我和你说,我确实不是杀人犯,这屋子里的死尸和这些血呼拉碴的肉都和我没关系,真的,我刚才否认是因为我们进去的时候是晚上,看得不清楚……而且我还怕我说了你不信,当时我们阴差阳错地进了这地方,结果看到一个变态杀人狂,特别恶心特别血腥,简直是我一辈子的噩梦,哎呀我现在都不愿意回想……"

我一边说一边瞅王生,见他脸上没什么表情,也不知道是信我还是不信,于是又道:"警察同志,你可一定要抓住那个杀人狂,不然我们这些平民不能安心,晚上都睡不好觉,害怕有人扒我窗户!"

"杀人犯是肯定要抓的。"王生敲着桌子道,"但是别的事情也要处理……你要交代的只有这些事?"

我说:"不然呢?警察叔叔你信我,我真的是个遵纪守法的好少年……青年,热爱祖国热爱党,从不干违法犯罪的事儿!"

警察大叔没说话,从兜里又掏出手机,捣鼓了几下,在我面前一竖。

那似乎是一段监控录像,模模糊糊的清晰度不高,我眯着眼睛看了一会儿,背后汗毛唰地又竖了起来,那是昨天晚上我和二胖巡逻的那条街道!

这段画面就是我从厕所出来,和"胡唱双霸"控制着的二胖厮打,然后我英勇地制伏了二胖,这时拖着半拉裤子的"变色龙"出现,在我的唆使下与"胡唱双霸"打起来的画面。

王生道:"这夜市平常晚上有许多人,那天偏偏有很多人提前回家,连自己都不知道为什么。"

我干笑道:"那可稀奇了。"

王生说:"这么巧,这件事又和你有关。"

我冷汗直冒:"那也是真巧。"

王生握着双手看着我:"你难道就没有什么想解释的吗?"

首先,这件事我解释不来;其次,我的解释只会让事情变得更麻烦。我郁闷地摸着自己的脖子,听见来福小声道:"你什么都别和他说,万一他是邪教派来打探消息的呢?"

我也一下子醒悟了,那警察没有追问我杀人案的事情,显然已经知道我不是犯人,现在又拿出照片给我看。

那警察耳朵倒是尖,问道:"你说什么?"

我说:"没什么,我是说这事我也纳闷呢,我兄弟忽然就要打我,然后又出来个脱了一半裤子的神经病,我也觉得我最近有些点背。"

"只是点背那么简单?"王生道,"我最近在追查一个行踪诡异的犯罪集团,我怀疑你和他们有关。"

我说:"警察同志,你看,我也为人民服务,如果我真那么牛,能参与到犯罪集团中,我还会在这一个月拿两千块钱的工资吗?"

王生也许是看着从我这里问不出什么了,道:"既然你不说,那我就去问问你朋友吧。"

我一听,马上慌了,二胖他什么都不知道,这警察一诈,估计他就会把能说的都说了。

我连忙道:"有话你和我说,一人做事一人当,这件事和我兄弟无关,他什么都不知道!别扯上我兄弟!而且你扯他也没用,他比较傻,说的话你根本不能信。况且他那么胖,这屋子那么小,你叫他进来,屋子空间至少得少一半,憋屈不说,空气质量都会下降,你说你何苦叫他进来!"

王生看着我:"我现在内心很疑惑,你到底是讲义气,还是不讲义气?"

我内心警铃大作,正不知道要怎么和这警察说的时候,门被推开了,外面一个男人喊:"都说了你不能进去!"

然后我一转头,竟然看见丁凌进来了。

丁凌身后跟着一个小警察,委屈地看着王生:"王警官,我阻止她了,她偏要进,你知道的,我打不过她。"

王生道:"我知道了,你出去吧。"

那小警察看了看王生,又看了看丁凌,出去了。

丁凌在我身前一站,对王生道:"王警官,规定你应该知道,你的职责是配合我,不是来打探消息!"

王生慢悠悠地说:"我身为人民警察,办案肯定要询问相关人员,如果你早说这案子是你在接手,我肯定也不会干预那么多。"他起身离开屋子,"那你们聊,有需要了再找我。"

我一头雾水,等王生走了,才问丁凌:"这是怎么个情况啊,你是警察?也对,你不做警察,这身手就可惜了。"

"不是。"丁凌转头道,"这件事说来话长,我不是警察,我隶属于一个保密部门——特别搜查组,专门处理常理无法解释的疑难杂案。"

我顿时惊了:"竟然真的有这种只能在小说里看到的组织!"

"不然呢?"丁凌道,"这世上那么多奇怪的案件,如果不是为了追查邪教人的下落,我根本不会加入这个组织。他们做了那么多案子,我一方面要追查他们,一方面又要隐藏招财街的存在。"

我懂了,邪教人会武功能用毒就不说了,他们还会蛊术和幻术,有时候犯的案件肯定常人难以理解,难以理解的事就容易变成封建迷信,甚至引起恐慌,这时候就需要相关人员的力量了。

来福探头问:"那刚才那人又是什么来头?"

"事件发生以后,我们肯定要和警察合作,虽然上头的命令是让他们配合我们,什么都不许问,但是怪事那么多,他们之中肯定会出现刚才那样想知道真相的人。"丁凌说,"没关系,王生那边我会处理,你小心着点邪教的人就好了。"

丁凌犹豫了一下,又和我说:"邪教人行事诡异,作案心狠手辣,你得多加小心。"

我很高兴:"你在关心我吗?"

丁凌说:"不是,最近……"

她话还没说话,二胖又闯了进来:"老白,那天咱俩不是真的遇到杀人狂了吧,我本来还以为我在做梦,结果刚才那警察问我!"

丁凌道:"算了,这件事以后再说,你先和二胖解释一下。"

我问:"说实话吗?"

丁凌问:"他嘴巴严吗?"

我问:"你记得原来上学的时候,我们三人和王龙强,也就是那个可以叫他王哥的强哥,也就是龙哥混过吧?"

丁凌点头。

我说:"当时强哥仇家很多,老有人找他寻仇,找不到人就问他手下,也就是我们。一般来说,强哥的手下有三种表现,一种是马上就说,一种是宁死不屈,一种是开始不说打了以后才说,二胖是属于第四种。"

丁凌问:"第四种是哪种?"

我说:"看我们挨打以后,以为自己没说,但事实上什么都说了。"

丁凌没明白:"什么意思?"

我给她做了示范,把二胖叫到身边,二胖看着丁凌还很乐呵,一边和她挥手一边和我说:"老白,我怎么觉得小丁丁和我梦里头一模一样呢?"

我问:"二胖,你是不是背着你妈藏了零花钱?"

二胖脸马上红了,腿开始哆嗦,头不自然地看向四周:"哪能呢,怎么可能。"

我说:"你是不是藏在身上了?"

二胖马上看向自己的脚,说:"不、不、不……不可能,你别乱说。"

我说:"就藏你鞋里吧,我猜是在袜子里?"

"你怎么知道,你没偷我钱吧?"二胖马上转过身,背过我,脱下鞋,取出袜子里面的钱数了数,然后原样放回去,对我道,"我、我、我,我真没、没私房钱。"

我望向丁凌,跟她说这回你懂了吧?想当初我们三人在强哥手下的时候,强哥得罪的人很多,我们就有几次被敌对势力的混混抓住,逼问强哥的去处。

我们几个看武侠小说长大的啊,武侠的关键就是侠,就是义气啊!而且我们当时比较傻啊,想着要是告密被强哥发现了,不是照样得挨揍,说不定还被揍得更狠!

于是我和黑皮咬紧了牙关,誓死不说。

你问为什么只有我和黑皮?因为二胖太胖,一抡膀子对方的人飞出去一片,他们抓不住啊。

于是他们一边揍我和黑皮一边问强哥在哪,我和黑皮死活不说,二胖却幽幽地看向了东面的道路。那些小混混也不傻,很快就发现了规律,二胖看的方向就是强哥在的方向,于是他们就拉住我和黑皮,每到一个十字路口打一顿,然后问一声强哥在哪儿,问完以后也不等我们的答案,就专注看二胖的目光落在哪儿。

对他们来说,强哥是南方,二胖就是指南针啊!要是二胖不在,他们打一顿就完了,二胖在,有多少路口就打多少次,而且他大爷的这堆混混的首领还是路痴,迷了好几次路啊!

后来我实在被打得受不了了,就和二胖说:"二胖,你快走吧,不要跟着我们了!"

二胖哭着说:"不,我们是兄弟,我不能抛下你们!"

黑皮说:"你再跟着,我们就要被打死了!"

二胖说:"好兄弟,不分离,你们死了,我们也要在一起!"

那时候我和黑皮也都哭了,劝都劝不走,还要挨多少顿打!那帮小混混说:"好,你们好兄弟,讲义气,我就再问一句,王龙强在哪里?"

我和黑皮这时候都是一个念头,反正也快找到了,何苦多挨一顿揍呢,于是异口同声地说:"在阿虎台球室,一般是在六号桌!"

结果那帮小混混完全不理我们啊,打完我和黑皮后,齐齐转头看二胖。

我和黑皮很冤枉："我们已经说了，你们为什么还要打？"

小混混说："习惯了，没注意。"

我和黑皮很生气啊，就说："你们这样就不对了，如果你们想用这种方法，直接问二胖，然后跟着二胖视线走就行了，为什么还要打我们?!"

"你们都不知道啊！"我对丁凌说，"这话一问出来，所有的混混都愣住了！然后过了好久，领头那位混混'哼'地对我们冷笑了一声，带着他的手下走了。

"听到那一声特别尴尬的冷哼，那时候我和黑皮才明白没文化多恐怖，这些混混压根就没想到这一点。而且更气人的是，混混们走了，二胖还很生气地跑来指责我和黑皮，说我和黑皮没义气，就这样把强哥的地点暴露了！

"我和黑皮当时就冲上去揍二胖了！

"揍完以后隔天，被突袭的强哥聚集了手下，很生气地问是谁泄露了他的行踪。我和黑皮听到这个问话就开始冒冷汗，然后就看见二胖天真无邪的眼神看向了我们……二胖身侧是捏着拳头、目露凶光的强哥。

"当初想着不告密一顿揍，告密挨强哥一顿狠揍。没想到我和黑皮两者之间取其轻重，机关算尽之后，竟然选择了离死亡最近的一条路……"

丁凌听完了我的话，表情复杂地看向满脸纯真笑容的二胖，二胖快乐地问："你们说什么呢？"

丁凌"哦"了一声，道："没什么。"然后别过二胖的头道，"我知道你有很多疑问，我现在全部都告诉你。首先，我是配合警察工作的，那天我在追查一个杀人狂，结果被你们撞见了，是我救了你们。你们和杀人狂搏斗，负伤逃跑的时候晕了，我和任天白把你送回了家，但是那天你被杀人狂袭击了，可能受伤了，昨天晚上你再次晕倒在街上，我帮着任天白把你送回家了。之后，我又请我……我家的老人把你送回家，你床上那几个手印，就是我家老人不小心摁上的，他身体比较硬朗，这点你若不信，可以回去问你母亲。"

不得不说，丁凌这说法十分厉害，真中带假，假中带真，情节也断片的多，衔接不上。二胖听得连连点头，但是他马上又想起一个问题："哎，不对啊，我记得那杀人狂肚子里还有虫子，他嘴里吐出了虫子呢。"二胖指向我，"老白应该也看到了。"

我说："哎，他往死里吃生肉，那肉还没检疫过，能没虫吗？不生虫才不正常。"

二胖点头："有道理，但是我总觉得我还看到了其他的怪事。"

我说："那都是你被那杀人狂打中了头。"

二胖接受了这个说法，然后突然又道："不对，你们还有没告诉我的事。"

我顿时有些吃惊，我和丁凌的对答配合得这么天衣无缝，凭二胖的智商，难道能看出破绽来？

二胖看看我，又看看丁凌，露出一个暧昧的笑容："我都听我妈说了，你说送我回家的那老头是你岳父，你俩连恋爱都谈上了，肯定早就见到面了。老白，你这不厚道啊，竟然还瞒着我。"

我看了一眼丁凌，她一脸尴尬，但也没解释，我心中暗喜，道："这种事不是有传统，要瞒三个月的吗？"

二胖说："又没怀孕，瞒什么三个月，难道……"他震惊地看向丁凌的肚子，然后我和他一起被丁凌打了出去。

第12章
小区里的窃鸟暗号

我觉得我很无辜。

跟我们一起被扔出来的还有一叠资料,我瞅了一眼,是城市局部地图,上面还拿笔勾了圈圈,丁凌的声音在门后响起:"这是最近画有标记的全部居民楼的地点,你慢慢看吧。"

我仔细翻了翻那地图,发现做标记的地点并不多,其中被勾住的某个地点,正是我家小区中的一栋住宅楼。

我正看着呢,忽然听见耳边有人幽幽道:"刚才警察问你什么了?"

我吓了一跳,一转头,却发现是大中。

我说:"没什么事。"

大中道:"最好没什么事,你最好记住,有事也是你有事。"

我"嗯"了一声,把地图折起来放回兜里,心想今天下班回家,得去我们小区里那栋楼调查一下。

这时旁边二胖说:"大中,你的脸怎么这么白,涂粉了吗?"

大中咳嗽了两声,道:"涂什么粉,我只是有点感冒。"

我抬头一看,大中果然脸色惨白,嘴巴都干了。我随口说道:"二胖,我们队长这么阳刚,怎么可能涂粉呢,而且你仔细观察,他虽然脸白,但是额头有点发黑,一看就不是涂粉。"

二胖惊道:"队长,你这是印堂发黑啊!别是中邪了吧!"

大中一巴掌拍到二胖后脑上,怒道:"胡扯!你梦见鬼街,又梦见会说话的虫子,要中邪也是你中邪,老子阳气这么重,怎么可能中邪!"

看来刚才我和警察叔叔在屋子里聊天的时候,二胖已经把这几天"梦"到的事情全都告诉大中了。

二胖很委屈:"你和我说了那么多鬼故事,我觉得你中邪也没啥错啊。"

大中是个特别喜欢讲故事吹牛的人,尤其喜欢封建迷信的鬼故事,原来他总讲给我听,我觉得我是不怕的。只不过听了以后总是双腿哆嗦,身体无力,走路后怕,觉得背后有阴风,晚上睡不着觉而已,但是我内心深处是不怕的。

后来我觉得二胖胆子小,需要锻炼胆子,于是我就和大中说讲鬼故事应该给二胖讲。因为作为听众,二胖会比较投入,讲的人也会有成就感。

所以大中现在就特别喜欢说鬼故事给二胖听,听得二胖每次浑身发抖哭爹喊娘的。

然后二胖就在我俩巡逻时夜深人静阴风阵阵之际把大中给他讲的故事重新渲染一遍,用远超大中的水平,声情并茂地讲给我听。

我很后悔。

这天出门巡逻的时候二胖就讲了大中给他讲的故事,是个吸血鬼的传说,大意是说现代都市里也有吸血鬼,他们长相与正常人无异,却昼伏夜出,以吸取人的血液为生,用牙在脖子上咬两个洞,然后开始吸,有时候甚至能把人吸成干尸。

我说:"别扯了,吸血鬼都是外国的,咱们国家的叫作僵尸,都是穿着清朝衣服，文化差异，根本不一样。"

二胖说："中国已经改革开放了，我们加入WTO那么多年，外国友人也进来了不少，说不定就混入了几个吸血鬼呢？"

我心里还想着虎虎帮的窃鸟组的事，随口道："你要说服我，首先，得找来一个被吸过血的人，给我看。"

二胖道："大中说，被吸血的，都脸色惨白印堂发黑，说话有气无力的还容易感冒。"

我哈哈地笑着，道："那不就是大中自己吗，他今天不就那样么？"

"……"二胖沉默了一会儿，忽然问我，"你有没有发现，今天这么热，大中穿的却是件高领？"

"大中和我说吸血鬼故事的时候我无意之间看了他衣服一眼，就记住了，哎，你说那高领毛衣……"二胖问，"有没有可能是大中为了遮掩吸血牙印故意穿的？不是说被吸血鬼吸过血以后，也会变吸血鬼吗？"

他这话说得我一激灵，马上在脑中回想大中今天的装扮。你知道，我是个直男，直男从不在意别人穿什么，尤其是男人的衣服，这比让我回忆一星期前的午饭还难。

二胖说："要不然我们回去看看？"

我说："算了吧，就为看一眼人家穿什么跑回去？大中都下班了，他开着车，你追都追不上。"

我俩正说着，忽然路上的一辆车停在了我俩身旁，车窗打开，大中苍白的脸出现在我俩面前。他看着我俩，声音有气无力又语调阴森地说："再警告你俩一次，别惹事！"

我根本没心思听他说什么，全部注意力都放在了他的脖子上，没错，就像二胖说的，大中穿了件与这个季节不符的灰色高领毛衣。

大中警告完我们,一脚油门就走了。

二胖害怕地晃着我胳膊问:"你看没看见,他那高领毛衣上有一块深色的污渍,不会是血吧?"

他的力气太大,我被他晃得有些晕车,连忙阻止了他,道:"等会儿,先别晃,让我想想。"

其实我也看见了大中衣领上的污渍,被二胖一说,心里也有点发毛,一方面想着这世上怎么可能有吸血鬼,一方面又想我连招财街和蛊人都能遇见,多遇见个吸血鬼也没什么稀奇,最后转念一想,我身后还有一个徐小宝在隐秘地保护我,于是又安心了。

此时二胖已经慌了,左看看右看看:"老白,我看过吸血鬼片,现在的吸血鬼,都是晚上出来,找个单身的女的,摁在小道里吸血,不知道的人还以为是俩人亲热呢,其实被害者都快被吸干了。"

他忽然一抖,指着一旁的道道,紧张地跟我道:"哎,你看那个……"

我扭头一看,道道里有两个人,男的把女的摁在墙上,两人在黑暗中缠在一起,看起来分外可疑。

我对二胖使了个眼色,让他先上,二胖一点头,马上躲在了我背后。我沉默了一会儿,只好对着那俩人叫道:"嘿,干什么呢?"

那俩人惊了一下,马上分开了,男的马上背过身不看我,手捏得紧紧的,好像是有点害羞。那女人看了一眼男人,叉腰对我骂道:"干什么,巡逻员管天管地还管人亲热吗?"

我看那俩人显然都神志清醒,知道这事我和二胖想歪了,只好硬着头皮让他们大庭广众之下注意一点。

被这么一折腾,我和二胖内心都有点尴尬,也就把吸血鬼的故事抛到了一边,正常地巡逻工作。

下班之后,我把二胖送回家,转头骑着摩托就准备回小区去那栋住宅楼看看,看那里是不是真有窃鸟的记号。

进了小区,我把摩托开到停车棚里,然后打了个寒战,也不知道是不是听二胖鬼故事说多了,我总觉得今天的风有点阴,加上车棚没灯,只有月光照着。

我停车的时候一低头,扫到后视镜,忽然头皮有点发麻,我从摩托车后视镜那里看到车棚后面站着一个人!

我猛地一转头,却什么人都没看见,只有风卷着土从地上飘过。

我连忙叫道:"徐小宝!徐小宝!"

我叫了好几声,才看见徐小宝从车棚上方翻下来,问道:"怎么了?"

我说:"刚才你有没有看见有人站在我身后?"

徐小宝表情有点尴尬,眼睛转了转,道:"没有啊。"

我看他这表情就觉得不靠谱:"你确定?"

徐小宝怒道:"既然你不信我,那我就回去了!"说完,几步跳到远处,嗖地一下就不见了,也不知道跑哪里去了。

来福慢悠悠地道:"小孩子就是沉不住气,你看看,说谎被发现,恼羞成怒了吧。"

徐小宝一走,我也没了什么底气,心想赶紧看完标记回家。按着丁凌给的地图走向有标记的那栋楼,走到楼头,忽然听到一阵鼻音很重,特别暧昧的哼哼声,我转头一看,暗处有两个人腻歪在一起。

我心头马上又浮现了刚才二胖和我讲过的吸血鬼的传说,但刚刚我和二胖已经蠢了一次了,这次绝对不能再蠢下去。这时正好又有人进那单元,于是我干咳了一声,没有打扰那对野鸳鸯,也跟着走了进去。

丁凌给的地图上已经标明了被做记号的一家,我就直接走到了那家门口,拿手机照着看,果然找到了标记,是两个带线的长方形,和三颗星星。按照之前来福说的暗号的解释推断,这家是住着两个女人,贼打算半夜三点行动,现在上面没有勾,就说明那些贼还没来。

看好以后我心生一计,吐了两口吐沫,把那画给蹭没了,这屋里住着两个小姑娘,可不能让她们遇见那凶残的恶贼,如果那些贼想要闯空门,欺负老弱病残,还能每次都让他们如意?不如就让他们闯个人多的地方——等我回家,我就把这图画到我家门口!

处理完标记以后,我觉得自己做了一件好事,正乐滋滋地下了楼,忽然听见来福说:"老白,我从刚才,就隐隐觉得这附近,有邪教的人!"

他这话迅速让我把兴高采烈的心情转化成了惊恐。

我说:"你确定?"

"都和你说了,我实力下降,感觉不像原来那样敏锐。"来福说,"但是我明显感觉到了邪教人身上蛊虫的气息。"

你这说话靠不靠谱啊!

我哭丧着脸,心惊胆战地拉开单元防盗门,先探头看了看外面,外面月光刚被云层遮住,只有昏暗的路灯光照向地面。我们小区特别省电,路灯光有和没有差不多。

我真想在这楼里躲一晚上,但一想如果那邪教人就在这楼里,那我就是自寻死路。于是我拉开门,慢慢地走了出去。

走到楼头,我瞟了一眼刚才那两个人腻歪的地方,那俩人已经不见了。

我正准备接着走,无意间瞟了一眼地面,却看见地上倒着一个人,只能借着光看见下半截身体,那半截身体像是被人拖拽着,一下子就被拽到了黑暗处!

来福低声道:"小心,有邪教人的气息!"

我贴墙而站,对来福道:"你先去看看,那边藏着什么人。"

来福从我手上拉长,进到黑暗中,顺着那人被拖拽的墙脚拐了过去。

我等了一会儿,又见来福缩了回来,对我道:"那边没有人。"

我说:"会不会是什么野狗?"

来福道:"也没有,什么都没有,不信你去看。"

我走到楼后,这栋楼是小区最边上的楼,后面除了围墙没什么其他东西,甚至连路灯都没有。这里果然一片寂静,没有任何人在。我都快要以为自己刚才眼花了,往前走了几步,脚下却踢到了什么东西,捡起来一看,是一只男式皮鞋。

我说:"这谁扔的垃圾?"

"不可能!"来福骂道,"这肯定是一只刚掉下来的皮鞋,里面还有湿乎乎的脚汗,鞋臭味都是热乎的,你别用大拇指摁着里面啊,就那点味儿我全给闻了!"

也许这就是我刚才看到的那个被拖走的人的鞋吧!可是鞋在这儿,那人去哪儿了?

我这么一想,忽然觉得有点发怵。这深更半夜的,一个大老爷们,忽然被什么东西拽到了黑暗里,一瞬间就消失了,生不见人死不见尸的。

我扔了那鞋,往后退了几步,问来福:"你现在还能感觉到邪教人的气息吗?"

来福道:"能感觉到。我觉得这次的对手似乎很凶险。"

我又问:"他在哪儿?"

"我怎么知道……"来福正要和我说话,忽然指向我身后,惊慌道,"你看!"

我转头一看,在我刚才过来的方向,地上多了一个人的影子,影子的主人正在往这个方向走。

我对来福道:"我们一起冲上去,攻其不备,你去勒他脖子!"

来福问:"那你呢?"

我说:"我逃跑!"

来福还想反驳,我揪住他的头,一把把它抻长,朝着那个人影甩了出去,然后探头去看,准备伺机逃跑。

谁知这一看,看到对面站着徐小宝,他捏着来福的头,问我道:"你这是在干吗?"

我说:"你怎么来了?"

徐小宝道:"丁老头怕你在外面出什么事,让我接你回去。"

我问:"你刚才过来的时候有没有见到什么可疑的人?"

徐小宝道:"最可疑的就是你了,干吗躲在楼后面。"

我想到那只男鞋,总觉得有点诡异,但这会儿黑灯瞎火也不好继续搜寻,心想明天早上再来看看,于是就和徐小宝说了记号的事情,并告诉他我的计划——等回家以后我就把记号标在我家门口,然后等着瓮中捉鳖。

等回到我家那栋楼,正好上去的电梯要关,我连忙喊了一句等一下,三步并作两步在电梯关上之前冲了进去。

一进电梯,就闻到一股浓郁的幽香,我一抬头,看见一个美艳绝伦的女人。

那女人盘着头发,额边几缕碎发,红色裹胸长裙衬得皮肤纸一样白,一双眼尾上翘的丹凤眼似乎能勾人魂魄,嘴唇虽厚却性感,烈焰一般的颜色,红得像火。

我没想到电梯里还藏着这么一个漂亮女人,顿时呆住了。那女人朝我一笑,伸出手,越过我的身体,涂着红色指甲的白皙手指摁了关门键。

徐小宝还没进来,他的声音从电梯外面传来:"你先上吧,我搞不懂这机关屋子,我从窗户回了。"

我盯着那女人的红唇,直到那女人问:"几楼?"才缓过神。

我说:"十楼。"伸手摁了楼层,然后又看着那女人问,"美女,我们是不是见过?"

那女人瞟了我一眼,问道:"怎么,搭讪?"

"不是。"我说,"我真觉得我好像见过你,就是今天,隔着马路,你戴个墨镜……"

"真的吗?"女人红唇一弯,呵地一笑,眼睛瞟向我,"你眼神不错嘛,隔着一条马路,还能看清?还能记着?"

我说:"要是街对面是美女,就很难忘。"说到这,我忽然发现电梯只亮了个数字10,就问,"你几楼?"

美女慢悠悠地道:"10楼。"

我惊道:"那我们还是邻居!我怎么从来没见过你?"我们这楼一层四户,虽然邻里之间没什么交际,但一层楼上的彼此都见过面,这么一个大美女和我住同一层,我竟然完全没印象。

此时电梯已经停到了十楼,"叮"的一声开了门,那美女先我一步走了出去,道:"你不认得我,我可认得你,任天白,二十六七,尚未娶妻,好像是个巡夜的……"她笑着瞟了我一眼,"小巡逻员是吧?"

我跟着走了出去:"你知道我这么多,可我还不知道你是谁。"

美女道:"我叫玄如玉。"

我说:"你这名字很特殊啊,可以直接去言情小说里当女主角了。"

玄如玉笑了笑,走到我家对门,摁了门铃。

我站在她身后,盯着她摁门铃,我记得对门是一对年轻小夫妻,几个月前刚搬过来的,搬家的时候我们还打过照面。这个美女难道是他们的亲戚?可这美女性感中透着一股高高在上的霸气,那对夫妻的长相气质,都和她没有丝毫相似之处。

没过多久,门开了,对门的女主人裹着一件大衣,一手揪着领口,一手开了门。我这时才发现,她和这美女并不是完全没有相似之处——她们都一样白。不过女主人的白看起来苍白而憔悴,那玄如玉的白却是牛奶般细腻的白。

关门之前,玄如玉又看向我,左手手中指食指在嘴唇上一按,向我抛了个飞吻:"晚安,任天白。"

直到她关上门,我满脑子都是她的红唇,直到来福啪啪地抽我的脸:"醒醒,醒醒,该干正事了,那么丑的雌性也能让你看呆。"

我震惊了:"丑?你说这种等级的美女丑?!那什么样的才叫美!"

"你让我说我就直说了,你们人类的身体丑得不得了,脸上还有好几个凸起的部分,一点都不平滑,按照我看,你们还不如这个美呢。"来福伸长身子,指向了地上的半截绳子。

我看到那绳子,就觉得没必要和这个长在我手上,脸都是2D平面图的虫子再争论下去了,审美差异太大,根本没法沟通。

但当我的目光从那半截绳子移开的时候,我意外地发现,对门门口的墙边上画着什么。

我蹲下去看,那是两个加了线的长方形,旁边有三颗星星——这家住着两个女人,半夜三点来偷!

这不是窃鸟的暗号吗?

这时我身后咣当一声,徐小宝踹开我家门,跑到我身边,看了一眼,道:"你不是说要把记号标在你家门口吗,怎么画到这了?"

我说:"不是我画的。"

"窃鸟自己画的?"徐小宝说,"那正好,你赶快把这标记擦了,换到你家门口!"

"我现在有了一个新的计划。"我拦住徐小宝的肩膀,"我觉得作为一个小偷团伙,窃鸟的记号可能不像我们看到的那么简单,假如他们的记号中还有其他的机关,我们重新画了记号又被他们识破,反而打草惊蛇,他们有了戒心以后,我们反而更难抓住他们。不如我们就把这个记号放在这,等那些小偷上门以后,我们再把他们一举抓获!"

来福道:"你不就是想英雄救美,吸引那个女人……"我一把握住了右手大拇指,让他出不了声。

徐小宝想了想,道:"你说的也有道理,那就这样吧。"

半夜发现邻居家遭贼,英勇的我挺身而出,这简直就是英雄救美的经典桥段啊,我的内心十分激动。

回到家,丁老他们就围了上来,问我有没有打探到什么消息。我心想才一天能打听到什么啊,索性就把大中给二胖讲的那个吸血鬼的故事和他们说了一遍,没想到说完以后,丁老一脸严肃地下了定论:"邪教!"

我都吃惊了:"这也和邪教有关?"

"邪教有很多分支。"丁老道,"这中间有不少邪法,我们都不晓得。"

我问道:"可他们吸血干什么呢?"

"这就说来话长了。"徐小宝说,"传说之前有人靠吸血练功,练成了永生不死的绝世神功,所以就有追随者成立了一个帮派,也试图练就神功。这帮人邪性得很,我之前也没和他们打过什么交道,如果你遇到这些人,最好离远点,不要和他们直接对抗,毕竟太邪了,我们对他们也没什么了解。"

关神医道:"你干爹赵霖会不会知道得多一点。"

徐小宝道:"他对那些人也看不顺眼,我觉得应该也不知道什么。"

我想了想,说:"算了,吸血这事还不知道是真是假,我们先解决这窃鸟帮。"

我在家里大门旁边等着,等着等着便睡着了。忽然旁边有人拍我,我睁眼一看,徐小宝指了指门外,看来是终于听到门口传来声音了,我趴在猫眼上一看,外面有两个男人,拿着个小手电,正在撬锁。

这些小偷也随着社会发展而进步,现代用品用得还挺顺,没几下,就把门撬开了,两个小偷悄无声息地进了屋子。

见他们进去,我拿了事先准备好的棍子,带着徐小宝和丁老来到对门,我正准备敲门,来福道:"要是那两个贼本来想偷了东西就跑,你把对门的人都吵醒了,那俩贼狗急跳墙,伤了主人家怎么办?"

丁老闻言,也摁住我的手,道:"使不得,我们等他们出来哈。"

于是我们就守在门后,等待那两个窃鸟门的毛贼出来。

这一等就等了一个半小时,眼看着外面天都亮了,那两个贼却还没有出来。

这时候我就开始担心了,本来只是想英雄救美,但都到这会儿了,那俩贼还没出来,别真出什么事了!

我对徐小宝和丁老说:"不行,我得敲门了,要没人开门,丁老你就把门拍开，进屋后你们看着有什么不对，别的不管，先救人！"

他们点过头后，我就把耳朵贴在门上，开始敲门，边敲边听门里动静，本来以为不会有人开门，没想到没敲几下，门就开了。

玄如玉散着头发，穿着件低胸红色睡裙，外面披着一件同色薄纱，懒洋洋地看着我，丹凤眼一扬，红唇微启，问："干什么？"

丁老马上转过身去，嘴里念叨着："老子啥都没瞅到，哎哟，这妹子穿的都是啥子……"边说边把徐小宝眼睛也蒙上了。

玄如玉一脸淡定，像是刚睡醒。我愣了一下，才道："你还好吧？"

玄如玉道："好啊，你有什么事？"

"你……"我又问，"你家里还好吧？"

玄如玉回头看了一眼："好着呢。"

"呃……"我努力回忆这家小夫妻的姓名，应该是男的叫郑鹏，女的叫莫巧兰，"是这样，之前郑鹏从我家借了一个螺丝刀，一直没还我，我现在有急用。"

"郑鹏？"玄如玉眼睛一眯，"他不在。"

"不在，那我自己进去拿吧！"说完，我也顾不上那么多了，直接从门里挤了进去。丁老和徐小宝也跟着挤了进来。

这房子格局和我家一样，两室两厅一厨一卫，我们三个一进门，就分散开来，每个房间都去看。

所有的房间都看过了一遍，都没有找到那两个小偷。

玄如玉靠在门口，看着我们问道："大早上的，你们就那么急着找一个螺丝刀？"

我站在卧室里，拉开窗帘看了看飘窗，然后一肚子的问号。这不可能啊，两个大活人，难道还能凭空消失？忽然目光就落在了床边的衣柜上。

所有地方都找遍了，要说能藏人的，也就是这两个衣柜了。

我向丁老和徐小宝使了个眼色，然后猛地拉开了衣柜的门！

接下来的瞬间，我吓呆了！

衣柜里站着一个女人！

那是本来就住在对门的那个叫莫巧兰的女人，她面色惨白，身上裹了三四件衣服。那些衣服把她的身体裹得严严实实的，只露出了一张纸一样白的脸和一双惊恐的眼睛！

徐小宝也吓了一跳，一步蹿到了窗台上，丁老则在第一时间挡在了我身前。

我指着那个女人，半天不知道该说什么："你你你……这、这……这可是衣柜啊……"

"你们找东西，就是这样找的吗？"玄如玉倒是一点都不吃惊，款款走到那女人面前，把那女人抱到怀里，像安抚小狗一样摸了摸那女人的头发，对我们道，"你吓坏我家莫莫了。"

我说："她躲在衣柜里干什么？"

玄如玉道："她喜欢，就由她去喽。"

我知道这女人姓莫，但是不知道她有这种爱好。

我说："是不是有人逼你进去衣柜的，像是小偷什么的？"

那女人缩成一团，摇了摇头。

丁老又开了衣柜其他的门，并没有什么异样。

屋子里能藏人的地方并不多，我们能看的都看了，但那两个小偷就像是神隐了一样，完全消失了。

玄如玉道："如果你们想要螺丝刀，去买一个喽。"她随手扔过来一个钱包,"要多少钱,自己拿。"

我说:"算了,等郑鹏回来,我再问他吧。"

"等他回来?"玄如玉笑了笑,"好吧……"

我不甘心地问:"你家里有没有丢什么东西?"

"我钱包都在这,你说呢?"玄如玉手向门口一伸,"那好走不送。"

我、丁老和徐小宝一无所获,只好出门回家。

我说:"那两个贼到底去了哪儿?"

"这个不是问题,他们可以从窗户逃的嘛。"丁老说,"可是他们家那么干净,看起来完全不像遭过贼的样子,奇了怪喽。"

徐小宝道:"俗话说贼不走空,那屋子里只有两个女人,他们怎么可能什么都不偷就走呢?"

我们一头雾水,谁都没法回答这些疑问。

我让丁老和徐小宝盯着对门,自己回去睡了一觉,睡醒之后,已经到中午了,我问丁老和徐小宝:"有没有什么异状?"

徐小宝道:"能有什么异状,那门从头到尾,开都没开过。"

我想去看看原本被窃鸟盯上却又被我把标记蹭了的那家有没有什么动静,于是让丁老和徐小宝继续看着对门,自己往之前被标了记号的那栋楼走去。

第 13 章
又黑又冷 B14 号楼

昨天晚上一惊一乍的,没注意这栋楼的楼号,今天走到这楼前,我看到这楼的楼号是 B14,猛地站住了!

B14?!

这是我们小区有名的鬼楼。

就算是白天,也没几个人往这边走,更不要提晚上了。也不知道为什么,我们这个小区入住率极高,平时其他楼晚上家家户户都亮着灯,这栋楼却总是黑漆漆的,偶尔亮着几盏灯,看起来也是阴气森森的。

据说有些大妈还特地问过物业,物业说这栋楼的房子都卖出去了,可是她们观察过,整整一个白天,这楼里几乎没有人出门。

这诡异的事情一传十十传百,小区里人都觉得有些晦气,不愿意靠近这楼,不过也有些胆大的年轻人进来探险,却什么都没有找到就回去了,说就是普通的楼房,没什么特别。

这倒也是,毕竟是一个居民楼,里头住着人呢,能有什么异样?

我站在楼前看了半天,大楼被中午的阳光照着,和其他的楼房没有任何差别,一点阴气都没有。而且这楼里肯定住着人呢,不然我昨天晚上也不能从单元的防盗门跟人进去啊。

我从门锁那随便摁了一户人家，没多久，听到一个有气无力的声音："谁啊？"

我胡诌道："物业，开个门，换灯泡。"

门开了，我一进单元门，顿时打了个寒战。昨天晚上天凉，我一直觉得身上发冷还没觉得这里冷，今天中午本来就是太阳晒得身上热乎乎的，这单元里却又黑又冷，温差一大，就很明显了。

这楼里比我家那个楼的温度要低了好几度。

我坐电梯来到昨天画符号的那一户，那符号我昨天是怎样蹭掉的，今天还是什么样。我不太放心，又敲了敲那家门，没过多久，一个女人开了门，那女人脸白得有点发青，眼睛旁边两个黑眼圈，脖子上系着个围巾："干什么？"

我说："我是小区物业，最近有人举报小区有小偷，提醒一下你们，注意安全，看到可疑人员要及时向我们报告……你们没遇见什么可疑人士吧？"

那女人道："没有。"然后马上关上了门。

我在门口有点疑惑，怎么最近大家的皮肤都这么白，一个一个白得跟纸一样，难道这是女人新流行起来的化妆术？

我正奇怪着呢，忽然听到来福幽幽地说："老白，我们快点出去吧，在这里我有点害怕。"

我问："怎么了。"

来福说："我总觉得有人在盯着我们。"

我被他说得有点发寒，连忙进了电梯，说："防盗门上都有猫眼，应该是刚才那女的从猫眼上偷看我们。"

来福道："没那么简单，我总觉得附近有邪教的人。"

我听到来福这么说，越来越觉得这楼里阴森，坐的电梯一到一楼，我就冲出了这个单元。

我问来福:"你是说这个楼里隐藏着邪教的人?"

来福说:"我不知道他们是不是在这个楼,但那些人应该就在你家附近,因为每次一靠近这个小区,我就能感觉到邪教人的气息。"

他这么一说,我又想起昨天晚上看到的,那个被拖走的男人,昨天晚上我没找到那个人,现在是白天,说不定我能找到什么线索。

于是我又绕到楼后,看见昨天那半只被扔掉的男鞋还在地上。我捡起来一看,隔了一夜,鞋子又被扔在楼的阴影处,早就凉了,脚臭味都给冻没了。

我左右看看,还是没找到什么有用的线索,正准备走,忽然感觉头顶有什么东西在飘,抬头一看,顿时惊出一身白毛汗!

一具死尸挂在我头上,离我大概只有半米的高度,尸体已经干了,衣服裤子像个衣架一样地挂在尸身上面,一只脚上还套着只棕色男鞋!

那鞋被勾着,摇摇欲坠,和我手上的鞋一模一样!

怪不得昨天那男人那么快就失踪了,原来他被挂在我头上了!

我昨天找鞋的时候,这个男人就在我头顶!

这画面太吓人,我往后退了几步,腿有些发软,来福马上伸长身体,托着我:"有什么怕的,他已经死了。"

我后怕道:"我昨天是不是见鬼了,他尸体都干了,显然是早就死了,但是我看到他被拖走的时候……身体是好的,我去他大爷的,不是真见鬼了吧!"

来福拉长身体,到那干尸脑袋附近看了看,缩回身体,对我道:"放心,不是见鬼,他脖子上两个洞,血被吸干了。"

我惊道:"吸血鬼?"

来福说:"放心吧,根本就没有什么吸血鬼,这应该就是那群吸血练功的邪教人搞的。"

我说:"那还好。"

来福忽然面色正经地道:"不过你要小心,这群人和普通的武林人士不同。"

我心中一跳,问:"哪里不同?"

来福用阴沉的语气说道:"因为普通武林人士杀人见血,他们杀人不见血!"说完之后,他哈哈哈地笑了起来,"我跟你说,哈哈哈哈,这个笑话只能用在他们身上,这个笑话我想了好久,从昨天晚上就想说,终于找到机会说出来了哈哈哈哈,真是太棒了,这个时机说这个笑话真是完美,我怎么这么有幽默感!"

我怎么就忘了这虫子的本性呢!我忍住一巴掌拍死他的欲望,默默地转过身,报了警。

要是警察能顺便把这虫子也带走就好了。

没过十分钟,一辆黑色轿车停在我面前,车上下来两个男人和一个扎着马尾的美女。美女上身白衬衣下身牛仔裤,明明是很普通的搭配,却因为腰细腿长,格外好看,尤其是这好看中还透着一股冷傲劲儿,就让这美女看起来特别显眼。

我连忙迎上去:"丁凌,你怎么来了?"

丁凌问:"你报的案?尸体在哪儿?"

我往楼后一指,丁凌一挥手,那俩人马上跑到楼后,轻车熟路地收拾尸体去了。丁凌道:"这种事情都是由我们处理,以后遇到这种事,你直接打电话给我,不要报警了,麻烦。"

我说:"听你这意思,这事以前发生过?"

丁凌说:"我们怀疑这些事情和某些邪教组织有关。正好,我也有事问你。"她拿出一张照片,问我,"你有没有印象?"

照片上的女人看起来有些眼熟,但就是记不清在哪儿见过。

丁凌说:"这女人昨天晚上报警,说被神经病咬了,我们调出监控来看,发现你和二胖与她有过交流。"

"昨天晚上?"我什么都没想起来。

"这女人说她昨天晚上去见保持暧昧关系的网友,见面之后两人马上打得火热,然后那男人把她往阴暗的地方带,她本来以为会亲热一下,没想到那男的突然咬了她的脖子。"丁凌继续道,"她说之前那男人也想咬,结果被两个巡逻员打断了,她骂了那两个巡逻员以后,带着那男人到了别处,没想到还是被咬了。"

这么一说我就想起来了,昨天我和二胖确实是见过两个在道道里腻歪的人,打断他们以后还被那女的骂了一顿。这么一想,当时我们叫住那对情侣的时候,那女人面对我们,男人却是马上背过了身体。

看来从那时候起,就已经不对劲了!

我把遇见那女人的经过和丁凌说了一遍,只可惜我没看到那男人长什么样。

我们这边正说着,那边丁凌带来的两个男人已经把尸体收好,放到车里了,其中一个过来,对丁凌耳语了一番。丁凌听完后,对我说:"这男尸是被绑在三楼防盗窗和树之间的绳子吊起来的,尸体体内的血被吸空,而且他很有可能是被吊起来之后才死的。"

这话听得我后背脊椎全凉了,这就说明,我拿起鞋看的时候,他还没死,就在我头顶挣扎,但是我竟没发现!

也许我一抬头,就能看见他死亡前挣扎的画面,也许我一抬头,就能和那个吸他血的凶手对视!

当时我的一举一动,应该都在那个凶手眼中。

那时徐小宝已经回了我家,我身边只有一只爱说冷笑话又遭人厌的虫子,那凶手要杀我,根本不费吹灰之力!

我越想越后怕,只觉得自己是运气好捡了一条命,不然那绳子上吊着的说不定是两具男尸。

说起来那被咬的女人是和人腻歪,我进这楼之前也见过一对腻歪的情侣,出来以后就看见那个男人拉走,变成了干尸,这其中会不会有什么关联?

我把这个推测和丁凌说了,丁凌道:"我们回去对这尸体做进一步的调查,你也小心,你现在很容易陷入危险。"

她竟然在关心我!我正在感动,又听见丁凌道:"如果你觉得生命垂危活不了,那一定要尽力留下有用的线索,这样也算死得有价值。"

这位姑娘,你是不是有点太冷血了。

丁凌临走之前,我又想起一件事,对她说:"你帮我调查一下住在我家对门的那户人,男的叫郑鹏,女的叫莫巧兰,还有一个长得非常漂亮的女人,叫玄如玉。"

我总觉得对门那两个女的有点说不上来的怪异,尤其是那个莫巧兰,好端端地竟然躲在衣柜里,还有那个玄如玉,漂亮是漂亮,但那漂亮中总透着一丝诡异。

丁凌走了以后,我问来福:"现在周围有没有邪教的人?"

来福道:"有。"

我转过头,重新打量我家小区,在这住了这么多年,没想到会有一天觉得这地方大白天也这么阴森,尤其是被来福提醒以后,我总觉得有人在盯着我。

下次出门果然还是得带个保镖，不然无法安心，我正准备回家，忽然听到身后有人喊道："喂，你等下。"

我转头一看，叫我的是一个妇女，体态微胖，笑起来非常有亲和力，大概四十出头。

那女人说："我记得你，你姓任，我姓罗，你叫我罗姐就行，我们一个小区的。"

罗姐问："刚才那车是干什么的？我看他们把什么东西搬上去了。"

我心想小区妇女又来八卦了，顺口说："没什么，收垃圾的。"

罗姐说道："不是吧，那么好的车用来收垃圾？"

我说："淘汰掉的旧家具，不就是垃圾吗？"

谁知那罗姐左右看了看，忽然低声道："小任，你别骗我，我可什么都看见了。"

我马上反问道："你看见什么了？"

罗姐凑到我身边，低声道："是不是死人了？"

我惊了一下，马上反驳道："没有，哪儿死人了，别胡说，造谣传谣是犯法的。"

罗姐看了我一眼，道："别人不知道，我知道，这死的人已经不止一两个了，只不过那些尸体都被秘密处理掉了，来的都是像刚才那辆车一样。"

我本来以为丁凌他们的保密工作做得很好，没想到随便一个小区大妈都能发现。我问："你还知道什么？"

罗姐说："我知道这世界不太平，我已经观察周围很久了，我看你是警察才和你说的，本来我想昨天和你说，但是昨天晚上那车棚不太对，我看见有人飞到车棚上了，以为有鬼，就吓得躲起来了，没想到是你朋友趴在车棚上呢……"

原来昨天晚上在车棚里出现的人影是她啊。

"我不是警察，我是个区域巡逻员。"我说，"那小子年纪小，又是青春期，就喜欢上蹿下跳的，他跳远跳高都特别好，所以经常跳高跳远一起来，没事就跳车棚上，我怕他损害公物，训过他很多次了他就是不听，吓到你了啊，那我帮你揍他……"

罗姐说："能跳到车棚上，他能去参加奥运会了吧？"

"我觉得也是，下次我就给他报名，让他为国争光。"我马上转移话题，"那你昨晚找我有啥事？"

罗姐又左右看了看，然后把手放在嘴边，轻声道："这城市里有吸血鬼！"

我在心里哎哟了一声，道："罗姐，你别开玩笑，这世上哪有吸血鬼。"

罗姐说："小任，你别装傻了，你也看到了，那楼后挂着一个干尸。"

我问："你看见了？"

罗姐说："你说哪个？"

我之前以为罗姐说不止一个是夸张，没想到听她这话似乎真的见过不止一个，我说："你看见了几个？"

"加上这个是两个了。"罗姐道，"而且其中一个我不只看见了，我还知道他是谁。"

昨天晚上黑灯瞎火的，罗姐又是怎么知道死的是谁？那死尸挂在半空，正常人看到一个干尸都得吓得腿软，面前这中年妇女，怎么看也不像会去观察死尸的人，除非……

我后退了一步，一脸怀疑地看着罗姐。

罗姐说："你别多想，你看我这体形，也不像吸血鬼啊，而且我说的不是这个，是之前死的那个。"

我说："之前那个是什么情况？"

罗姐对我探过头，神秘地道："你知道咱小区附近那个公园不？那边有个地方新长了些野菜，树上还有点榆钱，摘回来还能包个饺子。但是白天大家都看着，我摘了会显得很穷酸，于是我特地把表定在了凌晨三点，闹钟一响我就起床去摘菜了。"

我说："大妈啊，为了个野菜，你也够拼的。"而且你这么神秘的模样，就和我说个偷野菜？

"那你是不知道啊，野菜这个东西，要是被别人发现了，一会儿就被摘完了，现在这年头，有些人可坏了，和我不一样，他们不要脸，白天也正大光明地摘！我还有公德，想着半夜的时候偷偷去摘，没人看见，没人和我抢了。"

"半夜摘不也是摘吗？"

罗姐不禁怒道："你先别打岔，让我说完。"

我说："您说您说。"

"我拿了个手电筒，半夜去摘野菜，正准备摘呢，忽然看到地上有东西在发亮，我捡起来一看，是个手机，我想怎么能有个手机掉在这呢？就把手机揣兜里了，拿手电筒往旁边一照，照出来一个干枯的东西，我本来以为是树枝，结果一仔细看，那树枝还套着衣服，我蹲下去想捡起那树枝看看，没想到一拉，竟然是个干掉的人手，哎呀妈呀，吓得我啊，野菜都没敢摘，直接就跑回家了！"罗姐捂着头，拍着胸口道，"你不知道啊，那天我的心啊，一直嘭嘭嘭地跳，哎哟妈呀，感觉就要吓死过去了。"

我也听得很紧张："然后呢？"

"第二天白天，我再回去，就发现那干尸不见了，然后也没有什么新闻出来,如果不是捡到了个手机,我真以为我做了个梦呢。"罗姐又说,"那手机不是上着锁吗?我也看不到里面的内容,但是我拿着那手机,第二天有人打电话来,我就接了电话,电话是个快递打的,我忙问了这手机主人的姓名和住址,马上就知道那干尸是谁了。"

"是谁?"

罗姐拉着我,指向小区中的某栋楼:"就是住在那栋楼,十楼的男的,姓郑。"

我一看那栋楼,头皮马上炸了,那不就是我家住的楼吗?

十楼只有一个姓郑的,就住在我家对门,莫巧兰的老公——郑鹏!

怪不得郑鹏昨天晚上不在家,原来是已经死了!

罗姐还在一旁诉说自己的心情:"哎哟小任你是不知道啊,那几天把我吓得啊,门都不敢出,一出门啊,我这心就怦怦地跳……"

我忽然明白了为什么虎虎门窃鸟做的标记上只有两个女人,因为那家里唯一的男人已经在一个月前死了!

但是老公无故失踪一个月,作为老婆的莫巧兰不可能不知道,难道昨天她躲在衣柜里也是因为她老公的死?

如果是发现自己老公变成了干尸,精神上受到刺激,变得怪异,似乎就能解释她昨天晚上的反常了。

但是玄如玉,和对门那对夫妻到底是什么关系?我昨天好几次说到郑鹏,她都没有告诉我郑鹏的下落,我还记得我昨天说郑鹏回来再来拿螺丝刀的时候,玄如玉那意味深长的笑。

正常人会在那个时间点笑?

还有那两个小偷,到底去了哪里?

脑子里谜团太多,我决定再去莫巧兰家探探消息。

罗姐一把拽住我："小任，有什么事你也得和我说一声，不然我这心啊，一直担惊受怕的，放不下来。"她压低了声音，对我道，"比如说，你要是知道了吸血鬼的下落，就告诉我。"

我心想就算告诉你了又有什么用，但一看罗姐眼中闪着八卦的光芒，就把那话咽了下去，点了点头。

我来到十楼，先回了自己家，找来徐小宝做保镖，又叫了关神医。

关神医拒绝道："要是打架找帮手，你不应该找我。"

我说："不是打架，是你的专长。你能不能看出吸血鬼来……不，是练吸血邪功的？"

关神医反问："路上随便过来一个人，你能看出他今天早上吃的是什么吗？"

我说："那被吸血的呢？"

关神医道："血气不足，当然能看出来。"

我拉他走："那就对了，你和我来吧。"

我敲了郑鹏家门，开门的又是玄如玉，不过这次，我还没说话，她倒先开口了。

玄如玉说："小巡逻员，你来得正好，有件事我要你帮我处理一下。"

我说："正好，我也有事想要问你……"

玄如玉没有听我说话，直接说道："我家遭贼了。"

我心里一跳："昨天晚上？"

玄如玉问："你怎么知道是昨天晚上？"

我连忙遮掩道："我猜的，丢东西不都是晚上吗？"

玄如玉转身带我们进了房间，路过客厅的时候，我看见莫巧兰裹着一床被子，坐在沙发上，只露出了一张苍白的脸，木然地看着前方。我一路盯着她,她都面无表情,眼睛虚无地盯着前方,似乎没有看见我们一样。

关神医估计也是看出这个女人不对了,"嗯"了一声,瞟了她一眼。

玄如玉进了书房,拉开柜子对我们道:"里面的金饰都不见了。"

那柜子被翻得乱七八糟,放首饰的盒子也被打开,里面空空如也。

我问:"你什么时候发现的?"

玄如玉说:"刚刚发现的。"

其实我早知道她家进了小偷,但我不能告诉她。

玄如玉却自顾自地说:"问题是昨天晚上我还看见过这些金子,今天就不见了。这期间我和巧兰一直在家,真不知道那小偷是怎么进来,又怎么偷完东西出去的。"

我知道那俩小偷是怎么进来的,可是不知道他们是怎么出去的。

玄如玉对我道:"你是巡逻员,能不能帮我把东西找回来?"

我是做巡逻员的,又不是做警察的。我走到飘窗边,开了窗户往外看,之前丁老和徐小宝都推测那俩小偷有可能从窗户逃出去,不知道能不能找到什么线索。

谁知道我一伸头,就看见窗沿外有一双手,我顿时有点懵,我从十楼的窗户探头往外看,竟然看到外面的墙上挂着一个人!

那人正好仰着头,和我对视上,一看见我,那人喜笑颜开:"哎呀太好了,我总算又看见你了,你还认得我不?我之前和你打过招呼,我叫'壁虎'!上次我话还没说完你就把我推下去了,你这样有点过分你知道吗?你们这边房子长得都一样,我这几天为了找你爬了好几栋楼房,但是我又不好意思敲人家窗户,累死我了……"

玄如玉在我背后笑道:"怎么,窗外有什么?小偷总不至于从窗户飞出去吧？"

"壁虎"说："这次我总算没有找错窗户，我找到你了，我好开心好激动，那么，你能把蛊王给我了吗？呀啊啊啊啊……"

又来？我没等他说完，一巴掌就把他推了下去。徐小宝蹲在飘窗上伸着脑袋看："哇，掉下去，飞走了。"

玄如玉道："什么声音？"

我转头对玄如玉道："没什么，应该是外面有人练嗓。"然后随手关上窗户，"这事我觉得我解决不了，毕竟我是巡逻员，不是警察，要不然你还是报警吧。"

"那就算了，也没有多少钱。"玄如玉一耸肩，"反正也找不回来。"

我看她一副要送客的架势，马上问道："对了，最近一直没有看到郑鹏啊，他出差了吗？"

"郑鹏？"听到这个名字，玄如玉嘴角露出一个讥讽的笑容，"他可能永远回不来了。"

我说："你是说……"

玄如玉一边带着我们往外走一边道："他在外面有了情人，当然不会回家了。"

这个回答完全出乎我的意料，我问道："情人？他、他不是……"

玄如玉淡淡道："他在外面有了女人，已经不需要这个家了，要不是那个负心汉，莫莫也不会变成这样。"

客厅里，莫巧兰还是雕塑一样坐在沙发上，眼神直直地看着前方。

玄如玉看着她，眼神中露出一丝怜悯，语气中带着惋惜："真可怜，痴心错付，把自己折腾成这副模样。"

我说："你确定郑鹏不回家是因为第三者，而不是因为出了什么事？"

"出什么事？"玄如玉看着我，微微一笑，"难道他还能死在外面不成？"

"难道……"我刚想问难道警察没有通知你们，忽然一声尖叫打断了我的话。

"啊！啊！啊！"客厅里的莫巧兰忽然抱住了头，大声哭喊，疯了一样地抓着自己的头发，"郑鹏！郑鹏！他死了！死了！所有人都死了！啊啊啊！都是我的错！是我的错！啊啊啊！"

徐小宝吓得嗖地一下躲到了我身后，从我肩膀往那边看："哎哟喂，吓人一跳，怎么是个疯婆子。"

关神医则晃着他的扇子，饶有兴趣地看着莫巧兰。

玄如玉一副见怪不怪的模样，走过去抱住莫巧兰："乖，没事了，不要害怕，有我在呢，乖哦，莫莫。"她丹凤眼微弯，红唇异常妩媚地扬了起来，轻轻拍着莫巧兰裹在身上的被子，红色的指甲异常地显眼。

莫巧兰面色惨白，发着抖，缩在玄如玉怀里。

这状态看起来十分诡异，因为莫巧兰并没有因为玄如玉的安慰而镇定下来。莫巧兰虽然不再大喊大叫，但是身体抖得更加厉害，嘴唇都快和脸一样白了。

与其说是玄如玉安慰了她，更像是她害怕玄如玉，而不敢再叫了。

我之前猜玄如玉是这家人的亲戚，现在看起来，却又不像了，我问："你们俩是什么关系？"

"什么关系？"玄如玉轻轻地拍了拍莫巧兰，笑道，"朋友。"

"朋友？"徐小宝说，"你们是朋友，她为什么那么怕你？"

"哎……"玄如玉说，"谁让她被负心汉伤透了心呢。"

这都什么年代了，真会有人因为老公出轨而变成这样？

我的目光从玄如玉的红唇移动到莫巧兰惨白的脸上，然后拍了拍身边的关神医:"你看这么巧,正好我这位朋友是个医生,不如就让他给莫姐看看,说不定就能治好了呢。"

"医生?"玄如玉扫了一眼关神医,"哼"了一声,"你是说这位衣着独特……朋友?"

关神医还穿着他的古代长袍,与这现代风格的客厅格格不入。

但是关神医没有这个认知,只见他折扇一合,冷笑道:"也不知道这位姑娘有几斤几两,这言下之意是觉得关某医术不行?"

也是,这关神医大热天的还穿着长袍,穿完长袍还挥着扇子,正常人都会觉得他脑子有问题。

不过我也不敢招惹这毒舌神医,连忙打圆场道:"我这位朋友虽然在穿衣服这方面和我们现代人有点落差,但是医术确实好,就让他给莫巧兰看看吧。"

玄如玉又扫了一眼关神医,再没阻拦,站起来让开了位置,顺手抽走了莫巧兰裹在身外的被子。

莫巧兰呆滞地坐着,没了被子包裹,她看起来小了一圈,又干又瘦,坐在那一动不动,像个营养不良的人形娃娃。

我走到她身旁,顺便看了看她的脖子,她脖子很细,上面没有任何伤口和疤痕。

关神医瞧了一眼莫巧兰的脸:"面色无华、精神萎靡、心悸气短、精神恍惚,这是气血不足。双眼晦暗呆滞,运动不灵,显然脏腑精气衰竭,阴寒内盛。"他抓过莫巧兰的手开始把脉,"脉象虚弱,肝脾肺肾皆有伤,应是不思饮食,日夜无眠,并且常怒久思,悲切至极又带有惊恐……"他扫了一眼玄如玉,"不知道是什么事,让病人情绪波动如此之大。"

"还能有什么?"玄如玉淡淡说道,"就是那个贱男人了。"

我问关神医:"你说了那么多,她这病到底好不好治?"

关神医道:"这是心病,她精神不稳,吃太多的药也没用,最好是离开这里,慢慢调养。"

"不如把她送到医院?"我转头问莫巧兰,"莫姐,你想不想离开这里?"

莫巧兰的眼珠忽然动了一下,看向我。

"也可以。"我身后的玄如玉笑道:"她要是能好,送到哪里都没问题,我会陪着她。"

莫巧兰忽然一抖,抱着头往后躲:"我不去,我哪里都不去!"

"看来你们也治不好什么,不送了。"玄如玉安抚着莫巧兰,给我们下了送客令。

出了莫巧兰家,我马上问关神医:"那莫巧兰是什么病?"

关神医说:"我不是已经说了吗,情绪变化引起的心病。"

"不是那个!"我问,"你不是说她气血不足吗?那她有没有被吸血?"

"对,我觉得也是!"徐小宝说,"那个玄如玉,气质特别棒,非常邪魅,特别有亲和力与感染力,看起来就像是我教某个派别里面吸血的妖女!"

总觉得你这话说得有点怪怪的。

"不可能。"关神医马上否决了我们的猜测,"那莫巧兰身体已经虚弱成那样,若是被吸了血,早就一命呜呼了,况且她身上并无外伤,全部都是心病引发的神虚。"

我之前还猜测玄如玉是个吸血鬼,现在一看,难道是我猜错了?

不过从昨天开始,奇怪的不止玄如玉一人。

上班的时候,我继续留意大中,今天正好领导来开会,说从明天开始要举行"紧抓精神文明建设,抵制一切不文明行为"的活动。

大中还穿着那件高领毛衣,依然脸色惨白,紧巴巴地跟在领导身后,领导讲话的时候用力鼓掌,十分狗腿。

二胖还惦记着大中给他讲的吸血鬼的故事,低声问我:"你说大中是不是吸血鬼?"

领导讲完话以后,大中用力地咳嗽了一声,吵醒了睡着的我们,说:"首先,让我们感谢领导的讲话,我们市虽然文明工作做得很好,但还是有一些小问题,比如说有些违法摊贩破坏街道美观,有些乱贴小广告的浪费纸张,还有一些人传播迷信思想……所以今天领导的讲话,非常有意义,令我们铁壶灌顶!"

其他人都安安静静地,二胖傻不愣登地说:"不对,是醍醐灌顶。"

大中马上脸红了,很生气,指着二胖道:"对,我说的就是你!身为一个党员,不以身作则……"

二胖说:"我不是党员。"

大中愣了一下,改口道:"你身为一个共青团员。"

二胖说:"我也不是共青团员……"

大中没想到二胖竟然这么废柴,团员都不是,愣了半天,说:"那你是啥?"

二胖想了一会儿,说:"小学六年级,我入过少先队,你就说我是一名优秀的少先队员吧!"

大中怒拍桌子:"你身为一个巡逻员,不好好管理身材,走路占道,坐公交占仨座位,还浪费社会主义油钱,你说你是不是没有做好精神文明建设!"

二胖说:"我上班都是老白带我的!"

大中说:"他带着你,非机动车道都挤不上去!浪费公路资源!"

二胖很生气,对我说:"你看他这样,像不像吸血鬼!"

"哎哟喂,"大中说,"你看你还能了,每天传播迷信思想,当我面给人讲鬼故事,回去以后给我写检讨交上来!"

二胖说:"那你还每天给我讲鬼故事呢。"

"我能一样吗?"大中没想到二胖这么刺儿,看了一眼领导,脸都红了,"我那是告诉你们最近需要注意什么谣言!"

我说:"二胖,你别气咱们队长了,你看他穿得那么多,汗都下来了,队长,那么热,要不然你把衣服脱了?"

旁边我们一个同事说:"别,前几天大中打牌打到半夜还输了个精光,回家被老婆在脖子上挠了几道,关在阳台关了半宿,这不,现在感冒都没好呢,现在领导还在呢,你就给他留点面子别让他脱了吧。"

我们转头齐齐看向领导,领导在旁边一脸懵逼,脸色十分尴尬。

领导起身往外走:"以前的事,就算了,但明天开始,你们要狠抓精神文明建设!"

大中脸都红透了,咳嗽着跟在领导身后送人。

原来大中是真感冒了啊,我心想,不过大中要真是吸血鬼,就这智商,人类应该也能很好地打败他。

大中带着领导走了两步,脸上带着愤愤的表情,身为一个热爱仕途的人,他应该是十分想在领导面前留个好印象,所以这会儿正在绞尽脑汁想提升形象的好办法。果然,还没走出门,大中又不甘心地转了回来,转头向我们通知了另外一件事,在活动期间,一律上白班,而且这几天要抓绩效,工作越认真,奖金越多。

这番话他说得非常慷慨激昂:"不过我们要知道,我们不是为了钱,是为了社会主义精神文明建设,在领导的带领下,让我们的城市整洁健康有序地发展!我们的领导,每天为了大家鞠躬尽瘁夜以继日地辛勤工作,他们的努力我们都看在眼里,我们也绝对不能让他们失望!"

我听得双眼放光,我这个人什么都不缺,就是缺钱,再怎么说我都得养活一街的人啊。

"不过我们也不能亏待了大家。"大中说,"所以这个月,只要大家努力,我就会为大家争取奖金!虽然我们比不上领导的雄才伟略,但是只要我们努力,我们一定有一天,能够成为领导的左膀右臂和人民的坚强后盾,只要那样,我们就能满足了!"大中也许觉得这是在领导面前表现的好机会,慷慨激昂地说着话。领导转过头,略有点赞许地看着大中。

我听得很高兴,就要拍手,忽然发现来福也双眼放光,热烈地看着大中。

我装作用手托腮,问来福:"你怎么那么高兴?"

来福说:"你有没有觉得他衣服下面,靠近后边右裤兜的那块特别性感!"

我一看,大中那边有个线头。

要不说来福是个虫呢,就喜欢这种线形的东西。

散会后,我们跟在领导和大中后面出了门,我紧跟着大中,想进一步确定他的脖子。伸头盯了半天,果然看到一道血痕,看来那同事说的是真的,大中为了掩饰被老婆挠的血痕才穿了高领。

都是大中和二胖说什么鬼故事,害得我疑神疑鬼。结果怀疑了半天的大中和玄如玉都不是什么吸血鬼,真正的线索只有那具干尸和被咬了的女孩。

我看完了,正准备走,忽然觉得手上力道不对,低头一看,瞬间就蒙了!

来福已经伸了出去,卷住了大中毛衣上的那个线头!

他那么一拽,毛衣线就下来了。

大中这毛衣也很奇葩,领子袖子和前边一片后边一片拼起来的。来福那么一拽,大中后面那片毛衣就以惊人的速度往外秃噜了。

我吓得左右一看,周围同事都散了,二胖去上厕所了,就我一人跟在大中和领导身后秃噜他的毛衣。

这会儿大中正和领导说话,也没意识到后面那片毛衣被来福秃噜了。

结果来福伸长的身体被毛线绑住了,我简直想拍死他,费劲地解着缠在我手上的毛线,发现解不开,对来福道:"快,咬断它!"

这个过程中大中还在和领导往外走,毛衣还在秃噜。

大中忽然转过头,看我:"你跟着我干什么?"

幸好那时来福已经咬断了毛线,然后我眼疾手快地把那线扔进了旁边的垃圾桶。大中毛衣背后那边都快被拆完了,就剩了个高领和袖子连着前面那片。

我心虚地说:"没事儿,我就是想和领导说一句话!"

我看向领导,真情实感地道:"我们队长是个好人,对我们非常好,您一定不要误会他。"

大中很高兴,对我竖起了大拇指。领导也点了点头,非常满意我们的同僚情谊,然后领导转头,看到了大中被他老婆挠得乱七八糟的后背,整个人都定住了。

大中说:"领导,我送你吧。"

领导后退了一步:"算了,我还是自己走吧。"

大中问:"领导,你觉得我怎么样。"

领导说:"我觉得你是个非常有个性的人……毛衣不错啊。"

大中很开心:"我也觉得今天我这毛衣特别飘逸,这是我老婆给我织的,领导您要是喜欢,我让她也给您织一件?"

"算了算了。"领导摇了摇手,快速走了。

"虽然今天的会议中间有点波折,但是结尾很不错,非常漂亮。"不明真相的大中很开心地对我说,"你今天做得很好,哈哈哈哈哈哈!"说完,他自己往办公室走,"不过我总觉得后背有点发凉,好像有点不祥的预兆……这是为什么呢……难道我感冒还没好?"

从厕所出来的二胖盯着大中,目瞪口呆地走到了我身边:"我一直以为他那是件毛衣,原来是个斗篷啊,不过他是不是穿反了?"

我默默地捂住了脸,不忍直视。

巡街的时候,二胖还在为大中点他名生气:"明明就是他和我说的吸血鬼的传说,又反过来说我,真是气死我了!"

"他不说你说谁啊。"我说,"谁让你纠正他成语的。"

二胖说:"那是少数我认识的成语,我当然得说出来了,我妈和我说,做人,一定得勇于展示自己,聪明人把自己放在台前,愚蠢者才掩饰自己。"

我说:"伯母平时一定很喜欢看朋友圈吧。"

二胖说:"你怎么知道?"

我说:"这篇文章的名字是不是《成功者的五十条法则》?你妈是不是还看过《知道这些你能多活十年》《女人一定要知道的30件事》《医生朋友和我说了一些话》《惊天大阴谋!中国人一定要看!》之类的?"

二胖问:"你也太神了,你是不是微信关注了我妈?"

我拍拍他的肩:"以后少让伯母看那么多心灵鸡汤,看那么多鸡汤,会淹掉大脑的。"

"虽然听不太懂。"二胖跟在我身后,说,"但是我妈一直说,在你、我和黑皮咱们三个人之中,你还算比较聪明的。"

"是吗?"我挺高兴,"我也觉得我挺聪明的。"

"是啊,"二胖也很高兴,"我妈说在我们三个人里,你的智商仅次于我和黑皮!"

我很不高兴,反手就打了二胖一巴掌:"怎么说话的,要排也是我在你和黑皮前面。"

"好吧,"二胖说,"如果这么想能让你开心一点……"

这家伙有时候特别让人讨厌,我正要反驳他,忽然看见一个穿着黑T恤的男人从马路前面蹿了过去,我拉了拉二胖:"哎,你看那边那个男的,背影是不是有点面熟?"

二胖说:"都是背影了,怎么面熟啊?"

我说:"你不觉得他有点像那天晚上,咱们误以为是吸血鬼的那对情侣中的男的?"

二胖看向那边:"我去,这谁能记得住。"

来福忽然"咳咳咳咳"地笑了起来。

二胖头都没回:"老白,你笑什么?"

来福说:"你猜那群靠吸血练功的,老了以后要怎么吸血?"

二胖问:"怎么吸?"

来福说:"戴假牙!哈哈哈哈。"

二胖也"呵呵呵呵"地笑:"对啊,他们老了以后,牙就掉了,哈哈哈哈!"

我正看着那黑T恤男人的背影,忽然二胖就拍着我的后背笑,把我拍得一个趔趄差点摔倒，抬头一看才发现来福和二胖正笑得前仰后合。

虫子很高兴："我觉得我很有幽默感！这也许是我的天赋！哈哈哈哈！"

二胖特别捧场："哎呀妈呀太好笑了，越想越好笑，哈哈哈哈老白，我原来怎么没发现你这么会说笑话呢！"

我用左手握住了虫子，觉得此时我脸上的表情应该是麻木的。

神奇的是二胖和这虫子一唱一和对话了半天，竟然没发现和他说话的不是我！

这么一耽搁，再转过头，那黑T恤的男人就已经走没影了，这整个晚上，再没有出现什么其他的事。

晚上和二胖分手之前，二胖忽然提起了奖金的事儿："老白，明天我们得加油，这奖金我们一定得拿下，然后去下馆子！吃他个昏天黑地！"

我内心已经对这件事胸有成竹，因为我今非昔比，厕所里有一条街的力量，已经能开大挂了，那奖金肯定是手到擒来，我拍了拍二胖的肩膀，道："放心吧，明天你跟着我混，我会让你知道我真正的实力！"

二胖嘿嘿一笑，显然是不太信我，毕竟我俩从小一起长大，彼此知根知底。他现在不信我，不过明天肯定要被我打脸的。

第 14 章
你们竟然组团来打我

这几天太累,我回到家,躺到床上就睡着了。第二天早上,我正睡得香,忽然听见一阵又一阵的笑声,我被吵醒,迷迷糊糊地想,那不是来福的笑声吗?然后我睁眼一看就呆了。

我右手大拇指不知道伸长了多少倍,弯弯曲曲地伸了出去,从卧室一直到客厅。

我顺着自己的大拇指走出去,看见来福正卷着遥控器,看着电视,笑得"嘎嘎"的,徐小宝抱着手臂,靠在沙发上,脸上也带着笑容。

我问:"你们看啥呢?"

来福说:"你看,这俩人太逗了!"

我一看,电视上是岳云鹏和孙越俩人在说相声。

"我一直觉得我是蛊虫中最有幽默感的!"来福说,"既然我有与生俱来的特质,那就不应该浪费我的特质,我应该去做一些符合我特质的事情,像这俩人一样,我觉得我和这两个人能有共同语言!他们看到我一定会很惊讶的!"

那是,谁看到你不惊讶啊?

"我好像找到了人生的目标。"来福又说,"以后不做蛊虫了我要去做个喜剧演员或者小品演员，哎，你觉得说相声怎么样？"

电视上小岳岳诧异地捂着嘴："我的天哪！"

那个表情很能代表我的心情。

你一只虫子，还想说相声，怎么说？要我站在台上伸出大拇指对着话筒啊？

别逗了，观众都看不到你那张饱含哲理的脸好吗？

我一边按着来福的头把我的大拇指往回缩，一边对徐小宝道："你一个人能打几个人？"

徐小宝哼了一声："像你这么弱鸡的，几个都能打。"

我说："我今天准备大展身手，以防万一，你得跟我跟紧点，这样我需要你的时候你才能第一时间出来……"我又想了想，"不过你也不能马上出来，必须要等我处在危险之中再出来，但是要怎么判断这个危险呢？"

徐小宝说："习武之人，还判断不出形势吗？"

我觉得他说得很有道理："那这样，就由你判断，我向你求救就咳嗽。你要是觉得我没问题，就喵一声；如果我连咳三声，你就出来帮我摆平一切。"

徐小宝说："哦。"

我说："我总觉得你今天的笑容特别诡异。"

"是吗？你误会了吧，"徐小宝笑着拍了拍我的肩，"放心吧，白哥，我一定保护好你！"

我这才安心了，去上厕所，一进厕所，就看见招财街来来往往的人们，快乐地向我打招呼："哟，盟主，起来啦？"

"这是来找人呐，还是来上厕所呐？"

"瞧你说的，大早上的盟主过来肯定是上厕所，我新做了煎饼，要不要一边吃一边上啊？"

你说说，谁家早上起来，打招呼是这样的？

每当这时候我就特别怨念，这招财街在哪里不好，非要在我家厕所，我堂堂一个武林盟主，每天上厕所都要被一整条街的人围观，简直羞耻！

我朝他们干干地笑了一下，然后拿木头板子把马桶围起来，让来福撑着，我自己开始解决个人问题。

来福一边撑着板子，一边对我说："我警告你啊，你最好别大便，你吃了那么多肉，很臭的！"

隔着板子，我听到了招财街路人迅速后退的脚步声。

我很愤怒，你们住在我家厕所，还不想闻味，未免也太自私了吧！

解决完之后，我去洗手，忽然听见有人喊我，转头一看，关神医站得老远，给我扔过来一个瓶子："此物专治气内滞而物不行。"

我说："啥？"

关神医白我一眼："便秘就要吃泻药。"

我抱着头，内心一片荒芜。

好不容易洗漱完毕，我出楼的时候看到一个安装防盗窗的小广告，想起前几次开窗遇见的"壁虎"，就照上面的号码拨了电话，让人晚上来安防盗窗。

我一边打电话一边往前走，走了两步忽然觉得不对劲，往旁边一看，那边有两个老头正一步一跛地溜达，后面那个穿着唐装的老头，特别眼熟。

那不是丁老吗？他怎么跑出来了！

我连忙走过去，把丁老拉到一边："您怎么在这里啊？"

丁老道："老子不愿在屋里闷着，出来活动一下筋骨。"

我说："你怎么出来的，你会坐电梯？"

丁老一指我家窗户："一下子就跳出来喽！"

我惊道："你跳楼啊，没人看见吧？"

"放心吧，没人晓得。"丁老对着另一个老头一扬下巴，"你还记得他不？"

我又看了一眼那个老头，马上认出来了，这不就是上次那个晨练被大妈包围着的老头嘛，上次他被丁老秒得渣都不剩，今天看着倒挺精神，头发卷着，手里还拎着一个鸟笼，鸟笼上罩着布。

那老头从兜里拿出一个烟斗，一脸高傲地看着我，问："你是他家孩子？"

这个辈分问题实在很难说，我顺着上次的说法说："他是我岳父。"

"哦。"老头点点头，把手中的鸟笼一举，布拿开，里面是只挺漂亮的鸟，老头"啾啾"了几声，笼子里的鸟也开始叫。

老头得意地看着我们，挑眉道："呵呵，这一代的画眉就数我老蔡头养得好！多少人提着酒到我家，求我教他们养画眉的方法。"

来福说："抽烟、喝酒、烫头、遛鸟，这老头是个人才啊！"

老蔡头也没发现是来福说话，对我道："小伙子眼光不错。"然后把那鸟笼在丁老面前转了又转。

丁老很羡慕："你也给老子搞个鸟笼耍一下嘛。"

我再耽误下去上班就要迟到了，哪有时间给他搞鸟笼？便哄他道："行，行，有空我就给你整。"然后一路劝着把他带回家，再去找二胖一起上班。

二胖很少起这么早，身体很浮肿。来福一看见他，眼中直放光："我的天哪，我才发现，你太适合说相声了，要不要做我的捧哏哪！"

二胖还没睡醒，问："你说啥？"

我捂住了来福的嘴："没什么。"

这虫子，难道就不能做一个安静的蛊王吗？为什么这么执意地想要投身喜剧事业！

我和二胖很久没有早上出来巡街了，现在街道边随处可见小摊贩，面加鸡蛋在黑乎乎的烙铁上一摊，刷上酱，卷上放了不知多久的果子就是煎饼果子；肉夹馍是把酱肉切成肉渣，薄薄地在饼里铺一层；包子里面不知道是什么肉，流着油还有点咸；还有白得过分的豆腐脑……

我和二胖一路过去，那些小摊们看见我们，基本上不用吭声，就推着车子跑了，这是心虚啊！

我很想追他们，但是带着二胖骑摩托，怎么都赶不上推着小车跑的那些小贩们。

我很上火，本来想抓个无良摊贩的典型，但这样下去，我谁也抓不到啊。

正急着呢，忽然发现旁边围着一圈人，我把摩托停下，过去一看，是个卖鸡蛋灌饼的小摊，有个女的正在和摊贩吵架："肯定是你这东西有问题！昨天我儿子吃了你这鸡蛋灌饼，一直拉肚子，耽误了考试，现在还在医院！你得负责！"

那摊主长相很凶恶："奇了怪了，我这鸡蛋灌饼每天卖出几十个，没人拉肚子，就你儿子娇贵拉肚子，你怎么不说你儿子乱吃了其他东西呢！"

我上前一看，那鸡蛋灌饼的油黑得和墨汁似的，拿个毛笔就能写字了，当场拿出单子填了，大手一挥拍在那小摊车上："地沟油是吧，这车扣了，有异议去巡逻大队投诉！"然后转头叫二胖过来。

那摊主一挽袖子，凶神恶煞："巡逻员了不起啊，真当我怕你了！"

这时二胖墩墩地从人群中挤过来，露出庞大的身形："扣车？哪个？"

那摊主哆嗦着指向自己的小推车："这个这个。"

二胖"哦"了一声，打电话让队里人来扣车，打完电话，二胖边看那摊主边和我小声说，"这人长得这么凶，你竟然还敢扣他车！"

他边说边转头看,那摊主还和他赔着笑:"巡逻员同志,慢点啊,别磕着。"

我和二胖都比较善良,怕引起纠纷被人打,所以这是我俩第一次扣人车,没一会儿队里的车就来了,把那摊儿收了走了。

我和二胖回到摩托车前,准备继续巡逻,二胖问:"你不怕他打你?"

我心想我有保镖啊,就算打起来我也不怕,"啪"的一声拍在二胖身上,道:"怕什么,你看,我们现在有事吗?"

"没事……"二胖拿出张纸,抹了一把汗,呵呵地笑,"哎呀妈呀,扣完车就跑,真刺激。"

我看他那张纸花花绿绿的很是眼熟,问:"你拿什么东西擦脸?"

二胖说:"是刚才从那个小摊车上随手拿的。"

我把那纸拿过来一看,是张薄薄的单子,已经被二胖的汗浸湿了,隐约能看见上面印着一个奇怪的不规则多边形。

要说这单子是广告单,上面一个字都没有,要说是有人无聊画的,这一模一样的单子我已经看过三次了。

第一次是在那天和丁老一起去送二胖回家,丁老看告示栏那会儿,人像旁边就有这么个图案。第二次是在今天早上,装防盗窗的小广告旁边,加上这次,正好是三次。

这单子是干什么的,怎么走哪儿都能看见?我隐约觉得这单子有什么,就把它揣了回兜里。

二胖震惊脸:"老白,我擦过汗的纸你也要啊?不是吧!你什么时候变得这么变态!"

我说:"我变态的地方多了,这不算什么,今天让你看看我的实力,你就能知道我到底有多强。"

然后我就开始铆着劲头创业绩，乱挂横幅的，乱贴广告的，违章摆摊的，随地吐痰的，打架斗殴的……总之，看见破坏市容违法犯罪我就往上冲，遇神杀神遇鬼杀鬼！

这一天我战功赫赫，还主动加班到晚上，照这么下去奖金非我莫属。我乐滋滋地骑着摩托带着二胖回家时，忽然看到街上有一个穿着黑T恤的男人。

我总觉得那男人的背影和之前看到的，在阴暗道道里咬人的那人很像，正好现在还有人保护着，于是就带着二胖跟了上去。

那男人拐来拐去，进到了一个夜店。

我停了摩托，站在夜店门口偷看，二胖很疑惑："你打算干吗？"

我想一时半会儿和他也说不清，随口道："暗访！"然后就小心地开门，钻了进去。

这是个地下夜店，一进去音乐声震耳欲聋，衣着清凉的男女们在激光灯下扭动着身躯，刚才进来的那个黑衣男人已经不知道去了哪里。我在人群里穿梭着，想要找到刚才那个男人，不过在这昏暗又变幻莫测的灯光下，想在玩得这么High的人群中找到刚才那个男人，实在是太难了。

我见台上还有乐队唱歌，想着台子高点居高临下看得清楚，就往乐队那挤，挤着挤着觉得这乐队风格有点诡异，临到了抬头一看，顿时就呆了。

台上乐队中间，混进了两个我见过的人——"胡唱双霸"！

灵魂歌者拄着拐杖，画着烟熏妆，头发编成了N个小辫，弯腰嘶吼着一首《新长征路上的摇滚》："一！"

底下人特别High，跟着喊："一！"

后面那个柔情二胡手，换了个特酷的墨镜，原来扎起来的头发散着，一边甩着长发，一边噼里啪啦地打着鼓！

灵魂歌者喊:"二!"

底下人也齐声喊:"二!"

这是在搞什么鬼,你们怎么会在这里?我看着他们,慢慢地后退,想悄悄溜走,没想到不小心撞到了一个人,那人马上喊了出来:"没长眼睛啊!"

他这一喊,灵魂歌者马上朝我看了过来,然后高喊道:"啊!"

底下人齐声喊道:"啊!"

灵魂歌者指着我:"听说过,没见过,你怎么在这里!"

底下人合唱:"两万五千里!"

我去,你这歌还能无缝衔接。

说起来你唱歌唱得这么顺,你知道什么是长征嘛!

我转身就要跑,灵魂歌者大喊:"别跑!"柔情二胡手放下鼓棒就要追过来。

旁边一个夜店经理模样的人喊道:"干什么!干什么!还想不想要工资了!"

柔情二胡手又坐了下来,重新拿起鼓棒,灵魂歌者也重新扶正了话筒,气焰马上就下去了啊。你们俩到底是有多缺钱!

灵魂歌者对我喊道:"有种别跑,等我们下班!"

神经病,鬼才等你们下班!

知道他们现在不会对我做什么,我转过身继续寻找刚才那个黑T男的下落!

我一转头,发现二胖不在我身后,幸好二胖体形比较特别,找他还是很容易,就看见他在夜店门口,正往我这边挤。

二胖那体形大家都知道,往这边挤的时候,连带撞着其他人,有人愤怒地喊道:"干什么的?"

二胖诚实地喊道:"暗访的!"

就听得一阵骚乱,夜店里的中年男人争前恐后地往门口逃,包间大门都开了一大半,35岁以上的中年男人瞬间少了三分之二。

夜店保安问二胖:"什么暗访,你哪儿的?"

二胖比较机警,没有说出自己的真实身份,说道:"朝阳区的。"

呼啦啦,客人又逃了三分之一。

这又不是北京,你们害怕什么啊,心虚!这家店我记下来了,回去就让警察同志来清查!

二胖这么一闹腾,夜店的大灯亮了起来,我在逃走的客人中寻找,很快就找到了刚才那个黑T男。他正揽着一个女人的肩,往另一个方向走。按照那些客人逃跑的轨迹看,那边应该是后门。

我立即跟了上去。

黑T男勾肩搭背地带着女人往暗处走,我自从那天晚上见到被拖走的男人之后,晚上上班总觉得不安全,于是随身带一个袖珍手电,这会儿就拿出来握在了手上。

两人一路黏糊着走到了没人的地方,然后黑T男把那女人往墙上一推,就开始亲了。我本来还怀疑自己是不是认错人了,看到黑T男那姿势,和那天我们晚上巡街时看见的一样,心里又确定了一分。

这时黑T男正顺着那女人脖子往下亲,我连忙把手电一开,照向黑T男的脸,吼道:"干什么呢!"

手电的光正好照在黑T男脸上,这一照我吓了一跳,黑T男正对着那女人的脖子张着嘴,亮着白牙,一副要咬下去模样,但最瘆人的不是他这副姿态,而是因为他的嘴!

他大张着的嘴中,有一只大拇指粗细的虫子!

那虫子竟然也长着嘴,一副要咬人的样子!

在手电筒的照射下,那男人和嘴中的虫子,一齐转着眼珠看我,看起来异常惊悚。

我惊得后退了一步,而瞬息之间,那男人已经合上了嘴。

险些遭受男人毒嘴的女人没看见男人嘴里的虫子,惊疑地看着我:"干、干什么?"

我把巡逻证一亮,说道:"警察,你旁边的男人是个危险人物,我劝你最好快点离开他!"

那女人一惊,下意识地去看那吸血男的脸,吸血男耸耸肩,朝她一笑:"别害怕,宝贝,我不是什么坏人。"

从外貌上来看,吸血男是个风流倜傥的小白脸,我当初认定他背影眼熟,就是因为他显然是个男人,还留了个撩骚的中长发,而且还能Hold住这个很容易变丐帮的杀马特发型,看起来时髦值很高,怪不得能勾到那么多女人。

让人看得很不顺眼!

那女人也不傻,看了看我,又看了看吸血男,贴着墙远离了吸血男,一溜烟跑了。

"哎呀呀,到嘴的美味又跑了。"吸血男看着跑远的女人,一撩头发,眯着眼睛问我,"你知不知道打扰人用餐是很不礼貌的行为?"

这种在异性看来可能会有点帅气的动作,在同性面前做,是很容易燃起对方怒火的,用通俗的一句话来形容我的心理,就是——去你大爷的装×犯,信不信老子一板砖拍死你?

我一撸袖子,摆出架势,说:"今天我就和你杠上了,怎么样?"

"小心!"来福对我说,"我感受到蛊虫的气息,这附近应该有邪教人。"

还用你说，我看都已经看到了，这是第三个了好吗？要你有什么用！刚才干吗去了！

吸血男问："你想找死？"

我冷笑道："你以为爷爷我是吓大的？今天谁死还不一定呢！告诉你，老子后面有人，今天要是没把握赢你，就不会在这和你杠！"

吸血男显然不信我的话，一甩头发就朝我袭来，我也不带含糊的，马上甩出了右手，喊道："来福！冲！"

来福马上缩回了我的大拇指中！

我心中脏话还没来得及骂出口，那吸血男已经把我手一掰，我听得嘎嚓一声，手臂被掰折了。然后那吸血男张嘴就要咬我，嘴里那虫子也从他喉咙处伸了出来。

我竭力把脖子离得和他远一点，这辈子都没这么拧过脖子。但脖子毕竟不能错位，吸血男一口咬了下去。我脖子剧疼无比，连忙用左手去掰那男人的嘴，生怕他嘴里的虫子咬我，拼尽全力之下，硬生生把他嘴掰开了一个空隙！

这时来福忽然伸出头，对着吸血男嘴里的虫子道："哎哟，这里还有位小姐，贵姓啊？"

吸血男猛地合上嘴，捂着嘴后退了两步。

我第一次这么感谢来福不分场合地花痴所有虫形物体！

吸血男惊疑不定地看着我："你身上怎么会有蛊王？"

看来也不是所有邪教人都知道蛊王在我身上。我说："我说了我背后有人，你不信，告诉你，和我作对没好处，支援我的大部队在后面，马上就要过来了，有种你别跑。"

吸血男怀疑地看着我，忽然一看我身后，后退了两步，道："这次的事就算了,下次别再妨碍我。"然后转身跑了。

看他这反应,不用说,肯定是徐小宝来支援我,他害怕了。

我换了副笑容,捡起手电筒,转过身说:"小宝……"

然后手电筒又差点掉在地上,从黑暗中走出来的人,根本不是徐小宝,而是拄着拐的灵魂歌者和柔情二胡手!

我捂着被吸血男掰了的胳膊肘,震惊地看着"胡唱双霸"。

"胡唱双霸"对我赞扬地竖起了大拇指:"真汉子,重承诺,说好了下班别走,果然没走!"

不是我不走,是我没来得及走啊,这不刚要走你们就把我堵住了吗,有本事你俩给我让路啊!

我说:"两位,真是巧啊,没想到会在这种场合遇见你们,你们不是驻守在街边的吗?换业务了?"

灵魂歌者怒道:"还不是因为你们这些做巡逻员的,老赶我们走,我们没钱了,只好找个兼职谋生!"

我说:"那你们也找个符合你们气质的地方啊,这里和你们形象也不搭啊。"

柔情二胡手说:"可这里工资高啊。"

真是闻者流泪听者伤心,一分钱难倒英雄汉!

"废话少说!"灵魂歌者说,"今天我们是冲着蛊王来的!上次你的同伴掩护你逃跑了,这次你可没那么容易跑了!"

看来这俩还真以为那"变色龙"是我同伴。

我看了一眼右手,来福没和刚才吸血男嘴里的虫子搭上话,摆出了一副沮丧的哲学脸。我心想如果能把这虫子给你们,我绝对不会拒绝,就说:"我告诉你们,这蛊王现在是靠我活着的,如果你把它切下去,它也得死！我就不信你们能把蛊王从我手上安全地摘下去！"

"胡唱双霸"两人嘀咕了一阵，道："就算是这样，见了你我们不能什么都不干，取不到蛊王，我们也得折断你一条腿，以泄心头之恨！"

这俩人有病啊！

我一低头，看到了手上的扳指，这玩意儿可是武林盟主的信物，刚才那吸血男估计是天黑没发现，这回我得让他们看清了，让他们知道我是有后台的人，以后别惹我。

我一伸手，道："你们看，这是什么？"

灵魂歌者眯着眼睛看了半天，道："顶针？"

我怒道："是扳指！告诉你们，这是武林盟主的标志！招财街你们知道吗？他们全部人都是我的手下！敢惹我，你们死定了！"

"胡唱双霸"一惊："什么？"

我说："如果不怕的话，你们就上吧，但是以后受了伤，不要怪我没提醒你们！"

他们俩虽然厉害，但一个看不见一个跑不快，丁老都不用在，一个徐小宝就能秒你们俩！

"胡唱双霸"二人见我如此有底气，显然也在怀疑我还有什么阴谋。虽然与我对峙，但神经紧绷，不敢贸然上前。我身体往前一倾，他们便把身体往后一倒。

我低声道："小宝，这两人你能打得过吧？"

夜色中，徐小宝"喵"一声传了过来。

我问："一对二你没问题？"

徐小宝说："喵。"

我说："你手轻点，别把人家打死了。"

徐小宝说:"喵。"

柔情二胡手耳力不错,低声对灵魂歌者道:"小心!他有很厉害的保镖!"

灵魂歌者面色一变,二人没了刚才嚣张的样子,脸色惊疑不定。

我看见他们胆怯,便试探性地往前一小步,他们急忙往后退了一大步。心里底气更足,我再次前进一步,他们又往后一步,然后我彻底放了心,撒了欢地往前跑,"胡唱双霸"开始还面对面地后退,后来就干脆转过身,死命地跑,灵魂歌者的拐杖抡得和风火轮一样。

我特别开心,一边追一边开心地喊着:"哈哈哈哈有种你们别跑!来啊,打啊!是谁说下班别走的,跑什么跑!来和爷打一顿啊,哈哈哈哈!孬了吧!你们还唱什么歌啊!不如赶紧给爷跪下,抱着爷大腿唱《征服》吧!"

"胡唱双霸"突然就停了下来,二人怒道:"士可杀不可辱,你今天羞辱我们,我们就和你决一死……"

他俩话没说完,忽然露出了震惊的表情,转身就跑。

我原地叉腰,乐道:"别跑啊,把话说完,你们要干什么?"

这时我忽然听到二胖的声音从我背后传来:"老——白——"

他拖长的声音有种真挚而纯粹的情感,每次二胖被人揍,跑来求救的时候就是这种声音。

我一转头,登时惊了!

二胖正拼命地往这边跑,在他身后,浩浩荡荡地跟着一群面色狰狞的男人。

那阵势,就像是一头柔弱的野猪在被一群豹子追逐。

二胖从我跟前跑过,道:"老白,快跑,夜店的人说我们是砸场子的,要揍我们!"说完,二胖就哼哧哼哧地跑远了。

我说二胖怎么半天不过来，原来是被这群人拖住了。

二胖的声音从远处传来："老白，快跑！"

我站在原地，并没有害怕，而是在漆黑而寂寞的月色中淡然地回头，用冷峻的眼神看向了那群面色不善的男人。

那群打手停在我面前，领头的是个穿着马甲，烫着黄发的男人，其中一个打手指着我："没错，就是他，他和那胖子是一伙的！"

我高傲地冷笑一声："你们想干吗？"

一个打手问我："你俩到底是什么人，竟然敢在司徒老板的地盘上砸场子！"

我顿时觉得有点高处不胜寒，还有完没完了，这群人是组团来打怪的吗，你说我背后有那么强的护卫，我都没想打他们，他们竟然还想打我？你们一群新世纪的打手，是想和中华五千年的武术 PK 吗？

我说："你们敢打我一下试试？"

那群打手对视了一眼，然后领头的一仰头，中间走出了一个人，对着我的肚子就是一拳。

"……"我痛得捂着肚子，四下张望了一圈，心想徐小宝怎么没出来。

再一回想早上和徐小宝说过的话，我那时警告过徐小宝，让他不到危机时刻别出来。现在我只是被人揍了一拳，在徐小宝心里应该不算特别危险。

于是我忍痛支起了身体，对他竖起手指："有本事你再打我一拳！"

那打手愣了一下，对着我的脸就是一拳！

我一手捂眼睛一手捂肚子，心想这回徐小宝该出来了吧！

结果他还没有出来！

我喊了一句："可以出来了，徐小宝！"

然后我直起身子，对那个打手说："我跟你说，事不过三，你再打，你就会倒霉了！"

那打手一脸迷茫，看了看自己的拳头，又给了我一拳！

我捂着鼻子喊道："可以出来了，都流鼻血了！"

可徐小宝依然没动静。

我只好直起身子，对那个打手说："我警告你……"

我话还没说完，那打手又给了我一拳！

我很愤怒："你干什么又打我？"

那打手说："你一说话，我就以为你又让我打你！"

我说："让你打我，我有病吗？"

那打手点了点头。

我气到不行，正想和他理论，他身后的打手头子一扬手，喊道："给我揍！"

然后打手们就像潮水一样涌了过来，将我淹没了。

我抱着头，抵挡着枪林弹雨一般的拳头，大声喊道："徐小宝！可以啦！不用再躲啊！出来救人啊！"

寂静的夜色中，没有任何人蹦出来。

这是我最近几年中受到的最严重的一次围殴，临走时，打手头子警告伤痕累累躺在地上的我道："以后离这里远点，不然看见一次揍一次！"

我躺在地上，身心皆疲，也不知道过了多久，我的手机响了。

我费劲地拿出手机："喂。"

电话里传来丁凌的声音："任天白，你没事吧？"

我长出了一口气，没吭声……

丁凌说："你不是让徐小宝做你的保镖吗？但是他没有去保护你，因为他看电视看到了赵小宝的小品,他说你原来说他像赵小宝,他很生气……你今天一个人在外面,没事吧?"

我拿着手机的手慢慢地失去了力气,胳膊耷拉在了地上,今天发生的一切像回马灯一样在眼前闪过。

我抄查违法摊贩、单杠卖切糕的、跟踪吸血男、追在"胡唱双霸"的身后奔跑和十几个打手硬杠……

"喵"的一声,一只野猫从我身边跳过。

我躺在地上,眼角滑过一行热泪。

那天晚上是二胖背着我回去的,二胖对我絮絮叨叨说了一路,他从我们小时候穿开裆裤的友情一直说到现在,说得热泪盈眶:"老白啊,实话告诉你,这快二十年了,其实我内心中不止一次怀疑过我们的友谊,我有时候会想你会不会是故意把我推出去挡刀的,我也怀疑过我们的行为,尤其是当初我们和那个龙哥一起混的时候,虽然有点爽,但爽完了还是有点疑惑,疑惑我们做事到底是不是那么正义侠气,你还记得我们原来看武侠小说的样子吧,我们都想成为武侠小说中的好兄弟,桃园结拜肝胆相照……其实我特别不好意思,原来一直怀疑你,因为我觉得太巧了,为啥每次被推出去的人都是我,虽然说最后受伤的总不是我吧,但我内心是有疑虑的……"

我心想你有个屁的疑虑,就算我想推你出去,但最后受伤的人往往都是我好吗?过程有什么用,结果才是最重要的!

"直到今天我才明白,你根本就是深藏不露!"二胖说,"就像今天,你不止查封违法商贩,单挑卖切糕的,还深入夜店窝点!虽然你没说,但我知道,你肯定是想查卖淫嫖娼贩毒吸毒!你这是什么!你这是英雄啊!"

你别说了,我越回想越害怕,你看我手上的来福都在发抖。

"刚才,你竟然为了保护我,挺身而出,用血肉之躯拦住了那么多打手,为我争取到了逃跑的时间!为了掩护我的名字,你竟然还瞎编了一个赵小宝之类的名字来混淆那群人的视听,你这是什么行为啊!你这是为了朋友两肋插刀的仗义行为啊!我的天哪,我太感动了!我简直为我之前怀疑你而感到羞愧!今天以后,我肯定对你更好!"

我想了半天,最后千言万语汇成一句话,费力地趴在他身后,伤感地道:"不要和我提赵小宝!"

二胖就这样一路把我背到了小区,进了电梯,我正在庆幸这回晚上电梯里没人,不然要是让别人看到我这一身伤的模样,明天不知道又要传什么谣言了。

我已经听到风声了,小区里有些闲着没事干的家伙,在我当上巡逻员以后,一直在打赌我什么时候会被打。

这时听见外面传来高跟鞋的声音,二胖正准备关电梯门,听到声响,又把门摁开了。不一会儿,就看见玄如玉站在电梯外,卷发披肩,酒红修身裙,配了一个应该是名牌但我这种没钱的直男认不出是什么牌子的小包。

玄如玉往电梯里面扫了一眼,皱眉道:"满了?"

我曾经听到过一个鬼故事,讲的是一个人单独站在电梯里,然后别人看着电梯门开了,说这电梯满了,等下一趟吧,谁知那个电梯除了那人之外全都是鬼,那些鬼把电梯挤得满满当当的。

按理说,这会儿是黑夜,玄如玉这么说应该会很瘆人,但是鬼故事也要看人的。和二胖在一起,即使是白天,也会有人这么问,我已经习惯了。

二胖一看见玄如玉,原本塌下去的身体瞬间就绷直了,差点把我滑下去。我正准备骂他,他猛地往后一站给玄如玉腾空,直接把我撞到了电梯墙上,疼得我话都给自己吞没了。

二胖魂都没了:"没、没、没事,还能挤一个人!"

玄如玉扫了他一眼,红唇一弯,进了电梯。

电梯里的气氛被玄如玉身上的香水味渲染得暧昧了起来,刚才还滔滔不绝诉说着我们革命情谊的二胖已经把什么桃园结拜肝胆相照全都忘到了脑后,身子往后一靠,压得我胸口又是一阵疼。

二胖把原本撑着我腿的手全松了,捋了捋头发,拉了拉衣服。我双手挂在二胖胳膊上,双腿努力夹着二胖的肚子,要不是他现在把我夹在了他和墙之间,我早就滑下去了。

二胖咳嗽了一声,转过头装作看向四周,但眼睛就像被磁铁吸住了一样,头转向哪里,眼睛还是飘向了玄如玉,想装作很自然但其实很不自然地搭讪道:"没见过你啊,住几楼?"

玄如玉道:"十楼。"

二胖说:"挺巧,我也要去十楼。"

玄如玉瞅了一眼在二胖背后苦苦挣扎的我,微微一笑,没说话。

二胖很有目的性地问:"你和男朋友一起住?"

玄如玉说:"我单身。"

我在二胖背后,都能感觉到他眼睛发亮。

二胖说:"你这么漂亮,怎么会没有男朋友呢?"

这时电梯到了十楼,玄如玉一边走出电梯,一边转头一笑:"我不喜欢胖子,太腻!"

二胖被她那回眸一笑煞到了,电梯门关了都没动,气得我直拍他下巴上的肉。

二胖这才大梦初醒一般地转头看我:"哎哟,老白,你在呢?"

废话,我不在,你来这干吗?你也好意思,刚才说了一路的怎么羞愧怎么敬佩我和我的友谊要天长地久,现在见了个美女,那些感情就全都被狗吃了?

二胖扶着我往外走:"我怎么不知道你有个这么漂亮的邻居?"

我说:"我觉得那女人不简单,你可别被她的美色迷惑了。"

二胖嘿嘿一笑:"能漂亮成那样的女人,能简单吗!"

我掏出钥匙递给二胖:"你这是被美色所迷,看不清楚真相,那女人肯定危险。你要是像我一样聪明,第一眼就能看出来,她绝非善类。"

来福在我耳边"呸"了一声。

二胖一边开门一边说:"你都有丁凌了你当然这么说,像你这么说,丁凌不也是个大美人吗?我跟你说,你这种人,就是一个人住久了,太孤单,心理扭曲了,如果你家里有其他人,也许能正常一点……哎,你家怎么那么吵,是不是你早上出门的时候电视没关?"

其实我也听到了我家里传来的喧闹声,用脚掌也能想到,那些声音是哪些人发出来的,我连忙道:"没有声音啊,行了,你就把我放这里吧,我自己进去……"

我这话没来得及阻止二胖,二胖疑惑地嘟囔"我听错了吗",推开了我家的门。

我家里闹哄哄地挤满了招财街的居民,有站在墙上的,有倒挂在灯上的,有单腿立在椅子上研究空调的,还有拿着我家吸尘器当流星锤甩的,门一开,所有人都转过头,看着二胖。

二胖直接呆了,哆嗦着问我:"老白,你有没有看到你家里有很多穿着古装的人?"

我昧着良心说:"没有啊!"

二胖马上低下头,揉眼睛。我立马对着家里的人挥手,那群武林高手以影像快进二十倍的速度,唰地蹿回了厕所。

二胖再抬起头,屋子里已经一个人都看不到了。

二胖愣了一会儿,声音充满迷茫:"老白,你刚才真的什么都没看到?"

我说:"没有啊。"

二胖一副怀疑人生的表情:"老白,我估计我今天是太累了,我好像看到幻象了,我刚才看到这里有好多人!"

"不怪你。"我很体贴地说,"今天发生了这么多事,确实有点累,你的心理承受能力有限,一时也受不了这么多事情,回去好好休息吧。"

"你说的有道理,我的心灵确实有点软弱,以后得多锻炼锻炼。"二胖说,"如果我也能像你一样坚强勇敢就好了。"

然后他就一脸忧郁地走了。

我扶着墙,一瘸一拐地走进了厕所。

我一开厕所门,原本聚在门口的众人一哄而散,装作什么都没发生的样子。猪肉祥看着我,语气夸张地道:"天哪,是谁把我们的武林盟主打成这样!"说着杀猪刀一挥,"盟主你告诉我,我剁死他给你报仇!"

花映容的声音从远处飘过来:"咯咯咯咯咯……是我看错了嘛……噜噜噜噜噜……我们盟主的脸怎么大了一圈……"

关神医拎着医药箱子走过来:"你怎么回事,怎么搞得比在我这儿看完病还要惨。"

我问:"徐小宝呢?"

关神医看向右边:"不知道。"

猪肉祥也看向右边:"今天一天都没见过他。"

我顺着他们的眼神看过去,看到了弓着腰开溜的徐小宝。

我一屁股坐到马桶上,吼道:"徐小宝,你给我出来!"

徐小宝喊道:"你让我过去我就过去?你一个武林盟主还想要挟我邪教继承人!做梦!"然后凌空一翻就往屋顶上蹦,还没蹦上去,"哎哟"了一声,又掉了下来。

就见楼下丁老拿着一个弹弓,对徐小宝喊道:"这小宝,还想跑?"

徐小宝从地上爬起来,捂着腰,怒道:"死老头,你是要打死人啊!"

丁老揪着他的耳朵,把他带到我面前,训道:"你看看,我们盟主都成啥子样子喽?要是盟主有个万一,我们要怎么办哟!"

原本招财街里的人还想护着徐小宝,丁老一说话,全部人都转向了,七嘴八舌地声讨徐小宝:

"你怎么能这么做呢!"

"人命关天,他不过是骂你丑,你忍一忍就算了!"

"我看这赵小宝生得好有个性,骨骼清奇,令人难忘,你都没有辨识度,你凭什么不服呀?"

"没错,男人又不是看脸!"猪肉祥说,"重要的是有男人味!"

众人七嘴八舌把徐小宝骂了一顿,徐小宝气得眼睛都红了,我一想这少年毕竟还小,让人这么骂实在不忍心,就劝道:"你们别骂了,大家都是习武之人,互相责备未免伤了和气,不如大家团结起来,把他狠狠揍一顿,不要超过死亡的界限就好,轻轻巧巧地把这事结了,你们看怎么样?"

大家齐齐鼓掌,为我的神韵所折服:"不愧是武林盟主,大气!"

然后一群人就开始围殴徐小宝。

这边关神医开始给我治病,把我被折了的手"咯哒"一声掰了回来,然后又拿那辣椒水和盐水的混合体一般的药水往我伤口上抹,导致我和来福的惨叫声比徐小宝还要高昂。

来福哀号道:"庸医!疼!你把药抹在我眼睛里了!"

"你那是眼睛?"关神医道,"长得像刀割过的一样。"

我说:"关神医,你这不是上药,是上刑啊,你怎么不直接给我泼硫酸啊?"

关神医很不耐烦:"要么疼一次,马上就好;要么一直疼,留个后遗症还残疾,你选哪个?"

我问:"就没有又能马上好又不疼的药?"

关神医说:"有。"

我和来福都怒了:"有你不给我们用?"

关神医云淡风轻地说:"我就喜欢看你们痛苦号叫又必须忍受的样子。"

警察叔叔,这里有个变态!

"这次除了胳膊,其余都是外伤,不碍事,休息两天就能痊愈。"关神医给我上完药,一边用手帕擦着手上的药膏,一边很惋惜地叹道,"你们这个时代的人,都是花拳绣腿,打出的伤简单粗暴,一点挑战性都没有,哎……真是一代不如一代。"

看来他们没把我打成畸形你很不高兴啊。

"不过你胳膊的伤倒像是练家子所为。"关神医问,"你今天是遇到谁了?"

我想起那个嘴里吐虫的黑T男,连忙把丁老叫来,把晚上发生的事情简单一说,问他们:"你们知不知道有什么蛊虫是长在嘴里,吸人血的?"

丁老说:"这些歪门邪道的东西老子可不晓得。"然后一转头,喊道,"小宝,过来听一哈(下)。"

"哎哟，"徐小宝从人群中跳出，在空中翻了个跟头，稳稳地落在我们面前，"我正忙着被挨打呢，叫我干什么啊。"

他身上半点伤都没有，显然那群人也没真打他，就是做做样子。

丁老问他见没见过那种虫子，徐小宝说："我没听过，蛊虫这事我了解得不多，但是我知道谁了解得多。"

我问："谁？"

徐小宝抱着手臂一仰头，一副不愿多说的样子，关神医挥着扇子道："还能有谁，当然是邪教教主赵霖。"

我说："那你把他叫来问问啊。"

"你让他来他就来，武林盟主了不起啊。"徐小宝从鼻子里哼了一声，"自从右护法叛变，重创邪教之后，我干爹就守在教中，很少外出。我告诉你们，除了我，你们谁都见不到他！要让我去问这件事，你得跪下求我。"

丁老一巴掌拍在徐小宝背后："你这么不要脸，小心我打你噻！快去！"

徐小宝登时就飞了起来，在屋顶上点了一脚，飘向远方："我先说好，这是我自己要去的，不是你们逼我的。"

这小子嘴巴还挺硬。

我坐在马桶上，看了看四周，招财街的群众站在不远处，朝我微笑，就算熟悉了这情景，还是怎么看怎么别扭，于是我就和丁老商议，看能不能搭个简易的小棚子，保证我上厕所时候的隐私。

丁老一口答应下来，让我安心不少。

没过一会儿，就看见徐小宝从远处飞了回来。

落地之后，一脸得意，显然是得到了什么有用的情报。

徐小宝走到我跟前，一撅下巴："让座！"

我家马桶怎么成了香饽饽了，我站起来，心想这小子还挺牛气，我看你到底得到了什么信息这么有底气。

徐小宝坐在马桶上,腿一跷,环视周围一眼,仰着头,说道:"我干爹说了,蛊虫中有不少吸血的,如果只是说吸血,很难确定是哪一类蛊虫……"

我一巴掌嗨在这熊孩子的脑瓜上:"说了和没说有什么区别!"

"我还没说完呢,你急什么!"徐小宝捂着脑袋,怒道,"我干爹说了,这种从嘴里出来,专攻脖子等大动脉位置的虫子,是血蛊的一种。"

"血蛊?"关神医皱眉,"这种蛊虫应该早就灭绝了才对。"

"我不知道什么灭绝不灭绝的,反正我干爹说这是血蛊。"徐小宝头一偏,"你们愿信不信。"

我看向关神医,这神医似乎很懂的样子。

关神医解释道:"我原来在古医书上见过这种蛊虫的记载,我们之前和你说过,邪教里有靠吸血练功的。传说他们信奉的那个靠着吸血炼成绝世神功的邪神,就是利用血蛊修炼,这种血蛊传播性很强,会在咬人的同时,在伤口中诞下虫卵,等虫卵成熟时,为了给虫卵提供营养,被咬的人也会产生吸血的冲动。"

我想到那黑T男嘴里的虫子,打了个寒战:"幸好我没让他咬上。"

来福露出惋惜的表情:"可惜啊,其实我一个人住在你身上也挺孤独,要是能来个美虫的话……"

我连忙摁住了它的嘴,要是再来只虫子,来福和它干柴烈火,在我身上生一堆虫宝宝,我天,画面太美我简直不敢想。

"这虫子也太邪乎了!"我说,"咬一个变一个,那不就是僵尸吗?这么传播下去,他们的人数岂不是会越来越多,最后所有人都变异?"

关神医说:"也不是这样,血蛊的等级非常明显,等级越高的血蛊的卵越难孵化，而且蛊虫的力量会一代代衰减，有些低等级血蛊已经没有修炼的能力了，生存的意义就是把吸来的血一层一层供奉给高等级的血蛊，供他们修炼。"

"我以为是僵尸，这么听起来，更像传销啊！"我问，"这些蛊虫相互之间还有联系？"

"当然，当初血蛊灭亡也是因为这个。"关神医说，"它们就像是种子发芽，长出的树，你砍了枝条，树还活着，但是如果你挖掉了树的根，整棵树都会死亡。那时有人杀死了被血蛊蛊王附身的人，灭了血蛊蛊王，所以整个血蛊族群都消亡了。"

"也并没有消亡吧？"我说，"我今天晚上不就遇见了吗？也不知道今天咬我的那个，是什么等级。"

"这就是我要和你说的。"徐小宝一拍手道，"我干爹推测，你今天见到的那个血蛊，地位不低，应该只在血蛊蛊王之下。"

丁老道："辣（那）血蛊蛊王也从（重）生了？"

"那当然，"徐小宝笑道，"而且我猜你们根本不知道血蛊蛊王在谁身上！"

我们齐声问道："谁？"

徐小宝看着我们，慢慢吐出两个字："萧——诚——"

丁老和关神医沉默了，一脸严肃。

我看大家都一副很懂的样子，这名字听着也耳熟，"哦"了一声，在心里迅速回想见过的人的名字，硬是没想出这个人是谁，只好问道："谁啊？"

徐小宝无奈地看着我："萧诚，就是邪教右护法，背叛我干爹的那个蛊人，差点杀死你的变态杀人狂，我们一直在寻找的大魔头！"

右护法？我明白过来："难道那个黑T男吸血是为了供养右护法身上

的蛊虫？"我猛地一拍手，"对，当初来福也是从右护法嘴里出来的！"

来福"啊"了一声："你这么一说，我好像有印象，怪不得我看见那虫妹妹如此眼熟，当初在萧诚的身体里，也有那么一条虫妹妹。虽然萧诚身体里有很多只虫，但是那只虫妹妹给我留下的印象最深，它长得和刚才那只虫妹妹特别像。"

也只有你能看出这些虫子的区别了。

"这下就晓得了。"丁老说，"赵霖猜对喽，萧诚身体里那只虫就是血蛊蛊王了嘛！"

丁神医皱眉道："这么说来，岂不是有些奇怪？既然萧诚身体里有可以产卵的血蛊蛊王，那他又为什么将来福植入到你身体里？"

丁神医一说完，所有人都看向来福，来福咳嗽了一声，仰着头，换回了那副深沉的表情："这件事说来话长，其实我一直知道，我是萧诚身体里最聪明的一只蛊王，聪明的人都是寂寞的，而当我寂寞的时候，我就会去找那些虫妹妹们玩耍，我们最喜欢的游戏就是你追我赶，每次我一靠近它们，它们就会四散着跑开。"

什么玩耍，它们是嫌弃你，觉得你变态吧！

"后来有一天，我在追那些虫妹妹的时候，忽然看到一抹红色的身影，正在奋力地爬动着，我一下就被它的身姿吸引住了，快乐地追了上去，没想到她跑的速度是如此之快……"来福看了我一眼，"你知道，我毕竟是只蛊王，是有好胜心的。"

得了吧，我可没见过你所谓的好胜心。

"我要追虫妹妹，肯定要向虫妹妹展示我健壮的体魄啊，于是我将爱慕的心情化成了动力，拼尽全力地奔跑，最后终于超过了它！"来福叹了口气，"当我一边奔跑，一边转过头，幸福地看向虫妹妹的时候，却没有发现，我的前方，出现了一个血肉模糊的大手指头……"

我蒙了。

来福说："那是我最后一次看到那只美丽的红色虫妹妹……"

"等会儿！"我说，"你刚才说的那截指头不会是我的大拇指吧？你那时从右护法嘴里出来，并不是右护法计划好的，而是你和那血蛊蛊王赛跑，先它一步出来了，所以才有后面的事？"

"对啊！"来福说，"我当时觉得泡虫也得有点情趣，跑一跑说不定就跑出感情了呢，就是没想到一下子就跑赢了。"

"你是不是傻！"我说，"那你那时为什么非得往我手指里钻？"

来福说："我都出来了，不可能什么都不做就回去，那么多虫妹妹看着我呢！我可是高贵的蛊王，得保全我的面子，既然出来了，怎么样也得杀几个人，造一些孽，让日月无光天地变色，手上沾满血腥才能凯旋！"

我把来福摁在洗手池上，啪啪啪地扇它的脸。

高贵的蛊王哎呀呀地惨叫着。

徐小宝说："你不应该打来福，如果不是来福阴差阳错地跑在了血蛊蛊王之前，你现在已经是萧诚的手下了。血蛊和来福，我站来福这边。"

"当时萧诚是在炼化蛊王，处于神志不清的阶段，出现这种失误，也算你运气好。"关神医道，"换而言之，这都是命。"

他一边说着，一边眯着眼睛看着我和来福，不知道在想什么。

招财街的人本来就在找萧诚的下落，现在有了消息，也算是一件好事。明天是周末，我可以稍作休息，然后和丁凌联系一下，让她找出那个黑T男的下落。

第15章
小强装修公司

第二天早上,我是被敲门吵醒的。

我身上还疼着,一瘸一拐地走到门口,开门一看,门外是一个陌生男人,非常瘦小,眼睛是一条缝,但缝中还闪着精光。

那男人说:"你好,我是物业的。"

"物业?"我打了个哈欠,打量着他,"你们那么早就上班?"

那男人点头道:"最近听说有小偷偷东西,请问你们有没有发现什么可疑人物?"

我伸手一指:"对门好像遭贼了。"

那男人转头看了看对门,脸上神色微变。

我问:"怎么了?"

那男人道:"没事,谢谢。"

我关上门,忽然听到来福说:"这次别怪我没提醒你,那男人不对劲。"

我也发现了,我在这里住了这么多年,从没见过物业有这么一个人,于是从猫眼里往外瞅,发现那男人在对门站着,没有走也没有敲门,就那么站着。

忽然那男人转头,看向我。

即使知道他看不见我,我心里还是一惊,马上用手捂住了猫眼。

大概过了五六秒钟,外面寂静无声,我再从猫眼看,那男人已经不见了。

我问来福:"他是不是邪教的?"

来福道:"有点感觉,要不然你出去看看,我在后面掩护你。"

我仗着厕所里有一街高手,小心地把门打开,环顾四周,那人确实不在了。

我觉得有点头大,自从我撞上右护法,身边怪事就一桩接一桩,怪人也层出不穷。

我关上门,准备回屋里继续睡,忽然门铃又响了,打开门一看,外面站着一堵墙——是二胖。

二胖带着两个黑眼圈,脸上微红,手里拿着手机,紧张地看我。

我大吃一惊:"你怎么这么早来我家,今天休息你竟然不睡懒觉?"

二胖说:"我昨天一宿没睡。"

我转身道:"为啥啊。"

走了两步发现二胖没有跟进来,转身问他:"怎么了,进来啊。"

二胖握着手机,惊恐地摇头:"我、我、我、我……我就不进了,我就想告诉你个事。"

我问:"什么事把你吓成这样?"

二胖站在门口,眼睛滴溜溜地转着,似乎是在打量我家:"我实话和你说啊,其实昨天,我在你家见鬼了!我看到好多人在你家,一转眼,那些人就都不见了!"

我"哦"了一声。

二胖急道:"你别不信啊,这事可严重了,我不止一次在你家见到鬼！开头我还以为是错觉，是我做梦呢，但昨天我可是醒着的！这话没错，你听我的，你家闹鬼呢！"

我当然知道那些"鬼"是什么东西，就算二胖再渲染，我也紧张不起来。

二胖拿着手机在我面前晃，都急出汗来了："我就知道你不信，我昨天回家一宿没睡，拿手机查了查，哎，你知道你家这地儿原来，是什么地方吗？"

这我倒不知道："什么地方？"

二胖把手机往我跟前一放，压低了声音，一字一句地道："这里是个乱坟岗。"

我不是迷信的人，但是听到"乱坟岗"这三个字我的心还是跳了一下，连忙问道："什么乱坟岗？"

"我就知道你不知道！"二胖说，"其实我从原来就觉得奇怪了，你不觉得你家原来还行，自从你爸妈出门以后，你家里就越来越阴森吗？其实我也觉得奇怪，为什么你家外面看起来很普通，里面却这么脏乱差，弥漫着一股说不上来的味道，一进来就觉得很不舒服，就算有沙发，也没处可坐，厨房堆满了长毛的方便面盒子，厕所里还长蘑菇，看起来阴森森的。你从来没想过，这是为什么吗？"

你信不信我揍你！我跟你说，我可比你勤快，要是你妈不在家，你家得比我家还乱！

二胖提高了声音，说道："是因为你家建在乱坟岗上，所以闹鬼啊！"

我控制住自己想揍他的冲动，用手撸了一下头发，听得来福惊道："哇，好恐怖，原来你家闹鬼！"

他傻你也傻啊！他说的鬼不就是你们吗？

"说真的,老白。"二胖情深意切地问我,"难道你就没有觉得你家附近有什么怪异的地方吗?"

他这话倒是让我有些触动,我马上想起了那栋诡异的楼,和楼后被吸干吊在半空中的男尸。

虽然说有吸血练功的人,但就算是为了练功,把一个人吸成干尸,是不是也太夸张了?更何况昨天从徐小宝干爹——邪教教主赵霖那里了解到,血蛊靠繁殖操控其他人,一层一层供给食物,这么一说,更没有必要把人吸成干尸了。

难道这其中另有蹊跷?我问:"你说我家是乱坟岗,这里面有没有什么由头?"

"乱坟岗还能有什么由头?无非就是闹鬼嘛……"二胖忽然问道,"哎,你之前看没看过那些盗墓的小说,还有香港恐怖电影什么的,说不定会有僵尸啊,白毛粽子红毛粽子,晚上就从地里爬出来,穿着清朝衣服吸人血的那种!"

"有可能。"一说到吸血,我就被他说服了,越想越后怕。你说我经常上夜班,半夜回家也没注意身后,说不定夜色中,就有个一蹦一跳的僵尸跟在我身后呢,我说,"那有没有什么办法?"

"能有什么办法,找个和尚或者道士,驱邪呗。"二胖说,"准备几张符,看到僵尸,'啪'的一下,贴在他们额头上!"

我说:"行,那我去搜搜,附近有什么庙,找个时间去求个符。"我想了想,又说,"这次多亏你了,你心里是有兄弟的。"看着二胖这黑眼圈,显然一宿没睡,毕竟是从小一起长大的兄弟,感情就是不一样,显然心里有我!

"哎,你说你家这边这么危险,玄如玉那么漂亮这么柔弱一姑娘,要怎么办呢，哎呀一想到她，我就心里怦怦跳，觉也睡不好，你说我用这里闹鬼和她搭话怎么样……"二胖把手机往我跟前一递，"你看哪个开头好？"

我一直没看二胖手机，想当然地以为手机上会是闹鬼的传说，这会儿他递过来了，我低头一看，手机上的页面是搭讪技巧。

敢情他这失眠不是担心兄弟，是思春啊！

二胖说："那个是开始搜到的，后来我想到如玉，就搜别的了，一搜就是一宿，我搜到的时候也吓了一跳，谁能想到呢，你家这块竟然和咱城里的东边南边北边西边一样，都是乱坟岗……哎，那些都不重要，我还下了几个教人谈恋爱的APP，你看哪个好？"

"等等！"我反应过来，问，"你说这乱坟岗多大？"

"特别大，"二胖说，"基本上面积和咱们市一样大。"

那是乱坟岗？那是阴间直辖市吧？我说："那你和我一惊一乍的说什么？你不也住在乱坟岗吗？"

二胖说："虽然咱们都住在乱坟岗，但是只有你家闹鬼啊！你家闹鬼，住你家对门的姑娘多倒霉啊！我怕你影响人家。"

我看着二胖，深感无力："行了，你来就是说这个的吧，我知道了。"然后关上了门。

二胖又敲门，我开门，二胖一脸忧色地说："那你把你家鬼看好，别影响到人家姑娘。"

我气从中来，"啪"的一下关了门，再次把二胖关在了门外。

没过一会儿，又有人敲门，我开门，怒道："够了啊，就算我家闹鬼，也不会去找别人的麻烦……"

结果门外站着的不是二胖，是三个男的，扛着个铁栏杆，正一脸好奇地看着我。

带头的那个说:"我是小强装修公司的,来给你装防盗窗。"

我这才想起来,昨天打电话约了人来装防盗窗。

面前三个男人穿着统一的蓝色工服,戴着帽子,衣服后面印着"小强装修公司"几个大字,领头的身后,一个高个,一个矮个。

我一边把他们带进屋,一边说:"光看你们贴的小广告,我还以为你们是单人作坊,没想到还挺正规啊。"

那领头的很谦虚:"其实就是个小公司,不过认识些朋友,帮忙发了些小广告。"

我听他这语气,俨然是公司的负责人:"哟,这是老板亲自过来了。"

那人道:"做点小生意,不算什么老板,你叫我强子就行。"

我带着他们在家里走了一圈,把所有窗子,大大小小的都指了一遍:"这个,这个,还有这个……全都装上防盗栏!"

我忽然感觉到有视线射了过来,那视线令人不寒而栗,就像一个饥饿的宅男看到了热腾腾的加蛋加火腿肠的方便面,而我就是那个被死死盯着的方便面。

我转头一看,矮个男人正从包里掏尺子,高个男人则马上低下了头,用帽子遮住了他的眼睛。

我最近遇到的事情有点多,比较草木皆兵,心下起疑,去问强子:"你们这工人可靠吗?"

"可靠!"强子指着身后那高个道,"这位蔡进金,跟了我好多年了,做事特别利落,是我们公司的骨干,业务水平毋庸置疑!之前我们曾经接了个像鬼屋一样的危楼小二楼的活儿,就是他带着员工,夜以继日艰苦奋战不怕苦不怕累不怕灵异与鬼怪,最终改良成豪华别墅的。"

他又指了指那矮个:"这位富宝鲍,虽然是个新来的,但手脚也麻利,装个铁栏不成问题,今天我带他来走走业务,亲自监督,你就放心吧!"

　　财金金,富宝宝……老板你招的员工,名字都很有个性啊,我真应该把你介绍给丁凌认识。

　　这时强子手机响了,他接手机的时候,我听到手机对面传来了野兽咆哮一般的声音,强子拿着手机,小声道:"喂,老婆……我在外面……干活呢,哎哟怎么了嘛,放心吧,没事……"一边打着电话,一边转过身,走出了房间,

　　蔡进金和富宝鲍拿着尺子去量窗户尺寸,高个蔡进金从我身边走过的时候,小声地嘟囔:"快要忍不住了……"

　　我心里一惊,猛地和他拉开了距离。他走到窗前,并没有干活,盯着努力量尺寸的富宝鲍,露出了一丝邪笑,然后舔了一下嘴唇。

　　蔡进金野兽一般的目光让我觉得有些诡异,我总觉得这目光似曾相识。

　　我问来福:"你有没有感觉到什么?"

　　来福说:"我觉得那高个看起来很亲切!"

　　……我就觉得这虫子不靠谱。

　　这三人中也就老板强子还正常点,我走出房间,一边从门外盯着屋里那俩人的动态,一边委婉地问向对着电话释放柔情的强子:"你有没有觉得有什么不对?好像有点阴森森的。"

　　"哦!"强子眼睛一亮,对手机那边人道,"老婆,你先等一下。"

　　然后他对我露出了一副奸商忽悠人的嘴脸:"刚才进门的时候,我记得你说你家闹鬼?你说怎么这么巧,你今天是碰对人了。闹鬼这件事,虽然我帮不了你,但我一个朋友绝对能帮你,我那朋友表面看着和正常人没什么区别,但实际是个道士,还是祖传的,南毛北马你听说过没?

我那个朋友，就是其中一家……"

我伸手阻止他继续说下去，你把奇怪的家伙带到我家来了，带来以后你还和我推销想要挣我钱！有没有人性？

我说："我觉得你们公司那个高个，看起来有点奇怪啊。"

强子闻言，问："你是不是觉得他的目光特别淫邪？"

我说："有一点点。"我瞟了一眼屋里那两人，蔡进金正趴在飘窗上，慢慢接近低头量尺寸的富宝鲍。

强子摸着下巴道："其实我也觉得他最近有点不对劲，总是对着人舔嘴唇，看起来很饥渴。"他的手机里又响起了野兽一般的咆哮声，强子连忙转过身，对着手机道，"不要担心，老婆，蔡进金他有过女朋友，他不会对我下手的，没事没事……"

这时蔡进金一个飞扑，扑倒了富宝鲍，用手捂住他的嘴，然后咬住了他的脖子！

富宝鲍被吸血，身体一抽一抽的。

我吓得魂儿都没了，对来福道："你看！"

"嚯！"来福惊喜地道，"怪不得我觉得这高个看起来这么亲切，原来它是红色虫妹妹——也就是红妹妹的下属，小红妹妹！"来福拉长了身体，朝着蔡进金飞了过去，嘴中热烈地呼唤着，"小红妹……"

我马上揪住他，在手指上打了个结，然后用左手摁住！我怎么就忘了你这虫子的好色属性呢！

然后我马上转过身，对强子说："你看！"

强子那个角度还看不到屋里的景象，听了我的话走过来伸头去看，马上"哎哟"了一声，一脸震惊。

我说："你看，我就说他不对吧！"

"这怎么可能呢！"强子惊道,"富宝鲍我还不了解,但是蔡进金我是知道的啊,他交过好几个女朋友,在小二楼装修的时候还老偷看马哥偷藏的杂志,不可能是 Gay 啊！这怎么可能呢,他竟然真的喜欢男人？"

嗯？我转头一看,顿时惊了,原来蔡进金换了个姿势吸富宝鲍的血,他抱着富宝鲍的身体,头靠在富宝鲍的脖子上,两个人看起来十分暧昧,就像在耳鬓厮磨。

我说："不对,这人不正常！"

强子严肃地看向我："你这样就不对了,就算他的性向和我们不同,我们也不能说人家不正常,现在这个社会,每个人都有追求爱情的权利。我是个开明的老板,我不会因为我的员工不喜欢女人就歧视他们。"

看清楚点,你的员工不是在追求爱情,而是在追求鲜血啊！

我说："不是,你没懂我的意思,我是说……"

"放心,你的想法我懂,我们怎么说都是做生意的,应该公私分明,虽然我不反对他们在一起,但肯定不能在工作时间打情骂俏！"强子对那两个人喊道,"干什么呢,快干活！"

蔡进金这才放开富宝鲍,富宝鲍捂着脖子,睁着双眼,一脸惊讶。

强子走到他们跟前,很有老板威严地训斥着两个人："还想不想拿工资了？快干活！"

富宝鲍说："他突然就过来咬我脖子！"

"你不是自愿的？"强子转头,训斥蔡进金道,"这就是你的不对了,你要以为你俩都是男的就可以为所欲为了,我告诉你啊,这照样是职场性骚扰！赶快和富宝鲍道歉！"

蔡进金"哦"了一声,点点头,掏出一个创可贴,递给富宝鲍。

我和富宝鲍一样,都惊呆了,这吸血的还挺贴心,这是咬完还提供止血服务啊!

"行了,你俩也别闹了,赶快干活。"强子连忙转过身,换了个谄媚幸福的表情,对着手机说道,"老婆,是不是等了很久啊……你都听见了,对,原来小蔡喜欢男人……不,你放心,我的心里只有你……"

这都什么时候了,你还打电话秀恩爱?

富宝鲍一手捂着脖子,一手拿着创可贴,一脸受到惊吓又茫然失措的模样。

看他那模样,应该是不懂什么是职场性骚扰也不知道为啥同事会突然咬他,但显而易见的是,那创可贴肯定治愈不了他内心的创伤。

作为一个同样被咬过的人,我很同情他,于是我大步流星地跑进了厕所。

就像丁老承诺的那样,他们拿木板在我家厕所里搭了个简易房间,里面还有个门,我一开厕所的门,外面就是招财街。

徐小宝跑到我面前,很八卦地问:"你家里来人了?是谁?"

"就是你昨天说的那个!"我把丁老和关神医叫到厕所隔间里,坐在马桶上把外面发生的事和他们说了一遍,然后问关神医,"富宝鲍刚被咬,能不能救救他?"

"血蛊进入身体,会迅速移动,平常人很难找到它的踪迹。"关神医道,"不过这种隔了几代的血蛊还难不住我,只要找到血蛊位置,拔出血蛊也不是难事。"

我问:"不会非死即残吧?"

关神医道:"你以为人人都像你那么倒霉,被蛊王附身。"

来福得意道:"不是一个等级的。"

"我觉得还是先别救他了。"徐小宝道,"这可是难得的线索,低级血蛊要供养高级血蛊,所以他们必然会见面,现在好不容易出现了血蛊,只要我们跟着他们,就能找到更高级的血蛊,这样一层一层找上去,迟早能找到萧诚那叛徒!"

丁老道:"被咬的那些娃娃怎么办?"

"昨天不是说过了。"关神医道,"只要把血蛊的上级除去,这个血蛊产生的所有下级血蛊都会死,这是个一劳永逸的方法,比一个个拔蛊要方便得多。"

经过一通商量,我决定和关神医一起,去跟踪蔡进金,先找到蔡进金的上层血蛊。

但关神医身上那古装长袍实在穿不出去,现在家里有人,换衣服也容易被人看见,我就让他把衣服脱了扎成发髻的头发披下来,直接出去换我的衣服。关神医很不乐意,被我们劝了半天,才勉强同意脱去上衣,但说腰间藏有不少治病防身的东西,裤子不能脱,我看他那白裤子也不算特别怪异,也就不勉强他了。

等我和关神医一起从厕所出来,正好看到在我家厕所门口打电话的强子。

强子刚挂了电话,惊讶地看着关神医:"这屋子我不是都转遍了吗,你是从哪出来的……"

我怕他多想,连忙道:"他一直在厕所里上厕所。"

强子看我:"那你呢?"

我说:"我和他一起上了个厕所。"

"哦……"强子看看我,又看了看关神医。关神医平时包得很严实,很不习惯裸上身,被强子用奇怪的眼神一打量,很不自在,咳了一声,脸有点红,很不高兴地对我说:"让你脱我衣服!"

强子恍然大悟:"今天发生的事情真是惊人地相似。"

到底哪里相似了你给我说清楚!

关神医出了厕所,眼睛一转看到了蔡进金和富宝鲍,富宝鲍一直躲着蔡进金,飞快地量着尺寸,关神医表情严肃,眼睛像 X 光一样在二人身上扫了一圈又一圈。

我翻出一条牛仔裤一件棉 T 走过来,看见强子忧心忡忡地看着关神医,对我道:"我不太清楚你们这种类型的人,但是我们公司这蔡进金和富宝鲍显然已经在一起了,你朋友那么热切地看着他们,是不是想横刀夺爱。"

作为一个老板,你脑洞还挺大。

关神医忽然一把抓住了强子的手腕,把强子吓得一个激灵,连忙叫道:"你别碰我,我是有老婆的人!"

关神医哼了一声,不屑地甩开他的手。我把衣服给关神医,为了避免当初徐小宝的惨剧,还特意教了他怎么拉牛仔裤拉链,然后低声问了句:"怎么样?"

关神医道:"这个叫强子的身上没有蛊。"

关神医去换衣服,那边蔡进金和富宝鲍已经把所有窗户量完了,三人商量了一会儿,强子对我道:"今天估计是装不了了,有几个尺寸我们得回去现做,大概明后天做好再过来给你装上。"说着让蔡进金拿了个册子给我,"我们这防盗窗有几种类型,你可以先考虑一下做哪种。"

我看他们一副要回去的模样,心里有点着急,一个是得跟着蔡进金找到上一级血蛊,另一个是那边两个人已经中了血蛊。这强子还是正常人,我刚才没来得及救富宝鲍,已经很内疚,不能再让他们把强子给咬了,于是以看看实物为名,提出和强子一起去他们公司。

上了小强装修公司的破皮卡,我硬是把本来打算坐在副驾的强子拉到了后排。本来我还担心关神医不会坐,没想到关神医智商还挺高,看了看我和强子,就有样学样地坐了上来。富宝鲍苦着脸看着坐满后排的我们,无奈地坐到了副驾。

蔡进金开着车往他们公司走,强子绷直了身体坐在我和关神医之间,表情尴尬,车里的气氛异常奇怪。

强子看了看我,又看了看关神医,干笑了两声,说:"我怎么就坐在你们中间了呢,怪不好意思的,呵呵。"

关神医并没有理他,而是全神贯注地盯着前面两个人,明显是一副观察实验小白鼠的表情。富宝鲍的创可贴已经贴在了伤口上,显然遮盖面积不够大,但令人惊奇的是,他的伤口只有创伤,并没有流血。

我摸着自己的脖子,昨天被咬了之后,关神医给我上了药,包扎好了,但包扎的时候,显然是流血的。

难道是身体被血蛊侵入后,会自动止血?

我这个动作被强子发现了,他问:"你脖子怎么了?"

我说:"昨天被咬了,关……"我指了指关神医,"他给我包了一下。"

强子看看我和关神医,又看看蔡进金和富宝鲍:"我不是很懂你们的世界,这套路还挺奇怪。"

"……"奇怪的是你的脑洞吧?

强子见我表情变了,又尴尬了,转头去和关神医搭话:"哎,我才发现,你这牛仔裤还是九分的,挺洋气啊,大品牌吧。"

关神医依旧没理他,强子不愧是个生意人,转过头,对我笑道:"你说是吧。"

这次我也没理他,因为那牛仔裤是我的,而且不是九分的。

强子没得到回应，咳嗽了一声，低下头玩手机。

这时，坐在我前面的富宝鲍忽然身体弹了一下，上身直直地挺起！

我马上转过头，看向关神医，隔着低头玩手机的强子，关神医盯着富宝鲍，对我做了少安毋躁的手势。

富宝鲍仰着头，身体绷直，颈部慢慢浮现青筋，而在那青色的凸起之中，夹杂着一个小拇指甲盖大小的淡红色凸起，如果我没猜错，这东西十有八九就是虫卵了。

那红色虫卵在富宝鲍的皮肤下蠕动，从富宝鲍颈部伤口，慢慢地往头部移动。

富宝鲍这时已经什么声音都说不出来，对着车顶睁大眼睛，仰着头，嘴巴大张，满头是汗。而坐在他旁边开车的蔡进金却好像什么都没看见一般，自顾自地开着车。

我正对这诡异的情况无所适从，富宝鲍的身体忽然松懈了下来，他瘫在座椅上，眼一闭，就不动了。

蔡进金这才疑惑地看了一眼富宝鲍，低声道："这次怎么这么快？"然后从后视镜里看了我们一眼。

看来这富宝鲍晕得不寻常，我看向富宝鲍颈后，发现有两根细如猫毛的银针插在了富宝鲍的脖子后面，一头一尾，将那虫卵固定住了。

这显然是关神医的杰作，这家伙确实有两把刷子，坐在那里，我都没看到他动，银针就已经出手了。

强子抬起头，问："你说什么？"

蔡进金说："我说快到了。"然后拐进了马路旁边的便道。

强子笑道："终于到了！"显然因为能摆脱这尴尬的气氛而感到高兴，他看向富宝鲍，奇道，"这才多久，怎么就睡着了，有这么累吗。"

我说:"他好像身体不太舒服,刚才流了很多汗。"

强子说:"又是身体不舒服,那一会儿扶他进公司休息一下,最近怎么搞的,怎么老有人身体不舒服。"然后对我道,"你可以来我们公司看一下,我们公司的企业文化非常好。最近这一阵子也不知道是怎么回事,经常有人身体不适,又是抽搐又是流汗的,不过我们公司的其他员工都很团结,相亲相爱,每次有这种症状,他们都会互相帮助,互相依靠,而生病的员工痊愈之后,和其他人的关系变得更加紧密。"强子点了点头,颇有领导气概地说,"作为这种企业文化非常人性化的公司的老板,我很欣慰。"

什么乱七八糟的企业文化,听起来你的公司相当危险啊,你确定你这是人性化的公司不是血蛊化的公司?

蔡进金把车停在了挂着"小强装饰"招牌的临街商铺门口,我看着那商铺,非常不愿意靠近,谁知道这屋子里面藏着多少只血蛊?

"这就是我们公司,来,下车,我带你看一下我们公司,让你放心!"在强子热切的目光下,我硬着头皮下了车。

富宝鲍还在车上昏睡,蔡进金开了车门,想要拉他下来,关神医用了个巧劲儿拍开蔡进金的手,先一步揽着富宝鲍的肩,把富宝鲍从车上带了下来。

强子道:"哎呀,小蔡,你咋能让顾客扶着咱们的人呢,还不快帮忙。"

不能让他帮忙,他帮忙发现脖子后面的银针了怎么整?我连忙上前给关神医搭手,从另一边扶住富宝鲍,道:"这点小事算得了什么,人间有真情,人间有真爱,不用太感谢我,你们赶快带路吧。"

强子连声道谢,然后吩咐蔡进金去叫人帮忙,两人就一前一后进了装修公司。

关神医见他们走了，把富宝鲍往后扬着的脑袋往前一拍，露出脖子，银针刷刷刷地扎了几下，然后中指食指贴在富宝鲍的皮肤上飞速地抹过，就看见一道细细的血柱，撞飞了富宝鲍贴在脖子上的创可贴，嗖地飞喷出来！关神医似乎早就料到那血会喷出，拿扇子一翻一扬一挡，扇子上落了星星点点的血，他身上却没沾半丝血腥。

这一系列动作完成不过半分钟，看得人眼花缭乱。

关神医看着自己的扇子，点头道："踏雪寻梅。"他那扇子上本来就画了画，现在加了些血点子，画的完成度好像更高了。

我擦着被他甩到我脸上的血点子，愤恨地想这世界上应该已经没人能阻止这家伙装×了，他明明换了现代衣服，又是从哪儿掏出来的扇子？

这时小强装修公司跑出来两个人，要搀扶富宝鲍去休息，关神医把手一松，让他们去了。我有点担心，跟在他们身后，小声问关神医："没事吧，他身上不是还有蛊吗？"

关神医把手伸到我面前，握着的拳头打开，他掌心中，躺着一个蛹状的红色物体。

"血蛊卵！"来福惊道，"你把它取出来了！"

"你把它取出来了？"我惊道，"那为什么你当初不把来福取出来？"

关神医变魔术一般地掏出一个小瓶，将血蛊卵放进瓶中，道："等级不同，程度不同。"

这时强子在店里热情地招呼我："哎，进来啊。"

他身后，站着蔡进金和七八个男人，全部眯着眼睛，舔着嘴唇，看着我一脸诡异的淫笑。

关神医在我身后，背着手一步一踱，走得极慢。我想这是大白天，店里还有别的顾客，应该也没什么问题，就跟着强子进了店里。

装修公司里面堆积着各种材料物品，充斥着一股刺鼻的甲醛味，强子走到一些已经做好的防盗窗处，给我讲解："你看，这种是不锈钢的，比较结实，下雨也不会有任何影响，这种是铝合金的，价格稍微便宜一点，你要是不喜欢这种太明显的，我们还有隐形防盗窗，十五米外别人根本看不见你家安了防盗窗，如果是内置的，那就更隐形了……"

我根本没听强子说什么，注意力全都放在蔡进金那边，生怕他发现富宝鲍身上没有了蛊虫又去咬他一口。幸好那两个帮手把富宝鲍放在长椅上，蔡进金也没走近去细看，只顾着和其他人说话。

和他说话的是两个客人模样的人，几个人站在一个圆桌旁边，那圆桌挺大，差不多是饭店可供二十个人一桌吃饭的那种大小，就是质地看上去比较奇怪，看起来不像木头，倒像是石头。

可哪家饭店做个桌子还用石头的，还是那么大一块石头？

强子问："你想要哪种？"

我的注意力全被那边的人吸引了，随口道："随便，结实的就好。"

"放心，我给你选最好的。"强子低着头，啪啪啪地打着计算器，"我们公司装修，绝对超值！你们小区有不少我们的客户，你可以去问问，我们装修水平绝对是超一流的……我先把价钱给你算出来，你要是觉得合适，我们马上就做，明天你就在家等着，我们公司的人去给你安装，一点都不费事。"

我嗯嗯地附和着强子，看着蔡进金和那俩客人，想着要怎么把那俩客人从血蛊中解救出来，突然看见蔡进金那俩人对着客人们张开嘴，红色的蛊虫就对着客人们伸了出来。

这些胆大包天丧心病狂的血蛊，竟然光天化日之下就想繁殖后代！

我心中着急，对着客人们伸出手，"小心"两个字还没说出口，却见那俩客人也张开嘴,喉咙深处也探出了两只红色的蛊虫。

我伸出去的手在空中画了一个圈,捂住了自己的嘴,把惊呼声压了回去!

原来这俩客人也是血蛊宿主!

四只虫子在空中扭动,似乎是在交流,看起来异常诡异。

来福感慨道:"你看看她们,多么淑女,身姿扭动得多美。"

我看得心中发毛,没法欣赏这种美,警告来福道:"你别惹乱子,你要想找血蛊谈恋爱,关神医那里还有个俘虏。"

来福怒道:"怎么说话的,那可是血蛊卵,你当我是什么人!变态吗?"

你哪里不像变态!

这时关神医走了进来,那四个人同时合上嘴,然后四个人同时看了我一眼。

我从一开始就觉得有些奇怪,这些血蛊宿主似乎对人是有忌惮,在隐藏着自己的身份,否则作为老板,强子也不可能没发现自己手下不正常。

可是他们好像完全不在乎我,在我面前光明正大地搞袭击,显形。

这是为什么呢?

我试探性地靠近那几个血蛊宿主,他们并没有戒备,相反,还一副大家都懂的表情,一起对我露出了老司机似的微笑。

我强作镇定,咳嗽了一声,看向那个石桌,又吃了一惊。

那石桌显然不是吃饭用的,台面上刻着一个很大的不规则多角形,这形状我之前在广告单里看到过好几次,昨天还见过。我从兜里掏出了那张在小摊时随手塞到兜里的广告单,和石桌上的一对,果然一模一样!

见到我拿出那张广告单,血蛊宿主们脸上的微笑更深了,其中一个客人拍拍我的肩膀,道:"不用急,这东西马上就造好了。"

蔡进金也对我点头，微笑，然后盯着我脖子低声问："你是被几级咬的？"

我恍然大悟，怪不得蔡进金从一开始就没有选择攻击我，而是攻击了富宝鲍，原来是因为他看到我脖子上的包扎，以为我也是他们血蛊宿主的一分子！

这店里的血蛊宿主一看到我脖子上的伤口，就默认我是他们的同类了，所以都朝我淫荡地笑！

我脖子上这伤口确实是被血蛊宿主咬的，他们误认了也情有可原，虽然我并不知道他们说的几级是个什么意思，可我知道咬我的那黑T男显然不是等闲之辈，于是就模糊地道："比你们的级别高一点，是那个爱穿黑T的，你们应该知道。"

几个血蛊顿时露出了羡慕尊敬的目光："这么好，你竟然是被'墨黑之龙'咬的！"

"可我听说'墨黑之龙'只咬女人，从来不咬男人。"

"那都是传言，'墨黑之龙'可是蛊王的得力手下，肯定要扩大我们的队伍，还分什么男女。"

"墨黑之龙"是什么鬼？这代号也太中二风了吧，现在小学生起网名都不用这种绰号了！

我努力保持面部神经听他们说话，蔡进金大概是觉得我等级比他高，看我的眼神已经完全不同了，充满崇拜。他拉着另外一个店员走到一边，两人离得很近，张着嘴，通过嘴中的蛊虫交流，从我这个角度看上去，就像电视中的借位打啵。

这时强子拿着一张写满了数字尺寸的纸过来，和我说："价钱我算完了，要不要看一下，总价是……"然后一扭头，看到了正在通过血蛊交流店员。

强子目瞪口呆，映入眼中的画面应该是给了他巨大的冲击感，他眨了眨眼睛说："这……刚才蔡进金不是和富宝鲍是一对吗？这、这怎么就……"他扭头看向我，道，"贵圈真乱。"

别，我可不是贵圈的人。

蔡进金走过来，满面笑容地接过了强子手里的纸，说："老板，打个折吧，这位白先生一看就是好人，我看我们就按成本价给他吧……"强子先是被借位打啵吓到，然后又陷入了为什么我自己店员要帮别人砍价的迷茫之中。

蔡进金对我一挑眉，露出了一个都是自己人，肯定给你打最低折扣的表情，拉着呆滞的强子重新算去了。

另外两个血蛊客人很开心地和我道："你放心，都是自己人，他肯定不会坑你。"其中一个还往我手里塞名片，"我卖尿不湿的，你来我店里，把血蛊露出来给我店员看，给你打七五折。"

这是用血蛊当暗号的团购啊？你们还真是团结。

蔡进金在那边和强子说完，走过来和我说："放心吧，你比我级别高，我给你走了成本价，便宜了一半。"

我心情复杂地看了一眼还处于被自己家店员狠狠砍价迷茫之中的强子，说："谢谢了啊。"

蔡进金谄媚地说："不客气，这都是应该的，既然你等级比我高那么多，那我就认你当我老大了，有什么事，你尽管吩咐。"

我心中一跳，心想这是个机会啊，就装作随意的模样问道："那咬你的那位呢？"

蔡进金脸上露出疑惑的神情，我生怕自己说话露出破绽，连忙补了一句:"我没什么意思,就是想多见见同类,我这种地位,也不能太随意。"

蔡进金露出了一个了然的微笑,指着那个石桌道:"很快就做好了,做好后我通知您,带您一起过去。"

这里能得到的情报也差不多了,临走之前,我走到这公司唯一正常的老板强子身边,提醒他道:"听说咱们这市里不怎么太平,你说这世道乱的,以后见谁都得小心点。"

强子看着自己店里的员工:"我现在觉得这世界就很危险。"

你有这种觉悟也不错,我说:"我觉得你应该随身带点东西防身,免得被什么不干净的东西附身了。"

"我有。"强子从兜里掏出一叠黄纸,"我朋友特制的驱鬼除魔护身符,仅此一家别无分店。"说着,展开黄纸给我看,上面用朱砂写着五个特别丑的简体字——马家除磨符。

强子道:"这符可灵了,用上保证你财源广进一路发发发!我这里也没几张了,你如果需要,我可以便宜卖你。"

字都写错了还灵个屁!你知不知道你现在被血蛊宿主包围着啊!

关神医低声对我道:"这人虽然什么都不知道,却没有被血蛊袭击,显然是有独特的保命方法,我觉得你不必为他担心,就算他被咬了,我们除掉蛊王,也可以救回他。"

来福也说:"这人身上有野兽的气息,应该是被什么东西罩着的,我们蛊虫对这种味道很敏感,应该不会攻击他。"

我心想他们说的也有道理,就是这装修店显然不止装修这么简单,店员都是蛊虫宿主,显然是趁着装修的时候咬人繁殖,发展下线。一般人家里装修顶多一两个人盯着装修工人干活,被咬的话根本没有反抗余地,这种扩张方法又隐秘又保险,也不知道这城市里现在有多少血蛊宿主了。

第 16 章
你不要抖，你一抖我也很害怕

我忧心忡忡地回家，到了楼前，关神医忽然用扇子拍了拍我，然后往前方一指。

我朝他指的地方看去，我家单元楼下站着一个瘦小的男人，正抬着头看向楼层上方。

也不知道是不是我的错觉，我总觉得这人看的是我家对门，也就是玄如玉家的窗户。

因为这个男人我见过，就是早上装物业来调查的那个男人。

这男人形迹有点可疑啊，我朝他走过去，喊道："喂！你……"

话还没说完，肩膀被人一拍，我吓了一跳，连忙回头。

身后站着二胖，他穿着我们高中时候的校服，满头大汗，满面潮红，呼哧呼哧地喘着气，把我吓了一跳。

我说："你怎么了？"

二胖喘着气道："你……今天……看到……如玉了没有？"

我说："没有啊，你干吗呢。"

二胖道："如玉妹子不是说胖子油腻，她不喜欢吗？我早上为了减肥，锻炼了一天。"

"怪不得你穿校服,当运动服了吧?"我说,也就我国校服的尺寸能让二胖穿上以后还活动自如。爱情的力量还真伟大,二胖他妈和我之前劝二胖减肥过多少次,他都没说话,这昨天一美女说了句"胖子油腻",他就开始减肥了,果然美色才能成为男人努力的最大动力。

"是啊,主要我也想显得年轻一点。"二胖很高兴,"你看,我是不是瘦了点,不油腻了吧?"

我不太忍心回答,他这前胸、后背、腋下和大腿内侧全都被汗打湿了,配合着他的喘息和通红的脸,使他看上去不只是油腻,而且还像个变态。

二胖抹了一把脸,问:"你说我今天去和如玉打招呼,她会不会对我改观?"

我觉得她会报警。

二胖拉着我往楼里走:"你们不是对门吗,我们去打个招呼吧。"

刚才站在楼前的那个矮小男人已经不见了,二胖把我拉进楼洞,关神医慢悠悠地跟在我们后面,我在电梯里摁了几次开门他才进来。

我问关神医:"你今天怎么走这么慢。"

关神医哼了一声,脸上一红,拿着扇子扇风。

二胖瞅着关神医,道:"这人你朋友?"

我应了一声,二胖和关神医打了个招呼,做了个自我介绍,关神医点了点头,道:"在下关少秋。"

二胖一下乐了,低声对我说:"这也是个爱看武侠的吧,还在下呢。"然后扫了关神医一眼,又说,"一会儿咱俩去找如玉,就别让这小白脸跟着了,也没他啥事。"

你还挺有危机意识!

我心里确实也想见见玄如玉，一方面是那个伪装成物业的矮小神秘男人似乎是盯上她家了，我想弄清楚到底什么原因。另一方面是玄如玉家里气氛确实奇怪，现在见了那么多血蛊宿主，我想让关神医确定一下这谜一样的玄如玉是不是也被血蛊控制了。

敲玄如玉家门的时候，我注意到旁边的墙上，虎虎门偷东西的暗号还留着。

这就有点危险了，要是那些小偷再来偷东西怎么办？

我正打算用脚蹭掉那记号，却又发现那记号后面多了一个标记，猛地一看像个"丰"字，但其实是一个竖线上画了五个横线。

这时门开了，玄如玉披着头发，穿着红色丝绸睡裙，抱着手臂，斜着眼睛看着我们，现在还是白天，她家里却非常昏暗。

二胖的眼睛瞬间就变成了桃心："你好啊，如玉姑娘，真巧啊，我们又见面了！"

你敲了人家的门，站人家家门口说真巧。

玄如玉问："你们有什么事？"

二胖说："我听到个传闻，觉得应该告诉你。"

玄如玉瞥了我们一眼，转身道："进来吧。"

这屋子里门窗都关着，拉着窗帘，只开了昏暗的壁灯，空气完全不流通，一进门就感觉到压抑气闷。如果是我家，这么闷着早就臭了，玄如玉家却没有臭味，反而还有一股甜腻的味道。

"如玉啊，我和你说，你家不是普通地方，你家住的这块地啊，原来是个很恐怖很恐怖的地方……"二胖跟在玄如玉身后，拿着手机翻他早上给我看过的网页，忽然一低头，"哇"的一声叫道，"我×，有鬼！"

我一看，那个憔悴的莫巧兰，披散着长发，裹着一个白色毯子，蹲坐在沙发前面的地上，青白的脸正望向我们这里。

二胖先躲在了我和关神医身后，然后觉得不对，又往玄如玉身前拦："别怕，我保护你！"

我简直震惊，面对"女鬼"，二胖竟然这么英勇。我拍了拍二胖的肩："别怕，她是活人，就是身体不好，脸色差了点。"

玄如玉走到莫巧兰身边，靠着她坐在了地上，伸手在莫巧兰身上拍了拍，问道："你要说什么？"

二胖就把早上和我说的那传言又和玄如玉说了一遍，玄如玉听着听着，红唇一抿，笑了。

谁听二胖说的话谁都要笑，因为这也太荒谬了，我说："你这铁定是谣言，这世上哪有那么大的乱坟岗，兵马俑都没这么大规模，信了就傻了。"

二胖说："我跟你说，无风不起浪，谣言的产生都是有原因的，你说那是谣言，为啥我在你家就见鬼了呢。"

我说："什么见鬼，那是你睡懵了，做了个巧合的梦罢了，这是偶然发生的事，不能当真。"

"这世界上——"玄如玉拖长了声音，有些慵懒地道，"没有什么偶然，所有的一切，都是必然。"她看向我，慢悠悠地道，"你以为你遇到的事情是偶然，那只是因为你没有发现其中的必然。"

听到这句话，莫巧兰身体一震，眼珠转了一下，望向了玄如玉。玄如玉微微一笑，伸手拢了一下她的头。莫巧兰的眼中闪过一丝惊恐，然后又恢复了原来木偶般的状态，手却在不停地抖。

这两个女人相处的模式非常奇怪。

玄如玉的脸在昏暗的灯光下有些朦胧，锐利的眼神和浓烈的红唇有着无法抹去的存在感,睡裙下露出修长光洁的腿部,曲线玲珑,整个人看起来艳丽高傲又生气勃勃;而紧靠在她旁边的莫巧兰却发如干草肤白如纸,面色铁青,双目无神,嘴唇开裂,瘦得如同一根枯木,如果不是偶尔眨一下眼睛,简直和失去生命的干尸无异。

两个女人一白一红,一个饱满一个干瘪,一个美艳一个憔悴,对比极其强烈,似乎格格不入。

但现在这充满矛盾的两个人靠在一起时,又透着一股诡异的和谐。甚至有一种奇特的、病态的美感。

"如玉说得对!这世上啥事都是有原因的……"二胖一边迎合着玄如玉,一边看向莫巧兰,有些害怕地问,"这是你……朋友?"他瞅着玄如玉的脸色道,"看样子身体不太好啊。"

玄如玉道:"她有心病,吃不下饭,食不知味,夜不能寐。"

二胖道:"呦,不吃东西哪行啊,不吃东西那得饿死,这世上有那么多好吃的,怎么能不吃东西呢,你看我,就吃啥啥香,她不吃饭你得劝劝她,这世上有啥烦恼是吃解决不了的?一顿解决不了,吃两顿啊!两顿解决不了,吃三顿啊!多吃点东西,心情就好了,所以还是得吃……"

玄如玉看了一眼莫巧兰:"谢谢你的安慰,要是她能听进去就好了。"

二胖脸就红了,扭捏道:"哎,也是我帮不了忙,不然我真想把我这胃口分她一些。"

"谁能和你一样啊,你那胃口谁都受不了。"我瞅了一眼玄如玉摸着莫巧兰发丝的手,艳红色的指甲又尖又长,感觉换个角度就能割破莫巧兰的脖子,便随口道,"都说了是心病,普通法子解决不了的。"

"心病怎么了,心病也不能不吃东西啊,要不然带她去医院看看?"二胖嘴上讨论着莫巧兰,眼睛却看着玄如玉,眼中闪闪地全是桃心。

"看过了，没有什么用。"玄如玉看向关神医，"这位据说很了不起的医生朋友也帮她看过了，只说注意休养。"

"呦，你还是医生？"二胖瞅了关神医一眼，对于帅哥的敌意异常明显，"真会看病吗？哪个医院的？"

一直没说话的关神医慢慢地向前走了几步，道："我配了一些药给莫姑娘，一日三次，按方服用，可缓解病情。"说着，将一小包药放在了茶几上。

你穿古装能掏出各种乱七八糟的东西也就罢了，穿着现代的衣服，是从哪里掏出来药的？

玄如玉瞟了一眼药包，脸上的表情竟然有些和缓："谢了。"

我之前一直怀疑玄如玉是在拘禁折磨莫巧兰，没想到她这句谢竟然道得真情实感。我向关神医递了个眼色，关神医马上领会，说："我为莫姑娘诊断时，怀疑她有一些风寒。既然你们二人同住，不如我也为你诊断一下，毕竟风寒是可以传播的。"

我在旁边帮腔道："你看你家，关着门窗，又不透气又没阳光，这种环境很容易生病，不如就让关医生看一下吧。"

"我习惯这种环境，太亮反而不适。"玄如玉红唇一弯，扫了我一眼。

我感觉她似乎是看明白了我们的打算，知道我们是故意把脉刺探情报，正想着这借口找得不太自然，估计她不会答应，没想到玄如玉大大方方地把手臂一伸，对关神医道："既然这样，就有劳关医生了。"

关神医蹲在玄如玉面前，把手搭在她白皙的手腕上。屋内忽然静了下来，所有人，包括莫巧兰的目光，都集中在了关神医把脉的手上，这本就憋闷的空间，气氛更加压抑了。

反而是什么都不知道的二胖没有忍住，第一个发话："哎，你把脉的时间也太长了点,你这是把脉还是把妹啊。"

关神医看了一眼玄如玉,收回手,盯着玄如玉,若有所思,沉默不语。

二胖急道:"玄妹子没事吧。"

关神医收回目光,道:"没事。"

我怕关神医发现了什么不好明说,拉着他们二人和玄如玉告别,二胖走前还腼腆地向玄如玉搭话:"你有没有觉得我今天比昨天瘦了一点?你什么时候有空,我们一起跑步啊?"

玄如玉皱眉道:"我不和胖子跑步。"

结果出了门,二胖特别兴奋地道:"你先回家,我去跑步了!"

我说:"你真的要减肥?"

"当然了!"二胖道,"你没听她说吗?她不和胖子一起跑步,那就说明她在等我瘦下来,和我一起跑步。"

你这想法也太阳光了点。

"她都答应和我跑步了。"二胖捧着脸进了电梯,"真是个好姑娘。"

这胖子是没救了。

我和关神医一回家,就钻进了厕所,丁老和徐小宝一见我回来就想问装修公司血蛊的事儿,我朝他们摆了摆手,坐马桶上问关神医:"怎么样?玄如玉的脉象正常吗,她身上有没有蛊?"

关神医道:"从脉象上看,她身体一切正常,无任何不妥,比你我都健康。"

这结果倒是出乎我的意料。

我说:"你刚才那反应,怎么看都不像一切正常啊。"

"就是因为一切正常,才奇怪。"关神医道,"人的身体需要阴阳协调,五行运转才能正常运作，要保持最佳状态，则需要极其微妙的平衡，世人皆吃五谷杂粮，衣食住行皆有损耗，难免有些阴阳之虚，要达到全面的平衡，可谓难上加难，我行医这么多年，也没见过这种人。"

我说："说人话。"

"这世上不可能有完全健康毫无病患之人。"关神医道，"但从脉象上看，玄如玉就是这样的人。"

按照关神医的说法，人有脾虚胃寒的也有肝火旺盛的，即使是身体素质高于常人的练武之人，也会有大大小小的毛病，功法刚烈的往往血气过于旺盛，容易上火脾气也暴躁；招数阴柔的大多体寒阳虚，易得风寒常年怕冷……而玄如玉习惯待在不透风又阴暗的室内，按理说应该体弱多病骨骼脆弱血气不足，没想到她却比所有人都健康，身体素质好到惊人，简直挑不出一点毛病。

我说："说不定她是个武林高手？我记得以前看武侠小说，有些高手可以改变自己的脉象。"

丁老点头："你说的有道理，我也能改变自己的脉象。"

"这天下有几个人的武功能比得上您老？"关神医道，"若她真能运功把自己的脉象改得如此完美，那恐怕化完七只蛊的萧诚都不是她的对手。"

"那我就不晓得喽。"丁老看向徐小宝，"是不是她用了啥子邪术？"

"没听说过。"徐小宝道，"要是她真那么厉害，早就压过邪教三妖女，名扬四海了。"

我的兴趣一下就上来了："邪教三妖女是什么？"

丁老说："别提喽，当初我们和邪教对战，她们不知道策反了我们多少正派人士。"

有了上次青楼卖笑的惨痛经历，我已经有了经验，问道："这三个妖女，长得不丑吧？"

徐小宝道："觉得就那样吧，反正再漂亮也漂亮不过……"他看我一眼说，"我劝你还是别想着见她们，见到以后，有你倒霉的！"

于是我们把话题又拉回玄如玉身上，丁老他们也在监视这个谜一样的女人。据说那天虎虎门的两个小偷消失之后，昨天又有人在半夜三点潜入了玄如玉家，依旧没有出来。我和丁老他们说了玄如玉家门口新出来的暗号，但他们谁都不知道这暗号的含义。

是因为第一拨贼人忘记在暗号上标记了所以第二拨贼人才会重复潜入同一个地点，还是有其他的原因？

那个盯着玄如玉家的矮小男人又是谁？

莫巧兰和玄如玉到底是不是亲戚？

莫巧兰的老公郑鹏为什么死得那么蹊跷？

对门两个女人身上的谜团实在太多，想得我头疼，我只好把这件理不出来结果的事先放一边，和丁老他们说了小强装修公司的事。

听到黑T男咬了我一口，血蛊们把我当成自己人，徐小宝眼睛都亮了："那不正好？你潜入到他们中间，一层一层找上去，最后找到蛊王，杀他一个片甲不留！"

我说："这很危险啊，我觉得还没找到蛊王，我就有可能被他们吸得血尽人亡。"

"怕个啥子哟，让关神医保护你嘛。"丁老一巴掌拍在关神医肩上，乐道，"有他在，你死不了！"

就是因为我懂你们的逻辑我才害怕，植物人半身不遂偏瘫等生不如死的情况都在你们死不了的范畴之内。

第二天下午，蔡进金带着几个人扛着防盗窗来安装了。

我一从猫眼里看见蔡进金摁门铃，就回厕所和丁老他们报备。招财街众人早就听说这事关乎招财街追捕的邪教右护法萧诚，我一说话，他们就呼啦啦地围了上来，七嘴八舌地问：

"血蛊宿主长啥样啊？我听说血蛊是从嗓子眼里出来的？"

"哎呀妈呀从嗓子眼里出来，那血蛊一出来，他们都得吐吧？"

"那这血蛊最后还得从嗓子眼里回去，怪恶心的，吐出来又回去。"

"当血蛊宿主也不容易，我真想看看这些血蛊宿主到底啥样。"

这些人讨论得还挺深入！来福开始还听他们讨论，听到后来，表情越来越古怪，垂下脑袋和我道："完了，我再也没法直视那些红妹妹们了……"

还嫌弃人家，你不也是从萧诚嘴里赛跑跑出来的吗？该觉得恶心的人是我。

招财街众人越说越好奇：

"我还没见过传说中的血蛊，要是能看看就好了。"

"毕竟是绝迹那么多年的蛊，真想看看。"

"是啊，好好奇啊。"

徐小宝叉腰，理直气壮地道："就算要看血蛊宿主，也应该是我先看，你们都得往后排！"

还想把血蛊宿主当动物园珍稀动物围观，你们考虑到要跟他们相处，还对他们十分害怕的我的心情了吗？

那边蔡进金门铃摁得震天响，我只好警告他们道："要看就一个人看，不许出来一堆人！"然后就急匆匆跑去开门。

蔡进金倒是十分客气，一进门就对我白哥长白哥短的，我也纳了闷了,我明明姓任,所有人非得以白字打头叫我。

蔡进金带来的几个人显然也被血蛊附身了,蔡进金一进来就指着我警告他们:"告诉你们,这是我们白哥,等级比我们高了好几个档!在他家干活,你们得打起十二分的精神!拿出对待至尊黄金VIP的劲头,把这个防盗窗给我装完美了!"

那几个血蛊宿主连连点头,我看他们拿来的防盗窗,做工精细,光可鉴人,看不到一点焊接的痕迹,显然是用了心了,不禁有些感动。

然后那几个血蛊工人就跑去干活了,蔡进金在旁边和我道:"白哥,你放心,这防盗窗,我们绝对给你装到最好,而且……咦?"他话说到一半,忽然"咦"了一声,望向我家厕所。

我扭头一看,徐小宝从厕所里跑了出来,仰着头,趾高气扬地在屋里转着,眼睛盯着那几个血蛊宿主。

蔡进金说:"你家还有人呢。"

"哈哈哈,亲戚家的小孩。"然后对徐小宝说,"回屋待着去,别出来了。"

徐小宝哼了一声,跑回了厕所。蔡进金惊讶地看着徐小宝,估计是没想到回屋竟然是回厕所。

我故意给蔡进金岔开话题:"哎,昨天那个叫富宝鲍的人呢?"

蔡进金看着徐小宝道:"也不知道为什么,他今天没来上班。挺奇怪的,也许是因为还不适应……呀?"

我转头一看,徐小宝进了厕所后,丁老又从厕所里出来了,拍了拍自己的唐装,踱着步,在屋里走了一圈,眼睛却盯着那些工人。

我连忙给丁老使眼色让他回去,然后给蔡进金使眼色:"这个是亲戚,亲戚……"

丁老看着那些工人,依依不舍地回到了厕所。

结果门一关上,马上又开了,猪肉祥拿着砍猪刀,挺着肚子,侧着脸,一摇一摆地出来了。

蔡进金看着厕所门口就愣了,我在他背后使劲对着猪肉祥用力挥手。猪肉祥伸着脑袋看着那些工人,不情不愿地回了厕所。

我站在蔡进金面前,挡住蔡进金的视线:"我家里人有个怪癖,喜欢一起上厕所。"

蔡进金伸着脖子往外看,指着我身后,问:"这也是一起上厕所的?"

我都不用扭头,光听到身后一阵"哈哈哈哈咯咯咯咯噜噜噜噜"的笑声,就知道谁出来了。

我转过身,一把把从厕所里跑出来的花映容塞回了厕所,再打开厕所隔间的门一看,好嘛,面前一条长长的队,关神医在旁边挥着扇子指挥:"盟主说了,不能一堆人一起出去,要一个一个出,排好队,不要乱!"

谁说让你们排队围观了!

我警告了这群人,让他们谁也别再出去,然后愤怒地出了厕所。

一出厕所,就看见了蔡进金,他想往厕所里头看,我马上锁了厕所门。

蔡进金对我一笑,道:"白哥,别装了,我知道你这厕所里有什么。"

"什么?"我后背靠上厕所门,辩解道,"什么都没有啊。"心想遇到这种紧急情况,应该去厕所里叫几个打手出来。

蔡进金呵呵一笑,道:"你没必要隐瞒,你现在是我大哥,我又不会抢你的。"

我听他话中意思似乎和我想的不同,却又不知道是什么意思,只好呵呵地干笑两声。

蔡进金用胳膊肘碰了碰我,笑得很有深意:"你是在囤食物吧?"

我有点蒙。

蔡进金道："哎，上面人自己囤了那么多粮，却不让我们囤粮。不过总有人偷偷囤粮，不只你一个人，毕竟每次都出去咬人太费事，像我们就不是每天都能吃上饭，经常饿肚子……大家都是一类人，我懂你的心情，放心，我不会告诉别人。"他对我伸出大拇指，对我眨眼，"我仗义着呢！"

我这才明白，他以为厕所里那一群都是我囤的粮食，毕竟血蛊是要吸血的。

我拍了拍蔡进金的肩膀，道："你知道就好，今天别进我家厕所。"

蔡进金倒也干脆，点点头就去监工去了，等防盗窗安好，也中午了，不得不说，这防盗窗质量可真不错，一点刺都挑不出来，蔡进金对我道："这是我们为你专门打造的防盗窗，其实上次和你说的那个价钱是做不下来这个质量的，不过没关系，我们店里的大家一起集资，凑了点钱添上了，然后连夜赶工赶出来的。你不用感谢我们，同一个血蛊同一个梦想，我们都是自己人，以后白哥你罩着点我们就行了。"

我看着他们，心情十分复杂，你们这么实诚看起来一点都不像反派角色，一想到我骗了这些血蛊的钱和感情还有劳动成果，我就有点唾弃我自己。

蔡进金看了一眼表，说："哎哟，这都中午了，怪不得肚子这么饿，我们早上还没吃饭呢。"然后对着我家厕所舔了舔嘴唇，"白哥，那我们走了，您也别和我们客气，别留我们吃饭了，我们饿几顿也不碍事，真的啊，真的别留我们吃饭，千万别和我们客气。"

他之前就说过吃饭不易，我也明白他们这种比较挑食饮食单一的确实很难每顿吃饱，一想到他们这群人为了我饿着肚子加班加点，还往里贴钱，我就十分感动，于是我说："行，那就不留你吃饭了，不送了啊。"

蔡进金的笑容僵了："白哥，你也真客气。"

那不能怪我，你想喝血，可我家厕所能给你的只有……

"不过也没关系，饿不了太久，晚上就有得吃了。"蔡进金有点遗憾地往外走，依依不舍地看着我家厕所，出门前，对我道，"白哥，那东西已经造好了，晚上你去老地方就行。"

我根本不知道哪里是老地方，也不知道他们要干什么，急中生智地摆起架子道："我刚想夸你干得不错就给我来这套，你一个会开车的，还想让我自己走过去？"

蔡进金果然中计，说："行，晚上我带你去，不过白哥你得小心点，别让外人发现了，那场合不同寻常，如果最后惹出什么麻烦，我可担当不起。"

我听了这话，又喜又忧。喜的是看来晚上这些血蛊会有大聚会，去了说不定能有什么发现；忧的是他这话摆明了要我一个人过去，和血蛊在一起，那可是相当危险。

为了保证我的安全，我和关神医再三强调晚上的部署，其实就两个要求，一个是跟紧我，一个是隐蔽。毕竟有徐小宝那次的前科，我十分忧心，就差让关神医拍胸打包票了。

关神医看着我的牛仔裤，皱眉道："你这衣服我穿不惯，我要穿我自己的衣服走。"

我说大爷你行行好，你那衣服穿上，不要说隐蔽了，根本就是吸引别人注意好吗？这事可不能妥协，直接关系到我的命啊，劝了半天，总算让他穿上了现代衣服。

晚上等蔡进金的时候简直是度日如年，又希望他快点来，又希望他别来。

一直等到快 12 点,我开始打哈欠的时候,一直守在窗口看防盗窗的丁老忽然对我说:"来喽。"

蔡进金开着小强装修的车来,车后坐着一溜儿血盅宿主,看见我,都很亲切地和我打招呼。

我瞅了外面一眼,用壮士上刑场的心情上了车。

这一路血盅宿主们欢声笑语,我的心情却十分阴郁,时不时地看看后视镜,生怕关神医没有跟上来。

车越开越偏,刚开始还能看见城市的高楼,后来就慢慢变成了平房,最后开到一个工厂里,周围都是残垣断瓦,十分荒凉,显然废弃很久了。

蔡进金把车停在了一个仓库门口,门口守着两个壮汉,穿着黑西装,戴着墨镜,背着手,铁柱一般立着。

车里的血盅宿主们全静了下来,蔡进金小声问我:"白哥,你看这俩人,和你相比,谁的等级高啊?"

我心里一咯噔,看来这俩黑西装壮汉等级不低啊,嘴上却说:"肯定是我高,他们算老几。"说完就害怕,也不知道这牛能吹多久,别到这了,却连门都进不去。

下了车,蔡进金走到俩壮汉面前,其中一个壮汉问:"都是你们的人?"蔡进金笑道:"是啊,大哥,来参加祭祀的,昨晚上过来送祭坛的时候咱们还见过,大家都这么熟了,给个方便呗。"说着拿了两试管血,分别塞给两个壮汉。

我身后小强公司的血盅宿主们都在抹泪:"蔡哥也真不容易,从富宝鲍那吸的血全都用来疏通了。"

"没办法啊,要是不让我们进,谁都吃不上。"

还真哪里都有这种事。

俩壮汉收了试管，对蔡进金道："安检！"

蔡进金张嘴，一只红色的蛊虫从他嗓子里冒出来。

壮汉点头，蔡进金看了我们一眼，冲我们点点头，开门进去了。

然后剩下的血蛊宿主也开始一一张嘴，供壮汉检查。

我顿时惊了，没想他们竟然还有安保，还要检查，其余人能从嗓子眼里吐出虫子，我可没有啊！

眼看小强装修的血蛊宿主都张嘴检查，一个个进了门，我急中生智，抠破了手心，来福的"干吗……"才说了一半，就被我攥在伤口处，也顾不上疼，用血把它匆忙地沾了一遍。

此时最后一个小强装修的血蛊宿主也进了门，两个壮汉齐齐看向我，我用右手捂着嘴，走过去，道："不好意思，我最近嘴巴溃疡，我还有虫牙，还有口臭。"

我把大拇指的来福夹在中指和食指之中伸了出去，心里紧张万分。那两个黑西装壮汉对着我，隔着墨镜看不出他们的眼神，慌忙之中我也不知道来福有没有完全上血，看起来像不像血蛊。

一个壮汉道："这么、这么浓的血味？"

我说："我吃过饭来的，早说过我有很严重的口臭。"

"你脑子不太好吧，竟然吃完饭来。"另一个壮汉说，"你这口臭闻起来还挺新鲜的。"

一分钟前才抠破的，不新鲜才怪。

幸好那两位壮汉没有起疑，摆摆手让我通过了。

我紧张得出了一脑门汗，打开铁门的时候才感觉手心疼。

来福那张哲学脸疼得皱成一团，连声道："十指连心，你竟然对自己下得了这么大的狠手。"

我说："你以为我愿意？这不是特殊情况逼不得已……"

说话间已经推开了铁门，迎面而来的是一股闷热潮湿的铁锈味，我和来福同时闭上了嘴。

仓库里满满的全是人，昏暗的黄灯下，这几百个人摩肩接踵地聚在一起，各个年龄、各个阶层，所有人脸上都带着一种兴奋而幸福的表情，还有些人张着嘴，任血蛊从嘴中伸出来对话。

这么一仓库的人全都是血蛊宿主！

我后背起了一层鸡皮疙瘩，忽然有了一种羊入虎口的感觉。

忽然有人拍了一下我肩膀，我吓了一跳，转头看去，是蔡进金，他说："白哥，你顺利进来了？给他们看过血蛊了？"

我干笑一声，道："这还用问？不然能进来吗？"

另外一个小强装修的血蛊宿主道："没事就好，毕竟我们还没看到你身上的血蛊，就怕出什么岔子。"

"别胡说，说得我像是怀疑白哥一样。"蔡进金装模作样地道，"能出什么岔子，外面那俩大晚上的戴着个墨镜，能看清啥，不要说我们白哥是血蛊宿主，就算他不是，张嘴没血蛊，那俩人也看不出来。"

"那可不一定。"另一人道，"没血蛊的不可能淡定，那俩守卫也不是吃素的，要是支支吾吾不给看嘴，有什么反常，那可就没办法活着进来了，之前那个警察不就那么完蛋的吗？"

我听得背后直冒冷汗，我说为什么这几个人检查完就往里溜，完全不等我，知道那俩墨镜男看不清东西也不和我说，原来是在试探我。

原来我还觉得这帮血蛊挺傻，对他们掉以轻心，现在看来，他们并没有我想象的那么天真。

我本来想躲在人群后面看看情况，可蔡进金拉着我就往人堆里挤，道:"白哥,我们往前走,站后面就看不到精彩内容了。"

"不用,我不愿意和人挤,难受。"我想甩了蔡进金的手往后缩。结果其他几个小强装修的血蛊宿主保镖一样站在我周围,对其他人道:"让路让路,知道这位是什么等级吗?快让路!"

我本来想着别引人注意,悄悄地潜入,这下可好,一路过去,周围人的目光都集中在了我身上。

好奇的,探究的,疑惑的……我觉得自己被一群饿狼盯着,一放松就会被咬断喉管,也不敢露怯,昂首挺胸,颤着腿肚子被蔡进金拉着走,等蔡进金把我拉到前排的时候,我前心后背的衣服全湿透了。

仓库最前面是一个新建的水泥台,半米多高,台上放着我昨天在小强装修看到的圆桌一样的石头。石桌后面是一个大铁笼,铁笼里头关着三男两女,手都被绑着,面如死灰,瑟瑟发抖。

铁笼旁边站着几个女人,穿着统一的低胸黑色紧身衣,面容姣好,身材也不错。若是平时,我肯定不舍得把目光从她们身上移开,可是现在,我根本看都不敢看她们,恨不得低下头,把自己藏起来。

那几个女人中间,有前几天我和二胖巡夜的时候,和黑T男在阴暗角落里缠绵的那一位,丁凌还说她被咬后报了警,看来报警的时候蛊虫还没完全控制她的身体,这会儿她应该已经是被血蛊完全操控了。

这女人在这,说明黑T男也有可能出现,其余人认不得我,黑T男肯定能认出我来,要是被他发现,我就完了。

我正想着,周围的血蛊宿主忽然发出一阵欢呼声,我抬头一看,那个黑T男在几个美女的簇拥下,走上了水泥台。

怪不得蔡进金这么尊敬我,这黑T男俨然是这群血蛊的领袖。

"小的们,你们还好吗?"黑T男晃着身子,微侧着头,对众人抬了抬手，众人的欢呼声更加热烈。

黑T男歪嘴一笑，从腿间掏出一把匕首，然后从铁笼里拽出一个人，对台下众人道："首次正式祭祀，我们来个刺激一点的开场怎么样？"

众人的欢呼声震耳欲聋，那人泪流满面，抖得如同秋风落叶，身体已经软了，如果不是被黑T男拽着，绝对会倒下去。

我尚未反应过来，黑T男匕首一闪，那人已经血流如注，旁边几个美女拿着碗，去接脖子上淌下的血。

现场忽然变得极其安静，刚才还欢呼着的众人不约而同地沉默了下来，恐怖的气氛蔓延开来，蔡进金抖了一下，惊道："怎、怎么杀人了！原来不都是放个血给大家分分就完了吗……"

"怎么了？"黑T男看着台下沉默的众人，冷笑道，"吸了那么多血，这就怕了？"他嘴一张，红色的蛊虫从嘴中伸了出来，从那人脖子伤口处吸血。

被吸血的刚开始还抽动几下，后来手就垂了下去，不动了。

黑T男扔掉尸体，对着天空大张着嘴，沾满血的蛊虫从喉间伸了出来，发出了一种古怪的声音。

而仓库里的血蛊宿主们，似乎是受到了感应，也纷纷抬起头，对着天空张开嘴，露出红色的蛊虫。

这群人果然都被血蛊控制了。

"快逃吧。"来福道，"这些小红妹妹太可怕了，我可不想变成虫子干。"

我浑身发冷，环顾四周，见没有人看向我这边，就小心而缓慢地后退着，生怕惊动了周围的人。

原来追杀我的邪教人都是小打小闹，我本以为邪教只是字面上的意思，并没有那么恐怖，今天真有人死在我面前，我才懂丁老他们为什么说邪教人会遗祸世间，一定要追杀这群人。

黑T男忽然闭上嘴，看向台下。我心中一紧，马上弯曲膝盖弓起背，将自己隐藏在人群中，却不知道有没有被黑T男看见。

黑T男道："那么，让我们开始今天的祭祀吧！"

血蛊们似乎忘记了刚才的恐惧，大声欢呼起来。

黑T男忽然一笑："祭祀之前，我要告诉你们，今天的祭祀中，混进了一个奸细。"

我猛地一抖，抬起头，心如击鼓。

血蛊们议论纷纷，看向四周，我硬着头皮，一边同众人一齐问："谁？是谁？谁是奸细？"一边对着高台，慢慢往门口的方向后退。

黑T男道："不用找了，我已经知道他是谁了。"他伸出手，指向我，"就在那儿！"

我前面的血蛊全都回过头，唰地看向我。

我呆了那么两秒，马上转过头，转过身，迈开步子，扬起手，向大门逃跑。

我的心脏跳得异常的快，口干舌燥，这几秒的动作如同电影中的慢动作，犹如一个世纪那么漫长。

就在这时，大门缓缓打开，门缝中露出了黑衣壮汉的身体。

Oh, no! 他们竟然还有埋伏！我张大嘴，用力摇头，用力刹车，迈出的腿停在地上，身体因为惯性而前倾，用手撑在腿上才止住。

来福道："你不要抖，你一抖我也很害怕！"

我说："你抖得像帕金森一样就不要说我了！"

门终于开了，我和来福一起抬起头，绝望地看着大门。

第17章
长生不老！寿与天齐！

看到门外的人的时候，我和来福都"咦"了一声，对看了一眼，忽然觉得我俩好像还有救。

刚才站岗的两个黑衣壮汉，拖着一个男人走了进来。

那男人被打得遍体鳞伤，也不知道是死是活，头耷拉着，身体瘫软，被两个黑衣大汉拖着，双腿拖在地上，带出一条血痕。

血蛊们自动让出一条道路，默默地看着那男人被一路拖上了高台。

那人从我身边拖过时，传来一股浓重的血腥味。我见那男人低着头，衣服被血染得看不出原来颜色，心里一紧，想难道是关神医被发现了？于是跟着重新聚拢的血蛊宿主们一起，往前挤去。

黑T男手一扬，一个女人拿了一杯水，泼在了被打男人的脸上。

男人一抖，慢慢抬起头，脸上有些青紫，但不至于看不清长相，不是关神医，但有些面熟，记不清是在哪见过。

"我之前还在奇怪，我处理掉了那个警察，却没有什么波澜，我还以为国家允许我们公然对抗而默不作声了。"黑T男玩着手中匕首，走到男人面前，"看到你我才明白，你和那警察是一伙的，你们已经观察我很久了吧？"黑T男扬起匕首，厉声道，"说，你们是谁派来的！"

那男人哑着声音道:"我、我走错了。"

黑T男冷笑一声,手上寒光一闪,匕首已经插入了那男人的右肩,那男人连声惨叫,浑身抖动不止。

"走错了?你这么说我会信?"黑T男冷笑着揪起那人的头发,脸对脸地道,"你以为我认不出你来吗?'夜色'的保镖?"

夜色?这名字听起来也有点耳熟。

"哎哟,我想起来了!"来福激动地对我说,"就是那天那个夜店嘛!你想起来了没有,我们在那见到了'胡唱双霸',然后还被好多人打!哎,说起来,台上这个好像是当初打我们那群人的其中一个吗?"

我仔细看向那男人,模糊的记忆慢慢变得清晰起来,没错,就是这个人,我警告了他三遍打我会有严重后果,他还是打了我,最后他的同伴们甚至还一拥而上地打我。

来福道:"当初就和他说,打我们后果很严重,他不听,你看,现在倒霉了吧?"

现在我们自身都难保,可不是幸灾乐祸的时候,问题是他一个夜店的保镖,又没有被血盅附身,怎么会跑来参加血盅的集会?

黑T男问:"你们从什么时候开始盯上我的?盯上我又有什么目的?你们的幕后黑手又是谁?"

夜色的保镖浑身发抖,却硬是咬着牙,不说话。

黑T男忽然笑了:"你这是自己找死,给你一条活路你却要往死路上走。你们真的以为我什么都不知道?你的老板是个有钱人,旗下酒吧夜店无数,差不多垄断了本市的所有娱乐场所,没错吧?嗯?"

夜色的保镖身体一抖,抬起头震惊地看着黑T男。

黑T男道:"那个老家伙,是叫司徒克吧?"

那保镖连连摇头，慌张的样子反而证实了黑T男的猜想。

"你否认也没用，你们老板的店是我觅食的餐厅，仔细想想我去过那儿，再结合你的身份，就能猜得八九不离十了。"黑T男松开保镖的头发，把手伸进保镖的衣服，一边道，"我知道的比你们想象的要多，比如说，你们的目标并不是普通血盅，你们看不上他们，又比如说，邪教的传言也是你们扩散出来的，矛头指向我们就是为了引起警方的注意。但是我有点想不通，你们的目标不是普通血盅，也不是钱，更不会是铲除我们这些邪恶分子，除暴安良。"

黑T男从保镖衣服里掏出一个监听器，问道："司徒克让你们一个一个潜进来，白白送命，又是想得到什么消息？"

随着黑T男的话，那保镖脸上表情变了又变，显然是没想到黑T男已经知道这么多事。

黑T男把监听器扔到地上，踩得粉碎："现在，已经没人知道你说了什么，你好好想想……"黑T男握着插入保镖右肩的匕首，慢慢旋转，诱导一般地问道，"怎样做才能让你更轻松呢？"

保镖疼得浑身哆嗦，脸色发白，汗流不止，哭道："我说，我说……"

黑T男把刀子拔出来，一边舔着上面的血一边盯着那保镖。

保镖哆嗦着道："我们老大……司、司徒老板，是想追、追查你背后的那个人……，也、也就是你老板……"

黑T男背后的那个人——难道是我们也在寻找的邪教右护法萧诚？

黑T男冷笑道："就凭你们，也想见我老大？你们知道我是谁的手下？"

保镖摇头："不、不知道。"

黑T男又问："你们找我们老大要干什么？"

保镖继续摇头："我、我、我……我也不知道，司徒老板让我来的，他、他什么都没告诉我。"

"你什么都不知道?"黑T男道,"都已经潜入到这里了,你说你什么都不知道?你们司徒老板可不是一般人啊,你们连有蛊王的帮手都请得到,却让你一个普通人潜进来,你这身份肯定不单纯,现在你却告诉我你什么都不知道?"

我愣了一下,才反应过来黑T男说的有蛊王的帮手十有八九就是我,上次我在夜色夜店和他对上,他咬了我一口,就要在我身上种下血蛊卵的时候看到了来福。

他刚才说有警察在帮司徒克,我在夜店堵住他时曾谎说我是警察,在酒吧驻唱的"胡唱双霸"过来追我也被他看见了,那么他认为我和这保镖是一伙的,倒也不奇怪。

"我就是个小保镖。"保镖吓得哭出声,"如果不是司徒老板说要给我钱,还拿赌债威胁我,我肯定不敢来……我知道你们是用那个奇怪图形的广告单联系彼此,但我们破译不出来那单子上的内容,所、所以只能跟踪你,我们盯着你很久了,还有几个人失踪,应该也是被你们处理了……其余的、其余的我真的什么都不知道了……你放过我吧,我已经什么都说了……"

他吓得话都说不连贯,求生意识非常强烈,显然是为了保命已经把能说的都说了。

"看来你真的没有隐瞒。"黑T男对架着保镖的两个黑衣人使了个眼神,"放开他。"

保镖脸上露出了一丝喜悦,但那喜悦没有持续多久:"等下,你们要把我带哪里去!你们要干什么?!"

那两个黑衣人把保镖带到了那个大石桌前,将他四肢绑在了石桌上。

黑T男玩着匕首，走了过去。

保镖喊道："你说过会放了我的！"

"是吗？"黑T男扬起匕首，"我可不记得我说过这样的话！"

说完，手中匕首就扎了下去！

"夜色"夜店的保镖被绑在石桌上，不停挣扎，身上几处大动脉已经被黑T男划破，血流不止，鲜血顺着伤口流向石桌上的纹路，慢慢填满了石桌上那个不规则多角形符号，然后从东南西北四个方向的缺口流下。

黑T男手下的四个女人分别拿着白酒杯，在四个方位接血，接满一杯便放在地上，再换一个杯子。

身边各个血蛊宿主贪婪地盯着那一杯一杯的血，甚至能听到他们吞咽口水的声音。

地上盛满血的白酒杯越来越多，那保镖慢慢停止了挣扎，皮肤颜色越来越白，俨然是不行了。仅一会儿工夫，就死了两人，我心中有些难受，可就算我有救他的心，也没办法扛住周围这数百名血蛊宿主。

黑T男走到台前，身后跟着几个手持托盘的美女，托盘中是一个个盛满了血的白酒杯，黑T男笑道："欢呼吧！我们的祭典正式开始了！"

血蛊宿主们对着天空仰起头，红色的蛊虫从喉咙深处伸出，在半空中扭动着身体，嘴中发出奇怪的声音，似乎是在做什么特殊的仪式。

我见黑T男扫视着四周，便也抬头张嘴，盯着仓库房顶的昏暗吊灯，努力让自己在人群中不要那么显眼。

这一过程也不知道持续了多久，我简直是度日如年，生怕周围人转过头，看到我嘴巴上方空荡荡的，没有蛊虫。幸好来福注意着周围的情况，看见四周血蛊有人合嘴，马上扭动身体通知我，让我在周围人还没发现的情况下先合上了嘴。

我刚合嘴低头，就感觉有人在看我，一抬眼，发现台上的黑T男正看向这个方向，也不知道他有没有发现我的异常。

我紧张万分，只好移开目光，用眼睛的余光看他，幸好他的视线没有长久停留，很快就扫到了别处。

我在心中大念阿弥陀佛，看向其余方向，只希望能在人群中看见关神医，可周围人实在太多，寻了一圈，什么都没发现。

此时黑T男高声念道："以尔之血，灌我之身，养我元神，强我体魄……"接着他振臂高呼，"武功盖世！长生不老！寿与天齐！"

血蛊宿主们齐声喊道："武功盖世！长生不老！寿与天齐！"

"长生不老！寿与天齐！"

我无声地做着口型，完全想不到在现代社会，还能听见几百人同时喊出这种口号，如果现在再来一个"东方不败"之类的魔教教主，这场景就更完美了。

此时，场子已经被黑T男炒热，周围血蛊宿主群情激昂，情绪暴涨，黑T男举起一杯血，大喊一声："现在，让我们享受这盛筵吧！"

几个美女抬起托盘，周围人潮水一般地往前挤，往台前冲，那场景犹如超市打半价，上班挤地铁，场面混乱不堪。

看门的两个保镖也在台上，周围人为了抢那血，挤红了眼，压根注意不到四周。我心想此时不跑更待何时，于是装作往前挤的模样，开始往后退。

这退起来却也艰难，几次被人挤向前方，我费尽九牛二虎之力，终于往外挤出了一点，手臂却突然被人拽住了！

"小心点啊白哥，你看你都要被人挤出去了！"蔡进金拉着我的胳膊，热心地说，"我知道你有存粮，不在乎这点血，但是这里的血和别处的血不同,这可是祭坛上流过的血啊,而且你也知道,这祭坛今天是第一次使用,效果肯定更好!"

"你说的什么话!我是那种抢血的人吗?我们都是一母同胞的血蛊,相亲相爱的一家人!"我指向四周,悲情地道,"你看看周围,大家饿得面黄肌瘦,营养不良,我看在眼里疼在心里,这么多同胞还在挨饿,我怎么能上去争抢!这血,我不喝了,全都分给你们!"说完,就转身要走。

蔡进金抓着我不放手,感动得热泪盈眶:"白哥,我太感动了,有你这句话,我就拿你当一辈子的大哥!"

这时和我们一起来的一个血蛊宿主双手捂着个杯子,乐颠颠地跑过来:"蔡哥,白哥,你们看,我抢到了一杯!你们都不知道,前面战况有多激烈,我衣服都被撕烂了,手都被抓破了才抢到这一杯!这是我用命换来的血啊!我要尝尝,接受过祭坛洗礼的血是什么味道。"说着,张嘴就要喝。

蔡进金一巴掌拍过去:"有没有点规矩,白哥在这呢!你还想先喝,还不把血给白哥!"

我连忙挥手:"别,我不想和孩子抢吃的,你们先吃!"

"不。"蔡进金说,"若是刚才你没有说那句话,也就罢了,现在我已经知道了白哥你高风亮节、大公无私,是个讲义气重情义的好汉,对于你这么正义的朋友——"蔡进金把酒杯往前一推,"我们绝对要先敬你!"

正义的朋友不喝血啊!你家正义的朋友喝血为生!

蔡进金指着台上说:"你看你的上级,'蝙蝠'那么高的等级,都喝这个血呢,咱们来一趟,咋样也得讨个吉利喝两口!"

台上那黑T男拿着酒杯,将血一饮而尽。

原来这家伙外号叫"蝙蝠",幸好他们没追问我,要不然一下就露馅了。

我说:"'蝙蝠'是我的上级,你们是我的下级,中华有尊老爱幼的美德,我当然要让给你们。"

"天哪!"蔡进金更加感动,"白哥,我从来没见过你这么善良的人,这血,我们一滴不喝,全给你!今天这杯血就是兄弟们的心意,不喝,你就是不给我面子!"蔡进金双手举杯,单膝跪地,"喝吧,白哥!这是兄弟拿命抢来的酒啊!你不能糟践兄弟的心意!"

我看着蔡进金伸过来的酒杯,都要哭了,我就说中国的酒桌文化绝对是恶习,你看这劝血劝的,比劝酒还溜!

本来拿到血的人就已经吸引了视线,我们又这么让来让去,周围血蛊的视线已经集中在了我们身上,我简直像站在针尖上,完全没办法下台。

越是不想吸引人注意,越是发生这种事。

可我看着那血,脑海中全是刚才死去保镖的脸,不要说喝了,看一眼都有点犯恶心。

我就那么僵了一会儿,忽然听到周围人道:"不可能吧,咱们血蛊中,还有人不愿意喝血?"

"能抗拒得了这血的诱惑,我真怀疑他是不是我们的人了。"

"听起来他等级挺高,但是似乎从来没见过这人啊。"

"血可以乱喝,但是话不能乱说!"蔡进金上前一步,对着那些人怒道,"竟然怀疑白哥,告诉你我白哥等级可不是一般的高,仅次于上面那位!"说着,转头对我道,"白哥,亮出你的血蛊,让这帮不长眼的看看你的厉害!"

"也行……"我瞟了一眼台上,这边的骚动已经引起了台上"蝙蝠"的注意,正朝这边看来,看来躲不了多久就要被发现,我利用身旁的人躲着他的目光道,"不过我这血蛊,长的位置和你们不太一样。"

周围人奇道:"哪里不一样?"

我低声对来福说了句:"咱俩的命就靠你了。"然后唰地甩出右手,道,"我的蛊在这里!"

来福忽地伸长,鞭子一般地甩出,周围的血蛊宿主措手不及,惊得纷纷后退,瞬间退出了一块空地。

与此同时,台上的"蝙蝠"也认出了我,喊道:"抓住他!"

周围血蛊宿主们闻言,马上就要扑过来,此时来福大喊了一声:"上面!"

我不假思索,把右手往上甩去。延展了身体的来福先是缠住了右上方的灯,然后又迅速回缩,将我拉到了半空中。

我在晃荡的时候抬头一看,顿时就惊了。那么小的防爆灯,虽然被螺丝固定在房顶,但显然承受不住一个人的重量,分分钟都有摔下去的可能!

果不其然,我荡起来不过几个来回,那灯就被拽掉了,我立即往下掉。慌乱中,我也不知道踩到了谁的脑袋,借着那力跳了起来,来福已经拽到了另外一盏灯,又将我拉了上去。

我感觉自己犹如人猿"泰山",在仓库房顶的灯之间回荡,几秒之间上升下落数次。那些血蛊宿主的手伸得老长,几次擦过我的鞋底,多亏来福给力,借着荡起的惯性,每每在千钧一发之际将我拉起。

我们所过之处,灯啪啪啪地掉到地上,伴随着血蛊宿主们的哀号声,也不知道砸到了多少人。

"哎呀妈呀烫死我了!"来福呼地一用力,将我用力提起。我见眼前有个白色物体,双脚一伸,死死抱住了,再定睛一看,原来是仓库中央的大风扇。

这风扇倒是比那些灯牢固许多,我手脚并用,爬到了风扇上面。

风扇下面,几百个血蛊宿主对我挥手大叫,不少人嘴里还伸出了虫子,看起来触目惊心,十分瘆人。

台上的"蝙蝠"喊道:"又是你!你是怎么潜进来的,司徒到底派了多少人过来?"

我心想我都到这份上了,关神医怎么还不出现?嘴里胡诌道:"我今天来是帮司徒老板劝你们改邪归正,弃暗投明的!不要和全人类作对,如果你们还有点良知,我劝你们早点回头,去医院开点打虫药,不要留恋身体里的虫子,它们不属于这个世界,早点把它们打掉!养好身体,忘掉过去的伤痛,开始新的人生!"

"胡说八道!""蝙蝠"怒道,"你给我下来!"

我说:"有本事你上来。"

"蝙蝠"掏出匕首,朝我扔了过来,所幸这风扇位置较高,他那匕首在空中划了个抛物线,又掉了下去,接着就听到一个血蛊宿主的惨叫。

我对来福道:"幸好血蛊不像你,会伸缩。"

来福得意道:"那当然,我可是蛊王,它们比得了吗?我跟你说,这些血蛊,我根本就不放在眼里!你看,他们现在就拿我们没办法了吧?"

"你们真以为在上面就安全了?"此时瞪着我们的"蝙蝠"忽然冷笑一声,对旁边人道,"去,把电扇打开!"

竟然来这招,这真是不给人留活路啊!

此时,我趴在风扇上,旁边吊灯所剩无几,下面全是血蛊宿主,简直就是丧尸围城,这唯一的栖身之所,也要随着电扇打开而崩塌。

已经有血蛊站在了电扇开关旁,"蝙蝠"忽然制止了他,对我道:"你要是待在上面不下来,电扇一开,你非死即伤,不如我们做个交易,你把你身上的蛊王交给我,我饶你一命。"

要是我刚才没看见他出尔反尔,杀了那个保镖,可能还会考虑和他虚与委蛇一下，现在见识了这家伙的心狠手辣，他说什么我都不信了。

"任天白，我们相识一场，多少也有点情分。"来福长叹了一口气道，"你要是撑不下去，就把我交给他们吧。"

我很感动。这虫子看起来不靠谱，原来心里也是重义气的，我说："再忍一下，按照小说中的规律，到这个情节点，关神医应该就要出现了。"

"我觉得那关少秋早就把你甩开，回到招财街了，就算那讨人厌的家伙出现了也打不过面前这几百号人啊，还是别指望他了，你把我给他们吧。"来福说，"这样，至少你死了，我还能活下来。人死有轻于鸿毛有重于泰山，毕竟我是蛊王，我不能死。你为我而死，也算是一条好汉！"

我掐着来福，对"蝙蝠"道："不用你动手，我先做了这只虫子！"

"敬酒不吃吃罚酒！""蝙蝠"怒道，"开电扇！"

该来的总会来，我连忙四下张望，打算拼死一搏，通过剩余的吊灯，荡到大门处。可剩余的灯离我极远，位置也不合适，根本不可能荡过去。

电扇开关已经被按下，风扇慢慢开始旋转，我却猛地看见一双与我对视的眼睛！

墙顶上竟然爬着一个人，身上衣服颜色与墙顶颜色几乎一模一样，如果不是离得太近，根本看不出来。

这场景似曾相识，我马上反应过来，这人不就是当初在厕所里伏击我的"变色龙"吗？

此时风扇已经开始加速，我再也无法抓住风扇，于是马上对着那人甩出来福，来福立刻缠上那人身体，借着风扇将我们甩出的力量，缩小了与"变色龙"的距离。

我一把抓住了"变色龙"的肩膀，性命攸关也顾不上太多，手脚一起，八爪鱼一样挂在他身上。没多久，我感觉到"变色龙"的身体向下一沉，我的心也跟着一沉，心想这要掉下去就完了，没想到"变色龙"身上肌肉紧绷，竟然承受住了我的重量。

我转头看了一眼下面的血蛊宿主，他们各个目瞪口呆，这群人离得远，看不清"变色龙"，在他们眼里，我应该是以一种诡异的姿势，悬空挂在了房顶。

"呵呵，还想扮猪吃老虎？""蝙蝠"冷笑道，"你身上可是带着一个蛊王，怎么可能只会伸长缩短，稍一刺激，你就会露馅……我就知道，你的实力不止如此！"

真谢谢你这么看得起这不要脸又没用的虫子。

"变色龙"被我胳膊勒住脖子，脸色通红，十分吃力地怒道："你干什么？"

我说："哎哟，有点巧啊，你怎么也在这？"

"变色龙"道："我×，要不是你，老子会来这鬼地方？真是倒了八辈子血霉，一进来就几百个血蛊人！"

看来这"变色龙"是为了得到来福，跟踪我而来的，也只有他这种特殊技能，才能神不知鬼不觉地潜入。

我说："你既然能来，那肯定也能走？"

"变色龙"道："我本来想等你们散会，神不知鬼不觉地走。"

来福很高兴："哎，那太好了，你现在就可以带着我们，神不知鬼不觉地逃走！"

"变色龙"狠狠骂了一句脏话："去你的，现在所有人都看着这里，要怎么神不知鬼不觉！"

我们下方，整个仓库的人，全都仰着头，眼都不眨地盯着我们。

来福看着下面的血蛊宿主，说："你看他们，好滑稽啊。"

都死到临头了,谁还管他们滑不滑稽!

"你给我下去!""变色龙"腾出一只手,用力扒我胳膊,想要把我弄下去。

这会儿他是我救命稻草,我怎么可能放手?我死死抱住他,手一被扒开就重新抓上去。"变色龙"扒着我的手,晃着身体,牙都用上了,逮哪儿咬哪儿,我和来福哀号连连,但很有默契,就是死活不撒手。

"变色龙"身体忽然猛地一沉,我心也跟着一颠儿,急道:"能不能行啊!你那指套能承重多少?"

"我从来没试过背人!""变色龙"也吓得不敢再动,颤声道,"我说我不行,你能下去吗?"

我说:"身为一个男人,你怎么能说自己不行!我不信你不行!你看到那边那个窗户了没有,你背着我过去,咱们可以破窗而逃。"

"变色龙"看了一眼那窗户,哭了:"老大,这也太远了!"

我道:"你也看见了刚才那两人死得多惨,你要是不去,咱们今天都得死在这!"

"变色龙"闻言,重新提气,带着我往窗户那边爬。只见他肌肉绷紧,青筋毕露,全身因为过度用力而变得通红,指套生生在墙上扣出了一个个小洞。

我知道"变色龙"这会儿确实是在硬撑,便提心吊胆地盯着窗户,生怕他一个不小心掉下去。下面血蛊宿主们也随着我们移动,这要掉下去,被抓住是分分钟的事情。

眼看那窗户离我们越来越近,却感觉有什么东西从上面掉了下来,"变色龙"也突然停下。我连忙问道:"怎么了?"

"变色龙"说:"掉了个指套,没关系,我还有备用的。"说着,便伸手去怀里掏。

"变色龙"这一放松，便再也撑不住我们两人的重量，我们两人同时向下坠去！我情急之间，向着窗户甩出来福，来福在窗户把手上绕了几圈，硬是把我悬在半空，挂住了。

我低头一看，下面血蛊宿主依然抬着头，茫然而惊讶地看着我，刚刚掉下去的"变色龙"却不见了，也不知道又变了个什么颜色，隐到哪里去了。

我对来福道："把我拽上去。"

我身体往上提了半米，又往下坠了几分，只听得头顶来福喊道："没力气，拽不动了！"

接着我身体就开始慢慢下降。

这窗户下面就是仓库大门，可这会儿大门前已经聚集了无数血蛊宿主，我就算下去，也没办法从门里逃跑。

那帮血蛊宿主站在我下方，伸手够我的脚，几次被他们摸到了脚底，幸好来福都在千钧一发之际拼力将我抬起，才没让他们抓住。

我对来福喊道："加把劲儿，拽我上去！"

来福忽然使力，我正往上升，忽然脚下一沉，低头一看，我的鞋被跳起来的蔡进金抓住了！

我被蔡进金拽得一沉，来福也在怒拽我："你这个姓蔡的，迟早被人端上桌吃掉！"

两边博弈之下，我的鞋被他们拽掉了，我升了半截，来福体力耗尽，我又开始往下坠，看来注定要被抓住了。

蔡进金拿着我的鞋，怒吼道："臭！"

旁边血蛊宿主也都张开嘴，示威似的伸出嘴中血蛊。

眼看我就要被他们抓住，仓库大门"嗵"的一声被人踹开，几条银线飞了出来，缠绕住了暴露在外的血蛊，将它们齐齐割断！

血蛊被切断的宿主们抓着脖子，痛苦地在地上打滚，号叫不已。

大门外，缓缓走进一个男人，双指间夹着几条银线，皱着个眉，摆着副臭脸，正是我等待已久的关少秋关神医！

我简直热泪盈眶，喊道："哥们儿，你总算来了！"

关神医冷哼了一声，扫了一眼四周血蛊宿主，昂首挺胸，慢慢向前踱了几步。他步伐极慢，神态悠闲，仿佛在自家花园散步，刚才那一手，配上仓库大门关上时的声响，周围血蛊宿主被他震住，竟纷纷后退。

我简直要被关神医这气势折服，跳到地上，对关神医道："你来得正是时候，看到台上那人没有，就是这帮孙子的老大，现在你先冲，我殿后，咱们灭了这帮血蛊！"

关神医看了一眼"蝙蝠"，对我道："这不是什么难事，只要你能把他身体里的蛊虫吸引出来。"说着，手伸进牛仔裤里，掏出了一把匕首，递给我，"加油。"

我看了一眼关神医的牛仔裤，看了看手中的匕首，又望向躲在人山人海之后的"蝙蝠"。

我喊："'蝙蝠'，你敢不敢放血蛊出来，我们单挑！"

"蝙蝠"冷笑道："没必要！"然后双手一挥，"抓住他们！"

血蛊宿主们重新将我们围住，却因为刚才关神医露出的一手而有所迟疑，将我们围起，却保持了距离。

我俩身后就是仓库大门，我说："此地不宜久留，不如我们先撤。"

关神医"嗯"了一声，从牛仔裤里掏出了几枚银针，夹在指缝。

我又看了看他的牛仔裤，他的东西都不是从裤兜掏出来的，而是从裤子里掏出来的。

掏出匕首也就罢了，这会儿竟然掏出了银针！

我推开大门，对关神医道："快！快！"

关神医依然不紧不慢地后退，此时几个血蛊宿主打头阵冲了出来，关神医飞出银针，那几人马上定在原地，再次震住一干血蛊宿主。

我惊道："你做了什么？"

关神医瞥我一眼："你们这个时代的人，想必不知道什么是穴道。"

"蝙蝠"在后面气急败坏地喊道："给我抓住他们！"

血蛊宿主们"呼"地冲了上来，关神医不停地从牛仔裤中掏出银针，"唰唰"地扔着，转眼间已经定住了前排十几个人。

我看着关神医的牛仔裤简直震惊，藏这么多针在裤子里，他就不觉得扎吗？怪不得丁老那么看重他，这个人简直没弱点！

但就算关神医是个刺猬，也扎不完这几百号人啊，我和关神医趁着血蛊宿主们被压制的时机逃出仓库，关上了仓库大门，大门上有个锁，我立马把那锁挂上了，只听得仓库内的人嘭嘭地撞着门，显然那锁也撑不了多久。

我拉着关神医要跑，结果他却依然慢慢踱着步子，我急道："你别耍酷了，咱们快逃吧！"

"这都是你的错。"关神医忽然脸色一变，对我道，"若不是你，我不会行动如此不便。"

我说："关我什么事？"

关神医道："你给我的这条裤子，总是卡着我的会阴处，令我无法快走。"

"啥？"我愣了两秒，没明白他说的是啥意思。

只听来福说："这你都不懂，他是说你这裤子卡裆，卡得他走不快！"

怪不得他今天不愿意穿着裤子，原来是卡裆啊。那你不早说，这性命攸关的时候,你和我说裤子卡裆走不快,这不是坑我吗?你别告诉我你来这么慢也是因为裤子卡裆啊!可你都能在裤子里插银针了,还怕什么卡裆呢!

我说:"要不然你把裤子脱了,咱们快跑!"

关神医怒道:"你想让我成为江湖上的笑柄吗?我关某宁死也不干这种有伤风化之事!"

什么叫有伤风化,我也从来没听说过武林高手在裤子里藏银针,还会卡裆的!

这时仓库门已经被撞开了一条缝,那锁头岌岌可危,我和关神医却还没跑几步。

来福急道:"你把裤子里的东西扔一扔,说不定就能好点。"

于是我就看着关神医一路走一路从裤子里往外掏东西,什么手帕什么膏药什么乱七八糟的像是药材的植物……

你是怎么把这么多东西放裤裆里还让人看不出来的!在裤裆里塞这么多东西能不卡裆吗?

关神医就这么一路走一路扔。

我忽然想到了那天他给莫巧兰的药包,也是魔术一样地变出来的。我不愿去细想那药包是从哪里掏出来的了,这行为不要说什么有伤风化了,简直就是变态!

此时我们身后一声铿锵之声,仓库大门已经被撞开,血蛊宿主们从仓库中冲出,追上我们简直是分分钟的事情。

关神医摸着牛仔裤里面,面带忧色:"剩下的都是珍贵之物,不能扔了。"

你是旧社会把钱藏在内裤里的大娘吗?

我说:"被追上我们可是会死的啊!"

关神医转头，看了一眼身后血蛊，喷了一声，道："真麻烦。"然后突然转头，朝着众血蛊宿主而去！

我不知道关神医想要干什么，但护卫逃走，显然对我很不利。我转头一看，旁边不远处有个矮屋，矮屋旁边有个细杆，情急之下便借着来福的力顺着杆子爬了上去。可那细杆很不结实，爬到一半就断了，幸亏我及时跳到矮屋房顶，才没被冲过来的血蛊宿主们抓住。

而另一边，"蝙蝠"也已经追了出来，关神医一路甩着银针，朝着"蝙蝠"飞奔。"蝙蝠"一见他是冲着自己来的，马上调动周围血蛊宿主们保护自己，迅速向他围拢，形成了一个严密的守护网。

关神医跑到守护网附近，却并未止步，从裤裆里掏出一把白色粉末，忽地一撒，粉末迅速飘散，那些血蛊宿主们便捂着眼睛号叫起来。

接着就看见关神医拽着闭着眼睛大号的"蝙蝠"，一路奔回，然后纵身一跃，挟持着"蝙蝠"跳到了我身边。矮屋下面，已经被血蛊宿主们团团围住。

我问："你扔出的是什么？"

关神医道："药粉，内服可致胀气，但入眼极辣。"他冷哼了一声，擦了擦眼睛，"这一群乌合之众，我不费吹灰之力便可压制。"

虽然关神医的举动看起来总有点变态，但不得不说，作为一个医生，他战斗力确实不弱，转眼便擒住了敌将。

刚才不可一世的"蝙蝠"这会儿被关神医反锁双手，闭着眼睛泪流不止，嘴里骂着一串脏话，不停挣扎。

我受到了极大的鼓舞，问道："你打算把他怎么样？这人很危险，已经杀了两个人。"

"只要杀了宿主，寄生的血蛊也会随之死亡。"关神医道，"但我是大夫，医者的职责是救死扶伤，自然不能杀人，当务之急，还是先把他身体里的血蛊取出。"

我见"蝙蝠"明显松了一口气，心想孩子你虽然是个反派角色，但还是太天真，不明白这变态医生的套路，便故意问道："那如果取不出血蛊呢？"

关神医说："那就只能断他经脉封他五官，让他做一个不会再被蛊虫控制的废人。"

"那你还不如杀了我！""蝙蝠"闻言，忽地挣扎起来。

关神医一手擒着他的双手，一手抓住他喉咙，怒道，"你若是识趣，现在就放出血蛊，让我把它拔掉！"

"做梦！""蝙蝠"怒吼道，挣开了关神医的钳制，自怀中掏出匕首，胡乱挥舞着，"和我作对，你们今天都得死在这！"

他眼睛睁不开，不知道自己身在何处，也不知道我和关神医在哪儿，一边骂骂咧咧地乱走，一边对着空气挥着匕首。

我和关神医退后几步，看着他闭着眼睛，越走越偏。

"蝙蝠"对着血蛊宿主下命令："你们，还不快把他俩抓住！先抓住他们，我要切断他们的血……"他一步踏空，身体倾斜，从房顶上掉了下去。

我往下一看，不禁抖了一抖，好巧不巧，那"蝙蝠"竟然正好掉到了我刚才折断的细杆上。那杆子贯穿了他的身体，"蝙蝠"闭着眼睛，嘴巴大张，身体抽搐不止。

关神医看了一眼道："正中心脏，没救了。"

刚刚还在骚动的血蛊宿主们都忽然安静了下来，站在原地，一动不动。

就如徐小宝所说，这些血蛊就像是一棵枝杈横生的树，当上级血蛊被杀，下级血蛊也会死亡。

虽然知道上级血蛊死亡会波及下级血蛊，但这几百个一动不动的血蛊宿主在夜色下站着也相当瘆人，看起来像是随时都会恢复行动的样子。我给丁凌打了个电话，她倒是很有经验，说会来收拾残局，让我和关神医先离开。

折腾了这一晚上，我大约得到几个情报，一是"蝙蝠"是这帮血蛊宿主的小头目，从他死后，在场全部血蛊宿主都受到控制可以看出，这些血蛊几乎全是他的衍生。结合之前蔡进金透露的信息来说，他血蛊的等级很有可能仅次于邪教右护法萧诚的。可惜今天晚上，萧诚完全没有露面。

二是除了我们以外，还有其他人盯上了这帮血蛊宿主——就是那个被杀保镖的老板，"夜色"夜店的司徒克。听他们对话，这人有钱有势，他派人潜入调查，目标显然不是"蝙蝠"，而是"蝙蝠"背后的人——也就是萧诚。知道血蛊危险还不停派人陷入，这人显然也不是什么善茬，但若说他是招财街出来的人，他派出的保镖又不像是会武的；如果说他是普通人，那么他找萧诚又有什么目的？

还有一件事情让我很介意，这些血蛊宿主大费周章，做出一个那么大的石桌，难道只是为了做祭祀的仪式？听蔡进金那群人说过，他们之前也有过聚会，但这种祭祀是第一次，若说他是单纯的祭祀，我又觉得哪里不对。邪教、血蛊和祭祀连在一起，总让人觉得背后发凉，似乎马上就会发生什么诡异的事情。

这些事凭想是想不出来的，等丁凌调查之后，说不定会有其他线索，这一晚上我累得虚脱，回家便一觉睡了过去。

第18章
我还有一厕所的武林高手要养

这天晚上做梦,我又梦见了高中时期,我、二胖和黑皮翘掉了自习课,买了一堆蜡烛,偷偷在教学楼后面,把蜡烛点成了心形。

二胖说:"老白,你和女孩告白,这里面得写女孩名字,要不然他们可不知道你喜欢的是谁。"但我们买的蜡烛不够,而且"凌"字也太复杂,于是我们就在心里面排了个"丁0"。

排完以后,黑皮说:"看起来有点简陋,不太美观,不如不管名字,专注突出姓。"于是我们就对称了一下,把心里的蜡烛排成了"0丁0","00"比较小,"丁"字尤其大。

排完以后,我们看着成品,都被自己的智慧折服。这太对称了,正着念倒着念都是"丁凌",配着爱心,就是"哦丁凌我爱你"。

"不过我怎么觉得看起来这图有点怪怪的。"二胖说。

然后我们就开始点蜡烛,风比较猛,我们蜡烛点了就被风吹灭,点了就被风吹灭,二胖和黑皮仗义地脱了校服上衣,一边遮风一边对我说:"快!老白,快!"

于是我就站在心形"0丁0"的前面,被两个挥着校服赤裸上身的朋友包围,对着教学楼大喊:"高二(3)班的丁凌!你出来一下!"

整个教学楼都哗然了，好多人挤到窗口往外看。我一直盯着那个窗口，终于看见丁凌的脸。她先是愣了一下，然后那张本来没有什么表情的脸开始慢慢泛红。

　　我心想，哎哟，有戏！指着那图对着她喊道："你看到这个了吗，这是我送给你的！"

　　丁凌转脸就消失了，我转头和黑皮说："没问题了，看来她是感动得飞奔下来见我了！"

　　结果一转头，一盆水泼了下来，抬头一看，丁凌立在窗口，手里拿着一个空盆，对我们怒目而视："流氓！"然后"啪"的一声关上了窗户。

　　我、黑皮和二胖都被水淋湿了，三人都很茫然，不知道我们这么完美的浪漫计划怎么会失败。结果一群老师出来，拽着我们往外走："年纪轻轻不学好，公然耍流氓，去把你们家长叫来，写检查！"

　　我被老师拽着，回头往窗户上看，只见窗户再次打开，丁凌站在那儿，于是我就喊："丁凌，早上要不要和我一起做运动啊！"

　　拽着我的老师突然回头，嘴巴大张，嘴里冒出一只红色的虫子："做什么运动？"

　　我猛然惊醒，这梦开头浪漫结局惊悚真让人难以预料，正在回想这梦，忽然听见外面有人在喊什么。走到窗前一看，二胖穿着校服，在我家楼下原地跑，一边跑一边喊："玄如玉，玄如玉，早上要不要和我一起做运动啊，我们一起去跑步吧！"

　　我说怎么梦的结尾我莫名其妙地蹦出那么一句话，原来是二胖在楼外喊。

　　我穿上衣服，走下楼，踢了二胖一脚，道："干吗呢这是，太阳从西边出来了？咱俩工作这么久，我第一次见你上班早起。"

"你说你前几天才受伤今天咋就和没事人一样了。"二胖冲我挥挥手,"别闹,干正事呢。"说完,又对着楼上喊,"玄如玉,玄姑娘,玄美女……"

"大清早的,你别扰民了成吗,一会儿谁出来揍你一顿。"我抬头一看,玄如玉家的窗户毫无动静,窗户后面,窗帘遮得密不透风。二胖号了半天,没号出玄如玉,倒是号得另外几家人开了窗户骂:"大早上的有完没完!"

"神经病啊,叫什么叫!"

"再叫报警了啊!"

我走到一旁装作不认识二胖的样子。二胖估计也是怕真有人冲出来揍他,住了嘴,眼巴巴地看着玄如玉的窗户,嘴里念叨着:"她咋不出来呢,我还想着上班前能见她一眼,是不是我声音太小,没听着啊。"

"我觉得她听着了更不可能出来。"我拍了拍二胖的肩膀,"这世上不是每个人都像我一样重情义,认你也不怕丢脸的。"

我一拍二胖的肩,觉得潮乎乎的,再看二胖身上校服,前胸后背全被汗湿了,不禁有点吃惊:"哎哟,你还真去运动了?"

这校服继承了我国校服优良传统,冬冷夏热,二胖那体形,穿这套运动服,跟做桑拿一样一样的。

"那当然。"二胖对我竖起五根手指头,"我今天跑了这么多!气都快上不来了。"

我惊了:"五千米?"

二胖冷哼一声:"起码五百米!"

还……真没累死你!

二胖转着圈儿问我:"你看我瘦了没?"

你别说，这校服也并不是一无是处，正常人穿着显胖，二胖这样的穿着还有点显瘦，但看着二胖这欢脱劲儿，我有点疑虑："你这减肥已经坚持两天了，这不是你的风格啊，你是真看上那大红唇了？"

二胖"啧"了一声，一脸严肃："什么大红唇，一看你这人心里就不正经，关注点都是歪的，人家有名字，玄如玉，多好听，多有意境！"他对我道，"老白，我跟你说，我这回可真是一见钟情，那天在电梯里见到她第一眼，我就觉得头顶上一道闪电劈下来，劈得我整个人生都亮了，心都跟着颤儿，这几天我茶不思饭不想，一闭上眼睛，就是她的脸，那双丹凤眼，那红艳的嘴唇……"二胖一边说，一边撸起袖子，抬起手臂给我看，"你看，我一想到她就激动，浑身颤抖，难以自已，你说，我这是什么？"

我说："是癫痫吧。"

"不！"二胖用大肥手捂住心口，"是爱！这是爱！我活了这么多年，终于碰到真爱了，这是我初恋。"

我说："得了吧，还初恋呢，这得是你第108次初恋了吧，哪次初恋你不是说一见钟情的？"

"那些都不算。"二胖往电梯里走，"这次才是真的。"

这话我也听过几百遍了，虽说我也希望二胖能找到真爱，不过这个玄如玉太过神秘，和同居的莫巧兰之间的关系实在让人猜不透，实在不适合二胖这样单纯的胖子。

二胖站在玄如玉家门口，从怀中掏出一杯塑封豆浆，一袋包子。

我说二胖为什么把衣服扎在裤子里，原来是藏了早点。

当年上学的时候，我、二胖和黑皮经常在课上偷吃东西，刚开始比较傻，都揣兜里，塞得鼓鼓囊囊，结果被老师一摸就摸出来了。后来我们发现校服比较大,裤子一扎,怀里揣点东西,双手一捂也看不出来,就把吃的放怀里,早上起晚了,路边买个早点,灌着冷风小跑到学校,然后早自习的时候偷吃。

我那时候比较放浪不羁,买了双份早点,单手撑在丁凌桌前,问她:"你猜我怀里有什么?"

丁凌低头看书,手中笔写个不停。

我邪魅一笑,从怀中掏出鸡蛋灌饼,放在她桌上:"中国驰名商标,西门口刘记鸡蛋灌饼!双黄半熟蛋,加火腿肠加葱花,足量辣椒和酱,早上人山人海,排队才买得到。"我伸出右手,用大拇指和食指比了个枪的形状,在丁凌面前一晃,"别说哥对你不好!"

丁凌终于把眼睛从书本上挪开,看着我,也不说话。

我被她一看,心里嗵嗵乱跳,手指分开,在头上一竖,甩完头发又抱着手臂:"你这么看我,是不是觉得我今天很帅?"

丁凌对着我身后扬了扬下巴,我扭头一看,老刘头正一脸怒气地看着我,身后的二胖和黑皮垂头丧气,他们偷偷带在身上的早点全被没收了。

我辛苦排队买的鸡蛋灌饼也这么被没收了,老刘头背着手教育我们,我们三都低着头听训。我偷偷抬头往丁凌那看,发现她还是拿着笔学习,就是学着学着忽然抬头看我一眼,发现我也在看她,愣了一下,然后睫毛就遮住了眼睛,视线重新回到了书本上。

那一眼过来,就是春天里那个百花开,风和日丽阳光灿烂心思荡漾,接下来就被老刘头拿书拍了脑袋,说我不知悔改,听着训还敢笑。

我心想,丁凌都看我了,老子现在心里甜如蜜,你这一下算什么。于是带头认错,毕竟我是老大,我这一认错,黑皮和二胖也跟着认错,三个人轻车熟路哄着老刘头,本来就没事了,老刘头挥手让我们下去,结果二胖多嘴问了一句："那你把吃的也还给我吧，其、其实……我还有点饿。"

一句话把老刘头气笑了，硬是让我们罚站完了还要接着写检讨。

后来二胖还傻乎乎地问我们："我们藏得那么好，老刘头咋会发现的？"

我和黑皮气得啊，说："废话，他看不出来还闻不出吗？你买啥不好买韭菜盒子，还一买就是五个，还指望别人发现不了？你不如装个榴梿在衣服里，有人闻出味你还能找借口说不好意思我拉裤裆了。"

二胖敲门敲了半天，玄如玉终于来开门了。身后的房间就如同我意料中的一样，不见阳光，只有一点昏暗的灯光。她卷发披肩，一身红色睡衣，丹凤眼微微眯着，妩媚中带着高傲，高傲中又透着点不耐烦，没好气地问道："有事？"

二胖也不知道是习惯了还是被美色蒙住了双眼，硬是没觉得自己不受欢迎，包子和豆浆递了上去，说话都结巴："早……早上好……吃吃吃……吃早饭了没？"

玄如玉扫了一眼他手上的东西，皱眉道："我不吃这种东西。"然后"啪"的一声关上了门。

二胖这胖子有点傻，被人这么甩脸也没生气，看着玄如玉家紧闭的大门，拿出一个包子啃了一口，魂不守舍地道："老白，我觉得这感觉没错，我是真喜欢她。"

时隔多年，看到二胖又使出中学时我用过的方法泡妞，情形还都差不多，我的心情十分复杂，加上早上做的梦，莫名地就有点想丁凌，想见她一面。

没想到我只是想想，丁凌倒真找上我来了。

说起这天上班，我和二胖都是一脸迷糊没睡醒，万万没想到会是这么一个发展。大中把我和二胖叫到办公室的时候,我俩本来以为他是想表扬我们工作努力,严肃认真。

没想到他表情严肃,接着就甩出几张照片。

我低头一看,顿时蒙了,照片上是那天晚上,我在"夜色"夜店后面的小道和人对峙,被人殴打的画面,遇见的三拨人,"蝙蝠"、"胡唱双霸"和夜店保镖,三拨人全被照上了。这照片照得非常刁钻,看起来不像是别人打我,更像是我打别人。

一看这照相的人就别有用心!

大中痛心疾首:"人家举报你打群架,你看看你,一打一,一打多也就罢了,你咋连残疾人都不放过呢,你说说,你说说,我认识你这么久,一直以为你挺善良,竟然从来不知道你是这样的任天白!"

"不会吧,你竟然打残疾人。"二胖看着那照片,"哎,这俩残疾人咋看起来有点眼熟?"

那俩残疾人是普通残疾人吗?真打起来我根本干不过他俩啊!我喊冤道:"大中,你也知道我的实力,我和你说,真不是我打他们,是他们殴打我啊!"

大中直冲我摆手。

二胖也点头道:"这是真的,别的我不知道,这一群人和老白,绝对是老白被打得惨,那时候他被打得浑身都是伤……不信你看,他这一身,那时候腿都瘸了……"二胖指向我,忽然闭了嘴。

大中瞥我一眼:"伤呢?瘸腿呢?"

关神医的药管用怪我喽?

我连忙拆了脖子上的绷带,说:"你看,这里!这里!这是被咬的。"

被蝙蝠咬的那一口愈合比较慢,现在还剩几个牙印。

大中怒拍桌子："都什么时候了，你还秀恩爱！牙印有什么看的！"

二胖也扭捏道："老白，这时候看这个不太合适。"

不是，你们听我解释……不对，这根本也没法解释。

我失去了斗志："那我们是不是要写检讨啊？"

大中说："不用，你们是巡逻员，写检讨没什么用。"

二胖问："那咋办？扣奖金？"

大中摇摇头，指着我道："你去办离职手续吧，以后就不用来上班了。"

我和二胖先是一愣，然后都惊了，没想到后果如此严重："队长你开玩笑吧？"

大中说："我怎么可能拿这事开玩笑。"

二胖怒道："不至于吧，凭什么啊！老白他辛辛苦苦干活，难得想争个先进，这一句话就把人辞了，这也太黑了！讲理吗？"

"本来是不至于，不过有人施压。"大中低声对我说了一句，然后拍了拍我的肩膀，"你想想最近是不是得罪了什么人吧。"

我整个人都茫然了，我得罪的人？光冲我手上这只虫子，我就已经得罪了数不清的江湖败类，这是想一想能想起来的吗？

然后我脑子里回想着这一阵遇到的事，越想越没谱，再想到工作这段日子里，兢兢业业忙来忙去碌碌无为虚度时间睡得比猪少干活比牛多还兼职背黑锅，人生大好年华虚度在这，好不容易想要争个先进挣点奖金，最后还为个莫名其妙的原因被辞了，我也怒了，脱了衣服一甩："不用你辞，老子现在就不干了！"

我怒气冲冲地往外走，来福安慰我道："哎，没事，不就是个工作嘛，没了也没什么大不了的，你不还有个招财街嘛，想吃饭的时候去你家厕所，绝对饿不死你。"

我都要哭了，本来还是生气的，现在都感觉能闻到味了："我求你了，还是别安慰我了。"

我在马路上走了一阵，忽然一辆车就跟在我旁边，我转头一看，车窗落下，丁凌在车内看着我。她冲我扬扬头道："上车吧。"

我坐上副驾驶，丁凌把车窗一关，孤男寡女共处一车，车内还有一股淡淡的香水味，我顿时有点小害羞，呵呵地笑道："这么巧。"

"不。"丁凌看向我，"我是特意来找你的。"

我那点小害羞又变成了小激动，我咳了一声，说："那你找我有什么事？"

丁凌掏出两张照片，问道："你昨天看到的是哪个人？"

我的小激动又变成了小失望，哎，我就知道，她不会因为爱慕我而来找我的。

两张照片上分别是两个男人，都穿着黑色T恤，衣着发型体形都差不多，猛地一看，还以为是同一个人。但稍微留意一下，就能看出来，这两人长相完全不同。

其中一个男人，就是我遇见了好几次，最后失足而死的"蝙蝠"。

我抽出"蝙蝠"的照片，说："是这个。"指着另外那张照片问道，"这人又是谁？"

丁凌说："他外号叫作'老鼠'，和'蝙蝠'一样，都是萧诚的手下。根据我们的调查，这个人是和'蝙蝠'同级别的血蛊宿主，应该是除萧诚之外，最高的血蛊等级者，也是其他所有血蛊宿主的管理者，其他的血蛊宿主将他们二人称之为'墨黑之龙'。"

"墨黑之龙"……这么说，我似乎是从蔡进金那里听到过这个非常中二也非常二的名字。原本我以为这是"蝙蝠"的另一个外号，原来这个绰号代指了两个人。

我回想了一下昨天祭祀的情景:"我好像没见过这个人。"

"嗯……"丁凌看了看那张照片,说,"你没见过是正常的,因为根据我们的调查,'墨黑之龙'中的一人似乎失踪了,已经很久没有人见过他,我们虽然拿到了照片,却不知道失踪的是哪一个。"丁凌纤细白皙的手指在照片上点了两下,"所以我才想让你看看,你见到的是哪个。"

我正要点头,忽然又觉得不对:"那你这问题就没什么意义了,我见到的那个已经死了,你们昨天去处理的时候,难道没看见?"

丁凌摇了摇头。

我说:"难道那些人带着尸体跑了?哎呀,早知道我应该让来福把他们都绑起来!"心中暗自庆幸自己跑得早,在那群血蛊宿主缓过神之前就跑了。

"老子堂堂一个蛊王,你别把我当绳子使!"来福很不高兴,"而且你逃命时跑得比谁都快,关少秋有轻功都追不上你,你哪有空绑他们。"

"别胡说!"我怒斥来福,关神医追不上我是因为我跑得快吗?那是因为他裤裆放太多东西了卡裆跑不动!

"不是。"丁凌摇了摇头说,"当我们赶到现场的时候,其余人都在,只有'蝙蝠'消失了。"

"嗯?"这话倒出乎我的意料,我说,"他的尸体不在了?"

"这也是我想问你的——当我们过去的时候,看到了你说的断杆,也在断杆附近看见了大量血迹,只是唯独没有看见'蝙蝠'的尸体。"丁凌看向我,秀气的眉毛锁了起来,"所以,你真看见'蝙蝠'死了?"

她的这个问题倒是把我问得愣住了,我从来没想到"蝙蝠"在那种状态下还能活着,他可是被断杆穿心,连关神医都说已经没救了的。

"我当时还特地探过'蝙蝠'的鼻息,已经没气了,关神医也说他活不了。是不是有人把他的尸体拿走了?"根据我和丁凌的联络时间来看,我们前脚走,丁凌后脚就到了,间隔没有超过十分钟,如果有人在这段时间里拿走了"蝙蝠"的尸体,也不是不可能。

"也许吧。"丁凌说,"毕竟,我们没找到的,除了'蝙蝠'以外,还有你说的那个大石桌。"

那石桌我可是记忆犹新,当初第一次在小强装修公司看见那石桌的时候,我光觉得那石桌使用的材料比较奇特,上面的符号奇怪,万万没想到它是用来杀人放血的。

有人能在几分钟之内抬走"蝙蝠"的尸体倒是有可能,可那石桌又沉又大,还在仓库深处,想要在我离去后丁凌来之前搬走石桌还不被我们发现……

我说:"那我只能想到两种可能。一种是类似你太祖父——丁老那样神功盖世的人,我能想到他一手扛着'蝙蝠'的尸体,一手举着石桌,大步流星走掉的画面。"

丁凌摇头:"太祖父他力气之大,无人能及,至少到目前为止,没有人能与他匹敌。"

"会不会是一群训练有素的人,等我和关神医一走,就用极快的速度奔过来,处理掉'蝙蝠'的尸体,搬走石桌。"我想了想,又否定了自己的设想,"这也不太可能啊,再专业能专业得过你们?你们都花了十分钟才过来,别人不能再快了,除非他们一开始就守在外面,并且知道里面发生了什么,这才能在你们来之前抢占时间……"

可再怎么想,几分钟内处理尸体并搬走大石桌,还不撞上赶来的丁凌他们,这时间也太紧了。

我问："你不是说其余人都在吗，问问他们有没有看见什么？"

丁凌摇头道："'蝙蝠'的死亡对他们造成了很大影响，虽然我们已经把他们安排到了安全的地方监视起来，但现在他们被血蛊创伤，还没有恢复神志。"

"那等他们恢复，你再问问他们吧。"我想到祭祀时仓库里那些血蛊宿主们疯狂的表情，叹道，"不过这血蛊害人，他们被血蛊控制，可能自己都不知道自己做了什么。"

丁凌点点头，沉默了一会儿。

我靠在座椅上，转眼看她，在心里感慨这姑娘比中学时长开了，身材变好了，也更漂亮了，可身上的气息却变得更凛冽了，那种拒人于千里之外的气质变得更强了，似乎有露水滴到她那纤长的睫毛上都会凝结成冰。

你说好好的一个美人，走到哪儿都是焦点人物，应该是集万千宠爱于一身，被人呵护着长大，怎么就像个冰美人一样呢？

为什么呢？

当然是因为缺爱了！

缺少我的爱啊！

就是没有一个像我这么热情的人去捂热她的内心嘛！

这都是我的错，没有一直陪伴在她身边，我内疚地想，以后我得弥补回来。

我情不自禁地笑了出来："嘿嘿。"

来福说："注意点形象，你笑得太猥琐了。"

丁凌忽然说道："我太祖父和招财街的人都给你添了不少麻烦，如果有什么需要我帮忙的，你就给我打电话，只要是我力所能及的，我一定会帮忙。"

"不麻烦不麻烦,我会照顾好咱太祖父的。"我说,"不就是一条街的人嘛,占不了我家一个厕所。自从他们到了我家,我觉得我家厕所每天张灯结彩,异常热闹,连空气都变得清新了呢。"

"……"丁凌沉默着点了点头,把我送到了小区门口。

丁凌的车开走后,来福说:"我觉得如果你开口,她必然会帮你找个新工作。"

我说:"工作这种小事,我随便找找就有了,没什么大不了。"

来福叹道:"哎,咱们男人啊,都不愿意在喜欢的姑娘面前露怯。"

它这话说得我有点心酸,骂道:"别说了,这一阵儿的风波可都是你的红色虫妹妹惹出来的。"

这是上班点儿,小区里都是带小孩散步买菜的老头老太太,几个小男孩玩着遥控飞机,一切看起来欣欣向荣,可我一想到我工作没了就有点蔫。

毕竟我还有一厕所的武林高手要养。

我愁眉苦脸地往家走,来福忽然拉了拉我,道:"你看。"

我转头一看,正好看到一个人影跑到了不远处的楼里。大白天的,有人进出楼洞是很平常的事情,但那栋楼是B14楼,小区里出名的鬼楼。而且那人的身形矮矮小小,有点眼熟。

来福低声问道:"那人不就是那天冒充物业,敲你家门的那个男人吗?"

我记得那个男人,獐头鼠目,看起来鬼鬼祟祟,敲完我家门之后,又在玄如玉家门口东张西望,显然不是什么好人。

上次没盯住,一眨眼这人就不见了,看来他很有可能也是从招财街出来的练家子。

见那小个子进了 B14 楼，我也跟了上去。

这楼里一如既往地黑，比起其他楼栋，温度低了不止一摄氏度。

第一次进这楼的时候我还担心没有钥匙，后来再来的时候，就发现这楼下的防盗门和灯一样——都是坏的，任谁都可以来去自如。

理论上是这么说，可这楼里进出的人却寥寥无几。

我轻手轻脚地关上防盗门，小心地走了过去，电梯都停在一楼，安全通道的门却开着，显然，那小个子是从安全通道走上去的。

我从楼梯追了过去，一二层是底商，没有窗户，灯又是坏的，到了第三层，阳光从窗户透过来，才让人实实在在感觉到现在确实是白天。

我见三楼安全通道的门也开着，伸头往里一看，见那贼眉鼠眼的小个子刚走到一户门前，手里拿着什么东西，正往人家门眼里戳。

果然被我逮到了吧！这个小偷！

我怒喝一声："干什么呢！"

那小个子身体一震，转头看向我，一脸惊恐。

我指着他道："偷东西是不是？走，跟我去警……"我话还没说完，那小个子忽然冲向一扇窗户，纵身一跳，破窗而出！

这可是三楼，说跳就跳？

我连忙追到窗前往下看，只看见一地的玻璃碴子，那小个子却已经消失无踪了。

果然是练过的人。

这家伙不会是那什么窃鸟抚犬的虎虎门的小偷吧？

那这小偷也太不长眼色了，三番四次来这楼偷东西，上次我好心帮他们抹掉了，怎么还来？

我转头看向四周，楼内十分安静，一点声响都没有。

之前我进这楼的时候,总觉得有人在偷偷看我,这次倒是完全没有那种感觉了。

我顺着逃生梯又走了下去,快走到一楼安全通道时,却被吓出了一身冷汗。

安全通道门口,立着一个男人,低着头,背对着我,雕塑一样站在那里,也不知道在看什么。

我问道:"兄弟,下楼?借过一下。"

那人没动,不过他站的地方完全挡不到路,我一路盯着他,从他身边过去了,心里忽然冒出了一个念头——假如他一开始就站在这里,我上楼的时候那么急,也未必能看见他。

想到这,我又觉得自己想多了,就算是大白天闲着没事干,有哪个正常人会站在黑乎乎的楼道里一动不动?

我走出鬼楼,来福忽然道:"我总觉得这楼里有招财街出去的蛊,蛊的气息特别多,特别微弱,今天,怎么什么都感觉不出来了。"

我说:"别说了,你那雷达要么不准,要么就马后炮。你说你要有个点石成金的特异功能多好,我就算失业也不用愁……哎呀,我想起来了,我摩托还在局里。"

早上我一如既往地带二胖去上班的时候,可没想到会失业,那摩托就停在局里,还没拿回来。

谁知想什么来什么,我这边正在思念我的摩托,那边就听见一声喊:"老白!"

转头一看,二胖扶着我的摩托,气喘吁吁地朝我跑来。

二胖的体格众所周知,骑摩托车卡屁股,推摩托也不轻松,走两步就要被摩托蹭一下。

我说:"你不好好上班,来这干吗?"

二胖说:"上什么班!这事都赖我,要不是我,你也不会被那群人打,所以我想清楚了,去他的,都什么东西?凭什么我还要留在那里受气,人要有自尊,你走了,老子也不干了!"

我没想到二胖还挺讲义气,不禁感动起来,说:"不愧是好兄弟,够意思!"

二胖拍着我的肩膀道:"共进退!"

"共进退!"我也拍了拍二胖的肩膀,感动道,"关键时刻,还是兄弟顶事!你竟然这么仗义,都不怕惹你妈生气!"

没想到二胖闻言,打了个哆嗦,一秒变怂:"完了,我一时激动忘记我妈了,要被她知道肯定要揍我,咋办,我现在回去求大中别开我还来不来得及?"

我顿时无语。

最终二胖还是没拉下脸去求大中,也没敢告诉他妈真相,第二天早上按照上班点跑到我家,先去给玄如玉送了早饭,一如既往地被拒绝了之后,跑来和我唠嗑。

我本来以为他会很沮丧,没想到他心情还挺好。

我怕他发现我家厕所的玄机,以健身的名义拉他下了楼。

一下楼就又看见那个爱显摆的老蔡头,手上托着个鸟笼,昂首挺胸,走几步,对着笼里的画眉吹个口哨,那鸟就叽叽喳喳地叫。

丁老眼巴巴地跟在他身后,一脸羡慕。

二胖说:"这不是咱……不是你岳父吗?哟,旁边这位的鸟真不错。"

老蔡头道:"这雀儿啊,讲究毛色好个头大,你看我这鸟,身上油光锃亮,身体强壮叫声清脆,这才是顶级的雀儿。"他这么说,二胖也伸着脖子看。

丁老说:"老子昨天也抓到一只雀儿,稀有得很,个头比你的大多喽。"

老蔡头一边给二胖逗鸟,一边头也不抬地哼了一声:"那你拿来给我瞅瞅。"

丁老道:"等老子做果(个)笼子撒(哈),不然让它飞走了。"

我心里奇怪,心想我昨天回家也没见到你捉到鸟啊,而且你要拿啥东西做笼子?结果一转头,顿时惊出一身汗,丁老踏着旁边的墙三步两步飞上了十楼!

老蔡头头一抬:"哎,老丁呢?"

我连忙挡住他的视线,干笑道:"回家拿鸟笼了。"

老蔡头道:"走得还挺快。"

那不是用走,是用飞的,能不快吗?

我见老蔡头又和二胖讲鸟,再一抬头,看见丁老趴在我防盗窗上,唰唰几下,掰掉了几根栏杆。

我"嗷"的一声叫了出来。

老蔡头和二胖一起看向我:"怎么了?"

丁老已经拿着钢柱,顺着窗户钻进了我家。我捂着胸口道:"没事。"

没两分钟,丁老又从窗户钻了出来,手里栏杆已经被拧成了个笼子。然后就这么从十楼"嗵"的一声跳了下来。

老蔡头还在和二胖讲鸟,丁老忽然出现,把两个人都震住了,看向四周:"你……你这是从哪儿过来的?"

丁老道:"那不棕要(重要),你看看我这雀儿!"说完献宝一样地把鸟笼往前一送。

老蔡头和二胖都呆了,我默默地捂住了脸。

想我出生入死，潜入敌营，受伤流血被殴打，付出了金钱，丢掉了工作，就赚了一个做工好的防盗窗，却这么三两下就被人给掰了。掰了也就罢了，丁老徒手拧成个笼子我也能认为他有创新意识，可是他笼子里好歹放只鸟啊。

放个遥控飞机是什么鬼？

"怎么样，你们谁都不晓得这是什么鸟吧？"丁老还洋洋自得，"昨天老夫见这没见过的雀儿在天上飞，就把它捉了回来，这鸟肯定是稀有品种。你看，又大又光又亮，老夫抓住它的时候，还有个小娃一直盯着我，羡慕得不得了！"

废话，你把人家玩具飞机抢走了，人家能不盯着你看吗？

我对着目瞪口呆的二胖和老蔡头呵呵一笑，说："我岳父和你们开玩笑呢。"然后对丁老道，"丁老，你手里那可不是鸟，你赶快从楼梯回去，不然那老蔡头就要笑话你了。"

丁老一听会被人笑，二话不说，冲进楼道消失了，留下还没缓过神的老蔡头。

第 19 章
这世界上没有巧合

二胖说:"咱……你岳父还挺有幽默感啊。"

我胡扯道:"这不是我刚丢掉工作吗,逗我开心啊?"

"我正要和你说呢。"二胖道,"我跟你说,有人说要给我们介绍工作,这人我不说,你都猜不出他是谁?"

"这么稀奇?"我奇道,"谁啊?"

二胖压低了声音,神秘地说道:"王龙强,龙哥。"

见我一脸惊讶,二胖继续问:"你还记得不,就是咱们原来老叫他强哥,他不高兴,硬让我们叫他龙哥的那个,我们中学时一直跟着他混的呢。"

有些印象深刻的人,就算多年不见也能记得。二胖一说起龙哥,我就想起原来在龙哥手下被折腾的恐惧。那些莫名其妙就打起来的架,那拐调拐到姥姥家的魔音灌耳,还有总是无意中出卖我的二胖。

"我记得。"我说,"你竟然还一直和他联系?你也不怕他出什么事把你带进去啊。"

"哪能啊,你也知道我胆小,那时候你们都撤了,我能留下来吗?"二胖说,"我和你说,这也真是巧了,昨天我回家的时候,还想着怎么和我妈说工作没了的这事,忽然就被人叫住了,我扭头一看,一下子就认出来了,你猜是谁?"

我说:"王龙强。"

"哎呀,被你说着了!"二胖很高兴,"没错,就是他!你怎么知道的?"

一旁听我们说话的老蔡头插嘴道:"你刚才都说出这个名字了,他要是还猜不出来是不是傻?"

我和二胖齐齐看向老蔡头,老蔡头有点尴尬,对着鸟笼道:"走吧,连亲儿子亲孙子都嫌弃咱俩,这么长时间不回来看看,咱们还待在这儿干啥呢。"说着,拎着鸟笼就走了。

我问向二胖:"龙哥现在干啥呢?我一直觉得他迟早会因为打架伤人吃牢饭的。"

"我原来也这么以为,但你别说,他现在跟原来可不一样了。"二胖摆手道,"穿着西装戴着手表,看起来人模狗样的。都这么多年了,要不是他叫我,我都认不出他来!龙哥也说,他是看我的体形才认出我的,你说巧不巧!"

这么多年,时间在变世界在变,只有你的体形没变。

二胖说:"龙哥问我现在干什么呢,我说我和你刚失业,他说他现在在一家研发公司管安保,是个大公司,最近正在招人,可以解决咱俩的工作,待遇还挺好,工资比咱原来还多呢!今天下午咱们就可以去面试入职了。"

我被这突如其来的好消息砸得有点晕,这也有点太巧了,昨天辞职,今天就有人上门送工作。我之前的人生一直倒霉,这会儿突然来了好运,而且还是之前曾经打我们骂我们欺压我们的龙哥提供的,这真是让人有种踩了一脚狗屎的感觉——触感不错,心中却总有点怪异,泛着恶心。

但二胖没有我这么聪慧而细腻的心情和高尚的节操,当天下午他就颠儿颠儿地拉着我去面试了。

我本来以为二胖的话多多少少做了一些艺术加工,没想到来到龙哥给出的地址一看,竟然真是个三层的研究所,就是楼看起来有点破烂,红砖上爬满了青苔,一进门就觉得温度降了几度。

上次让我有这种感觉的,是我们小区的鬼楼。

我们进保安室的时候,龙哥正光着膀子瘫在椅子上,两条腿架在桌子上,嘴里哼着歌,百无聊赖地盯着监控摄像。

不得不说,这么多年没见,龙哥确实变了不少,那一头放荡不羁的长发全剃掉了,身体也强壮了不少,一身的腱子肉,连胳膊上的文身都撑大了。

如果不是听到龙哥哼歌哼出的奇特旋律,我马上条件反射地起了一身鸡皮疙瘩,差点夺门而出,我也不一定会马上认出他。

我和二胖叫了一声龙哥,龙哥才站起来,从一旁的单人床上拎起衣服往身上套,说:"来了?走,我去和老总说一下。"

说完这话,龙哥就哼着歌带着我和二胖往三楼走,二胖心里挺高兴,一路走,一路冲我挤眉弄眼。我则是提心吊胆,生怕哼着歌的龙哥一高兴把调升上去,这么多年了,我不知道自己还能不能承受得了他的致命一击。

尤其是这楼里比较安静,龙哥那歌声就显得分外刺耳,要是他大声唱出来,我都不知道该去向谁求救。

龙哥走到三楼尽头的一个房间,对我们说:"在这儿等着。"然后整理了一下衣服,一改之前的懒散,站直了身体,敲了敲紧闭着的棕色房门,道,"老板,我是王龙强,今天招的两个保安我带来了。"

开门的是一个高大的男人，西装革履，长相英俊，带着一副金丝眼镜，脸上带笑，看起来挺和善。但当他眼神扫过我，和我目光相对的时候，我却能感到他眼睛中带着一股锐气。

那锐气一闪而过，我眨完眼再去看，就已经找不到了。

龙哥对他点头哈腰，指着我们道："墨总，就是这两个。"

论体形，龙哥并不比这墨总矮，甚至还比墨总略高一点，但他这一哈腰，看起来倒像是比墨总矮了半头。

我和二胖也对他点头："墨总。"

墨总对我们笑道："今天起我们就是一个公司的人了，以后就要辛苦你们了。"然后对龙哥说，"带他们去走入职程序吧。"

这老总倒是挺客气。

龙哥看了看屋内："那老板……不用再见一见？"

这个墨总不是老板？我也侧身向屋内看去，只看见书桌前坐着一个男人，正好背对着窗户。这屋内关着窗户，百叶窗拉了下来，又逆着光，我看不清他的长相，只能隐约感觉到他捂得严严实实的，好像也在看着我。四目相对，昏暗中，他的眼睛像把沾了毒的匕首，闪着绿莹莹的寒光，让我莫名地打了个寒战。

墨总："怎么？我说了不管用，一定要大老板发话？"

"管用，管用！"龙哥连忙道，"我马上带他们去办入职手续。"

然后对我和二胖使了个眼色，让我俩跟他走。

我感觉手上有异动，伸出右手摸了摸耳朵，听见来福对我说："刚才那人好像在看我。"

我连忙转过头，身后的门已经关上了。

再去看走在前面的龙哥，就这么一会儿工夫，他在这凉飕飕的研究所里，竟然出了一头的汗。

在我印象里，龙哥向来威风八面，老子天下第一，这样尿了吧唧的龙哥我还是第一次见，我问："你老板很了不起？"

龙哥看了我一眼，扯了扯嘴角，道："以后你就知道了，走，我带你们去体检。"

二胖说："体检不都早上吗？现在去医院，人都快下班了吧。"

龙哥转过头，避开了我和二胖的目光："我们这是什么地方，用得着去医院？直接在这里体检就行。"

说着，龙哥把我们带到二楼的一个房间，叫来个穿着白大褂的人，手上拿着一次性针管，过来给我俩抽血。

我和二胖看到那针管，都惊呆了，这么粗的针管，别说验血，说是献血都毫无违和感！

我说："龙哥，你这么一管子抽下去，我得变干尸啊。"

龙哥道："舍不得孩子套不着狼，你连一点血都不愿意抽，还做什么工作？扭捏个屁！原来咱见血的时候还少吗？快点，就当减肥了！"

你家减肥放血啊！

我这边还在腹诽，那边二胖却已经撸起袖子，道："抽吧！"

我又吃了一惊，平时二胖这胆小鬼不要说抽血了，看见血都得干号一阵，今天怎么这么主动？

结果二胖抽完血，在我面前转了个圈，问道："瘦了没？"

感情是听见龙哥那句减肥，当真了啊！这色欲熏心的死胖子，绝对是又想到玄如玉嫌他胖的事了。

我和二胖抽完血，龙哥又往外走："走吧，回保安室我给你们讲讲工作。"

体检这就结束了？只抽个血？我看了一眼正小心翼翼地把两只装满血的试管放进箱子里的白大褂，一头雾水。

这安排得也太草率了。

按理说，这么大的公司，招人怎么也得有个人事流程，可自始至终，我和二胖连个人事都没见到。

龙哥坐在安保室里给我俩讲工作内容，无非是巡逻，看监控，我问龙哥："这就开始工作了？你们研究所也是正规单位，我们是不是该签个合同之类的？"

龙哥瞥我俩一眼，然后从抽屉里掏出两个信封，给我和二胖一人一个，我俩打开一看，里面都是红票。

"知道你们不放心。"龙哥道，"这是下个月工资，你们先拿着，咱们这工作流动性太强，没那闲工夫一个一个签合同，工资我们不会亏了你们，肯定提前给你们，全是现金。"

二胖听了以后有点傻，问我："我搞不懂，这种算好还是不好啊。"他说着悄悄话，却全让龙哥听见了。

"当然好了。"龙哥道，"这钱你们看看，只多不少，就算你们觉得不想干了拿钱跑了，我们也不会去为了这点钱追着你要。总之你们先干几个月，要是能干下来，我就去和老总说，给你们签正式合同，正式入职，五险一金全都有。"

竟然还可以先发钱后入职？只抽个血就能上班了？

我长了个心眼，问："龙哥，这工作为啥流动性强啊，我没看到别人，这里的保安就你一个？"

听到这话，龙哥脸色微变，目光在我和二胖之间游移了一会儿，忽然叹了一口气。

"别提了。"龙哥摆手道,"之前也招过几个,全是胆小鬼,没几天就跑光了。"

"为什么啊?"二胖说,"这不是研究所吗,总不至于闹鬼吧?"

龙哥一抬头,惊道:"你怎么知道?"

二胖转过头,半是惊讶半是害怕地看着我,满脸都写着——怎么办,让我说中了,我是不是乌鸦嘴,为啥一说就中?

套路,都是套路!我无奈地想,就知道不会这么顺利就遇到好事,怎么样,又来了吧!

龙哥道:"其实说起来也不是太大的事,就是之前的保安夜间巡逻的时候,听到没人的研究所里传来了奇怪的声音而已。我觉得也就是风声或者猫叫声,他们听岔了。"

我问:"你们这保安跑了几个?"

龙哥说:"不多,七八个吧。"

七八个人都能听岔,那你这风也怪邪的。

"现在这些年轻人,招呼也不打一声,就不来上班了。"龙哥叹道,"真是一代不如一代,要是原来的我,还不得揍死这群临阵脱逃的!"

别比了,原来的你还不如他们呢。

二胖哆嗦着问:"那龙哥,你找我们来,不会是让我们上夜班吧?"

龙哥露出一个哎哟不错呦你都猜到了的笑容,拍了拍二胖的肩膀:"几年不见,你变机灵了嘛。"他按在二胖肩膀上的手又压了压,道,"我想你俩是不会临阵脱逃的,你逃了也无所谓,我知道你家在哪儿。"

本身二胖就对龙哥有阴影,被他这么一威胁,更是心惊胆战。

龙哥让我们回去收拾一下,第二天就直接从夜班开始。

走出研究所的时候,来福对我道:"我劝你小心一点,这附近有蛊。"

我感觉这蛊已经撒满了大地,无处不在,于是回家后,和丁老他们商量,上班时带着徐小宝当保镖。

我和二胖上夜班的时候,二胖就拉着我哭,说你看看龙哥,我还觉得是好事呢,为啥走哪儿都能遇到爱说鬼故事的上司,是我们招鬼啊还是这年头心理变态多啊。

我倒是不怎么怕,毕竟我不是孤身一人,徐小宝就藏在暗处,上次那件事后,他被招财街众人狠狠收拾了一顿,这次应该是再不敢玩忽职守了。

再加上我手上的虫子,我和二胖看起来只有两个人,其实我们的队伍总共有三人一虫,也算壮观。

夜晚巡视的时候,我打着手电筒走前面,二胖躲在我身后,晃着手电筒,神经兮兮地照着四周。这时间研究所的人已经下班了,楼房里一片黑暗,走廊的灯全灭了,窗户上爬着绿苔,连月光都透不过来,本就阴森的地方变得和鬼片场景无异。

二胖走在我身后,时不时地转过身,照向后面,还没走几步,就听见他问:"老白,你听没听见什么声音?"

我侧耳去听,什么都没听见。

二胖急道:"真的有,咕噜咕噜的,你听!"

我再一听,果然有咕噜咕噜的声音,手电往下一照,胳膊肘碰了二胖肚子一下:"你肚子叫,你自己听不出来?"

二胖摸着肚子,讪讪道:"那我不是太紧张嘛。"

走到三楼,忽然看见一个白影晃过,二胖"嗷"的一声号叫出来,我也吓出了一身汗,手电往那白影处一照,喊道:"什么人!"

谁知手电照过去,照出一张英俊的脸,正是这研发公司姓墨的老总。

墨总披着一件白大褂，对我们摆了摆手，道："你们巡视吧，我加班，把你们吓到了？"

二胖也看清了这人长相，长出一口气道："你说你们这地方，本来就闹鬼，你们还穿白大褂……"

墨总打开总裁室的门，笑道："说什么闹鬼，又有人传闲话了？我们这可是崇尚科学的地方，怎么可能闹鬼。"

二胖说："老总，主要是你们这地方选得不好，尤其是晚上，阴森森的，都没人气，不是把好多员工都吓走了？也许是风水不好，我建议你们换个地方，这地方实在有点吓人。"

"哈哈，那是你们刚来。"墨总走到窗前，拉开百叶窗，朝外面望去。"看到街对面的那个酒吧了吗，那家的老板娘非常漂亮，而且很有特色，推荐给你们。"墨总转头笑道，"等你们下班，去那边喝酒看美人，习惯了以后，就不会怕了。"

墨总走了之后，楼里应该是彻底没人了。我和二胖又在楼里绕了一圈，被墨总那么一吓，二胖反而不怕了，一边走一边晃着手电筒道："哎，这么多房间，咱们没这些房间的钥匙，就算发现了什么，我们也进不去啊，他们为什么不给我们准备一套备用钥匙呢，墨总也是，钥匙扔抽屉里干吗，应该直接给我们……"

我说："人家这是研发公司，门要是不锁好，东西让你给偷走了，那损失就大了，我还觉得他们这门不够结实呢，要我是老总，肯定全都装上防盗门。"

一提起防盗门，我脑海中就浮现出我家的防盗窗，一想起那些血盅们为我精心打造的性价比极高的防盗窗被丁老三两下卸了，我的心就隐隐作痛。

我和二胖回到保安室,刚开始看监视器还挺新鲜,没过一会儿就腻歪了。

二胖的肚子又咕噜噜地叫了起来,他转过头,对我道:"老白,我们找点东西吃吧。"

原来我和二胖工作的时候,基本没缺过吃的,感觉祖国大地处处都有小摊,二胖随时可以补充能量。现在不同以往,大半夜的,又是在无人楼里值班,哪有什么吃的。

我想着龙哥也许会藏点吃的,于是拉开显示器下的抽屉,一个接一个地找,二胖一眼就看出我想干吗,连声道:"哎哎,别找了,我可不敢吃龙哥的东西,会被打死的。"

我正准备停手,忽然在最下面的抽屉里看到一叠文件,最上面的纸赫然印着我的照片。

我把那叠文件拿出来,奇道:"怎么会有我的照片?"这张纸看起来是简单的履历,上面写着我的姓名、身高、学历和家世……翻过那一页,下面是二胖的资料。

二胖伸头一看,道:"哦,这个是我给龙哥的,他之前管我要咱俩的照片,我就把存在手机上的一个合照给他了。"

我对比了一下两张照片,果然是合照裁开的。我说:"不就是个资料表嘛,为什么不让我们自己填?"

二胖道:"龙哥那么了解咱们,估计是顺手帮咱们填了。"

那他对咱们了解得可真够仔细的,咱们高中以后的事情他都知道。我继续翻那资料,翻到下一份,忽然呼吸一滞。

这份也是个资料表,格式和前面两份并没有什么区别,不同的是,这份资料表的照片是标准证件照,而这张证件照上,被人拿红笔画了一个叉!

红色的叉配在黑白分明的表格上,显得分外刺眼,甚至有一丝……诡异。

我继续往下翻,这里共有十张资料表,除了我和二胖以外,其余所有资料表,每张照片上都被画了一个叉。

我把那些资料表一字排开,仔细看着它们,总觉得这里面有什么。

"一、二、三……总共八张。"二胖伸手数着那些资料表,"龙哥之前不是说过,在咱们之前有过七八个保安,后来都跑了吗?这些资料就是那些保安的吧,看样子他们跑了龙哥果然很生气,揍不到他们也得画花他们的照片。"

我点了点头,二胖说的和我想的差不多,我也觉得这八人就是之前跑掉的保安,但我倒不觉得那些叉是泄愤,否则以龙哥的脾气,会画个叉就完事?

而且我总觉得其余八人的资料,与我和二胖的资料有些不同。可惜看了半天,我也没看出不同,就是总觉得有些不对。

"咕噜噜……"

二胖在一旁可怜兮兮地捂着肚子,对我道:"老白,咱们先去找点东西吃吧。"

我把这些资料上的字都扫了一遍,还是没找到什么奇怪之处,也懒得再看了,随口道:"大晚上的,到哪儿去找吃的。"

"不用找。"二胖说,"咱们对面不就有个酒吧嘛。"

我觉得二胖从墨总说完那话以后,就开始惦记着那个酒吧了,骂道:"我看你不是饿,是想见那个漂亮的老板娘。"

"不不不不不……这真不是。"二胖说,"我都有如玉了,根本不可能惦记别人,我就想去吃个东西,顺便看看那老板娘长啥样,我就不信你不好奇。"

我嘿嘿一笑,道:"好奇之心,人皆有之,走,咱俩去看看那边有什么吃的。"

然后我俩锁上了大门,一起往马路对面的酒吧走去。

这条路四周店铺晚上都关门了,就酒吧的招牌亮着黄色的灯,二胖看着那招牌,念道:"末名……这酒吧老板应该不识字,莫名其妙的莫不是这个莫。"

我说:"那是未名,我猜这老板是北大的,北大就有个未名湖。"

二胖对我肃然起敬:"你懂的真多。"

我说:"那是,别的我不了解,北大清华我可清楚着呢。"就像那个老段子说的,小时候我总是对自己以后是上北大还是上清华难以抉择,列出各项指标想从他们中间挑出一个好的,后来才发现自己想多了。

我和二胖边闲扯边往酒吧门口走,忽然迎面飞出来一个男人,摔在地上捂着肚子干号不已。

我和二胖抬头一看,酒吧门口站着一个穿着酒保服的男人,体形偏瘦,中等身高,长得挺端正,略有点阴柔,正是现在小姑娘们最喜欢的小白脸的长相。

那酒保用左手拉了拉右手上的白手套,瞥着倒在地上的男人,冷声道:"竟然有胆子到这里来撒野?"

那男人半边脸都肿了,眼睛也青了一块,显然是被踹出来之前已经被打过,配着油腻的脸,看起来十分猥琐,他撑起身体,怒道:"竟然敢打我,你知道老子是谁吗?告诉你,你这破酒吧,老子一句话,就能让你们开不下去!一个开酒吧的贱货,还真以为自己冰清玉洁,碰都碰不得？信不信老子玩死你！"

酒保盯着猥琐男，眼中露出一丝杀意，正要上前，忽然被一只手拦住。

我和二胖看向那双手的主人，都惊了。

那女人黑色长裙开衩到大腿，卷发披肩，皮肤白得近乎透明，红唇浓烈得让人移不开眼。

这不就是我们刚刚才提起过的玄如玉嘛！

玄如玉红唇一弯，面向猥琐男，笑道："你刚才说什么？"

猥琐男突然住了嘴，脸色发白，盯着玄如玉不说话。

不只是那个猥琐男，我和二胖都感觉到了一种莫名的压力。那种压力无疑是从玄如玉身上散发出来的，就像是一朵被毒浸染了的玫瑰，所有的刺都扎向你的身体，戳得你无法动弹。

玄如玉走到猥琐男身前，居高临下地看着他，笑中带着狠气："你要玩死谁，嗯？"

猥琐男浑身哆嗦，刚才面对酒保耍赖撂狠话的气势也全都不见了。

"怎么不说话？"玄如玉抬起脚，踩在高跟鞋上的脚有一个美丽的弧度，白皙的腿又被黑裙衬得更加性感，足以吸引任何色狼的目光，但那猥琐男却抖如筛糠，因为那高跟鞋正踩在他的下身要害。

"对……"猥琐男一句道歉还没有说出口，玄如玉已经一脚踩下，猥琐男的惨叫声瞬间划破天际。玄如玉的鞋下渗出红色液体，她笑容不改："你以为说句对不起，就可以把说过的话吞回去了？男人哪，不是要一诺千金，为自己说过的话负责吗，嗯？"

猥琐男大叫着蜷起身体，伸手想要去掰玄如玉的脚。玄如玉看着他的动作，一动不动。就在猥琐男即将碰到玄如玉的脚时，一翻白眼晕了过去。

玄如玉这才抬起脚移开,那酒保马上蹲下,拿出手帕为她擦鞋。

我和二胖心惊胆战地望向那猥琐男。那人下身被踩得惨不忍睹,裤子都破了,也不知道是玄如玉力气大,还是那高跟鞋是特制凶器,总之看得我俩下身都隐隐作痛。

酒保擦完鞋,玄如玉往酒吧走了两步,忽然转头看向我和二胖:"你们站着干什么?"

我和二胖条件反射一般,马上捂住下身:"站、站、站……站着舒服……"

"对、对、对……乘、乘凉……"

玄如玉笑了一声,道:"进来吧,我的酒吧还是要做买卖的。"

我和二胖绕过那个晕在地上的猥琐男,跟着玄如玉进了酒吧,心中感慨万千。

当初墨总说酒吧老板是美人的时候,我们怎样都想不到,那美人竟然是玄如玉,更想不到,会在这里看到这么一出能令所有男人都不寒而栗的大戏。

玄如玉的酒吧走的是欧式小资风,布置得简单利落,十分有格调,放着轻柔的英文歌,比我之前想象的要安静许多。酒吧虽然不大,座位却几乎满了,客人们都在低声聊天,似乎没人在意刚才发生了什么。

我见二胖坐下以后还在哆嗦,心想也怪不得他,任谁看到心仪的女神在自己面前残暴地踩爆了另一个男人的下体都会感同身受地惊恐害怕。我现在都觉得命根子隐隐发疼,更何况胆小如鼠的二胖呢,我刚想低声安慰他,没想到二胖痛心疾首地对我道:"老白,我刚才错失良机了!我应该在那人侮辱如玉的时候先一步揍他,这样如玉一定会爱上我。"

你真是个人才,看到刚才那么凶残的一幕后,心中竟然还残存着色欲!

玄如玉扔给我们一个酒水单,款款走向吧台对面的钢琴,不久之后,优美的旋律从她手下流淌而出。二胖眼睛都要直了,连声对我道:"你看!你看!这才是女神!太美了!高贵!"

二胖发出了一连串惊叹,把他的色欲熏心体现得淋漓尽致。

我说:"美不美,高贵不高贵都看脸。"我翻了翻酒水单,看了看上面的价钱,默默地合上了单子,说,"确实挺高,也挺贵的。"

没过一会儿,那个酒保从外面进来,走到我和二胖跟前,瞥了我们一眼,问道:"点些什么?"

我看了看酒水单,想着里面的价钱,实在有点难以开口。

"随便点,今天我请。"二胖盯着玄如玉,"来两份炒饭吧,加个汤。"

那酒保侧头看我们,眼中闪过寒光:"你们也是来找事的?"

我马上把菜单放在腿上,遮住关键部位:"哎,瞧你说的,都是自己人,说什么挑事,你随便来点能垫肚子的东西就行。"

酒保还想说什么,那边玄如玉的声音飘了过来:"苏弄潮,他们点什么,就给他们什么。"

酒保对着玄如玉恭恭敬敬地道:"是。"然后看了我们一眼,拿着菜单走了。

这叫苏弄潮的酒保不只名字风骚,人也很有意思,对着外人像是一头虎视眈眈的饿狼,对着玄如玉却乖顺得像一条被驯服的家犬。

没过多久,炒饭和汤就上来了。这是我这辈子吃过的最难吃的炒饭,饭夹生蛋糊了,还齁咸齁咸。我正在奇怪怎么东西做得这么难吃这酒吧还能开下去,转头一看,却见二胖看着玄如玉,一口一口把饭全吃了。

玄如玉弹完琴,走过来,坐在椅子上,双腿随意交叠,黑色裙摆滑向一边,露出光滑的腿部,苏弄潮则站在她身后,熟练地递给她一杯红酒。

玄如玉晃着手中的红酒杯,问道:"好吃吗?"

二胖连声道:"好吃好吃。"

这就是传说中的秀色可餐,就着脸什么都能下饭。

玄如玉扫过那惨不忍睹的饭,笑而不语。

我说:"没想到你是这里的老板娘,其实我俩现在就在你这酒吧对面工作。"

二胖连声道:"对啊,这也太巧了,这就是缘分!"

"我早就说过了,"玄如玉慢悠悠地道,"这世界上没有巧合,所有的一切,都是必然。"

我也摸不透她这是话中有话还是随口说说,呵呵一笑,转移话题,问:"你在这上班,莫巧兰怎么办?"

听到莫巧兰的名字,苏弄潮忽然看向我,只是一瞬间,眼神又移开了。

玄如玉道:"她在家里。"

我脑中浮现出那女人干枯瘦弱的模样,说:"她身体那么差,自己能行吗?"

玄如玉道:"当然,家里很安全。"

我说:"你说的好像能随时看到她一样。"

玄如玉道:"你怎么知道我不能?"

我一愣,她把话说得这么自信,好像真的能看到莫巧兰的一举一动。

旁边二胖见我俩聊了半天,有点着急,硬是插话插了进来,玄如玉也顺着他的话,把话题转开了。

等我们从酒吧出来以后,门口那猥琐男已经不见了。那苏弄潮也不知道怎么清理的,门口干净得像是什么都没发生过。看来他做这种事做得如此熟练，显然不是第一次遇到。这酒吧能开下去还真是稀奇，玄如玉和苏弄潮也就罢了，店里的客人还这么淡定就奇怪了。

我和二胖提了一下，但二胖完全沉浸在美色之中，已经被迷得失去了神志，并不觉得有什么不对。倒是下班回家后，一直藏在暗处的徐小宝和我说，他见苏弄潮把那男人拖走了，只是具体拖到哪里他就不知道了。

第二天上班，我拿着昨天发现的个人资料问了一下龙哥，龙哥的回答倒是和二胖的猜想没什么差别，说那资料是他按照之前了解的情况先帮我们填了，以后正式入职再填正式的。

我听着龙哥的解释，看向窗外玄如玉酒吧的方向。

冥冥中好像有一根线，将我、招财街众人、玄如玉和这个研究所连接起来。

我脑海中总是回响着玄如玉的那句——这世界上没有巧合，所有的一切，都是必然。

"这是恐怖小说的节奏啊。"我和二胖说，"好像要发生什么事。"

二胖连忙呸了一口，说："你可别乱说，我最怕那些东西了，我跟你保证，绝对没事，什么事都不会发生。"

事实证明，二胖的保证什么用都没有，没过多久，研究所里就运来了一个诡异的东西。

（第一册完）